U0557940

科马克·麦卡锡小说的科学人文主义思想

王维倩 著

南京大学出版社

图书在版编目(CIP)数据

科马克·麦卡锡小说的科学人文主义思想 / 王维倩著.
—南京：南京大学出版社，2024.4
ISBN 978-7-305-25260-0

Ⅰ.①科⋯ Ⅱ.①王⋯ Ⅲ.①科马克·麦卡锡—小说研究 Ⅳ.①I712.074

中国版本图书馆 CIP 数据核字(2022)第 002517 号

出版发行　南京大学出版社
社　　址　南京市金银街8号　　邮　编　210093

KEMAKE MAIKAXI XIAOSHUO DE KEXUERENWENZHUYI SIXIANG
书　　名　科马克·麦卡锡小说的科学人文主义思想
著　　者　王维倩
责任编辑　郭艳娟
校　　对　梁承露
照　　排　南京紫藤制版印务中心
印　　刷　江苏凤凰数码印务有限公司
开　　本　635 mm×965 mm　1/16　印张 18.25　字数 186 千
版　　次　2024年4月第1版　2024年4月第1次印刷
ISBN 978-7-305-25260-0
定　　价　88.00 元

网　　址：http://www.njupco.com
官方微博：http://weibo.com/njupco
官方微信：njupress
销售咨询：(025)83594756

＊ 版权所有，侵权必究
＊ 凡购买南大版图书，如有印装质量问题，请与所购图书销售部门联系调换

目　录

1　　**序** / 杨金才

1　　**引　言**

10　　**第一章　科学与人文的冲突及科学人文主义的源流**

11　　第一节　科学与人文的冲突

20　　第二节　科学人文主义之源之流

32　　**第二章　麦卡锡及其小说与科学文化和人文文化**

33　　第一节　麦卡锡简介以及麦卡锡与科学

48　　第二节　麦卡锡小说的科学书写

67　　第三节　麦卡锡与科学和人文

76　　**第三章　麦卡锡小说自然书写的科学人文主义**

77　　第一节　麦卡锡小说中的自然之美

90　　第二节　麦卡锡小说中的破坏自然问题

113　　第三节　麦卡锡小说中的生命价值

132　　**第四章　麦卡锡小说人性书写的科学人文主义**

133　　第一节　麦卡锡小说中的人性之善

147　　第二节　麦卡锡小说中的人性之恶

164　　第三节　麦卡锡小说中的善恶书写

183	**第五章 麦卡锡小说死亡书写的科学人文主义**
184	第一节 麦卡锡的死亡意识及死亡书写
203	第二节 麦卡锡小说中死的本能及超越性
226	**第六章 麦卡锡小说战争书写的科学人文主义**
227	第一节 战争与文学以及麦卡锡小说的战争书写
245	第二节 美墨战争、墨西哥革命以及越南战争
265	第三节 第二次世界大战及核战
281	**结　语**

序

杨金才
南京大学外国语学院教授

欣闻王维倩教授已顺利通过国家社科基金项目"科马克·麦卡锡小说的科学人文主义思想研究"结题，并计划近期予以出版。付梓之际，维倩教授嘱我作序。对此，我"与有荣焉"。

维倩教授曾长期任教于江苏理工学院，曾任该校外国语学院院长十余载，行政繁忙却不忘学人本分。她潜心当代美国文学研究，笔耕不辍，颇有建树，先后主持完成国家级和省部级科研项目，主编教材，出版专著，并在 CSSCI 期刊发表 20 余篇学术论文。由是观之，维倩教授是一位能兼顾行政与学术的难得的学者。

麦卡锡研究之于我国学界早已成热点，然而，关于其科学人文主义思想的论述甚是罕见，而研究其小说的科学人文主义思想的专著至今唯此一部。

众所周知，人类文明之初，科学与人文融为一体。然而，随着科学技术的发展，二者渐行渐远，以至于演化成"两种文化"的危机。因此，在 21 世纪研究麦卡锡小说的科学人文主义思想极具现实意义。论著从中国学人的立场和视角探讨麦卡锡小说的科学人文主义思想，审视科学与人文的融合之路。麦卡锡小说提倡道德和精神价值及多元文化观，重视科学与人文的关系。其作品以科学理性为基础，以人文为方向和目的，探寻如何在科学与人文的相互协调与互补中促进人与社会在物质和精神方面的和谐发展，并基于此实现人自身之解放。麦卡锡在小说中所描写的环保问题、人性之恶、死的本能、战争杀戮以及文明毁灭等，皆源于科学主义肆无忌惮的发展。正因如此，他才通过文学创作以寻求科学与人文融合之途。科学与人文融合的关键在于人们要具有科学人文主义的意识，在于使科学人性化和使人文科学化，并将二者完美地结合在一起。麦卡锡将科学与人文融合的努力，不仅体现出其科学人文主义思想，而且其科学人文主义情怀还给科学界、哲学界和文学界以醍醐灌顶般的启迪。

　　本论著立足小说文本分析，系统阐释麦卡锡小说的科学与人文融合的途径，颇有见地。一是系统分析麦卡锡及其小说与科学和人文之间的关系，揭示出其从科学人文主义的视角来观照人类的现实处境并思索人类未来的命运。二是研究探索麦卡锡小说的自然书写、人性书写和死亡书写所体现的科学人文主义思想，揭示其科学人文主义思想关注自然、人性以及对终极意义的追寻。三是分析麦卡锡小说战争书写的科学人文主义思想，再现美国社会历史的发展迁变，又从人文视角考察美国科学技术飞速发展及其负面影响，从而使其小说具有极强的现实意义。四是客观评价麦卡锡作为一名科学人文主义作家的责任与使命，深度观照其融合科学与人文的精神价值及其社会反响。

　　本论著从宽泛的、人文的视角解读科学人文主义概念，并灵活运用相关理论，在文本细读的基础上深入研究麦卡锡小说的科学人文主义思想，对相关理论的把握恰到好处。论著将麦卡锡小说置于美国文学史与美国社会文化语境中进行研究，既注重历时的文献梳理，又汇入共时的学术论点，系统论述其小说的科学人文主义思想，其纵横捭阖的研究方法具有创新性和示范性。本论著有助于人们以人文视角来观照科技发展，增强21世纪人类的社会责任与担当；有助于拓宽文学研究的视野，丰富中美文学与文化研究的对话与交流的渠道。这既可为解决科学与人文之间的矛盾与冲突提供一种新的启迪，又可解决人类面临的"两种文化"的危机。

引　言

科马克·麦卡锡（Cormac McCarthy，1933—2023）是当代美国小说家和剧作家。在众多美国作家之中，麦卡锡是独具特色的，他的小说极具多样性与变化性，很难被简单划归为某种文学流派。麦卡锡的创作既有威廉·福克纳（William Faulkner，1897—1962）式的对生命终极意义的探讨，又有欧内斯特·海明威（Ernest M. Hemingway，1899—1961）式的极简风格，可谓福克纳与海明威的文学继承人。[①]《洛杉矶时报》（Los Angeles Times）认为麦卡锡是当今最顶尖的美国小说家之一。文学批评家哈罗德·布鲁姆（Harold Bloom，1930— ）不仅将麦卡锡视为美国一流的小说家，还将他与托马斯·品钦（Thomas R. Pynchon, Jr.，1937— ）、唐·德里罗（Don DeLillo，1936— ）和菲利普·罗斯（Philip Roth，1933—2018）并列为当代美国最主要的四大小说家。[②]

麦卡锡一生共创作了14部长篇小说、3部短篇小说、1部戏剧和2部电影剧本。其短篇小说有《为苏珊而醒》（Wake for Susan，1959）、《一次溺水事件》（A Drowning Incident，1960）和《黑暗水域》

[①] Hage, Erik. *Cormac McCarthy: A Literary Companion*. Jefferson N. C.: McFarland & Company, Inc., 2010, p. 11.

[②] Bloom, Harold. *Cormac McCarthy*. New York: Infobase Publishing, 2009, p. 1.

(*Dark Waters*, 1965）；其戏剧有《石匠》(*The Stone Mason*, 1994）；其电影剧本有《园丁的儿子》(*The Gardener's Son*, 1976）和《法律顾问》(*The Counselor*, 2013）。比较而言，麦卡锡最主要的文学成就乃在其长篇小说。其长篇小说创作可分三个时期。第一，南方小说时期（1965—1984）：他创作了4部作品，即由《看果园的人》(*The Orchard Keeper*, 1965）、《外围黑暗》(*Outer Dark*, 1968）和《上帝之子》(*Child of God*, 1973）组成的"田纳西三部曲"以及《沙崔》(*Suttree*, 1979），南方小说皆以阿巴拉契亚山脉为故事背景，因此，文学界又将其南方小说称为阿巴拉契亚系列小说。第二，西部小说时期（1985—2004）：他也创作了4部作品，包括西部小说《血色子午线》(*Blood Meridian, or the Evening Redness in the West*, 1985）和西部边疆小说"边境三部曲"——《天下骏马》(*All the Pretty Horses*, 1992）、《穿越》(*The Crossing*, 1994）和《平原上的城市》(*Cities of the Plain*, 1998）。第三，后启示录小说时期（2005—2006）：他创作了《老无所依》(*No Country for Old Men*, 2005）和《路》(*The Road*, 2006）两部小说，以及全对话+舞台剧式的小说《日落号列车》(*The Sunset Limited: A Novel in Dramatic Form*, 2006）。麦卡锡的最后两部长篇小说于2022年出版，不在本书讨论范围之内。

无论在其南方小说中，还是在其西部和西部边疆小说中，抑或在其后启示录小说中，麦卡锡都既继承了美国文学的传统，又有所突破和超越。其小说既充满神秘性又极具哲理性，既具创新性又有可读性。诚如当代美国黑人作家拉尔夫·艾利森（Ralph Ellison, 1914—1994）所言，麦卡锡是一位不得不读的作家。[①]麦卡锡曾获普利策小说奖（Pulitzer Prize for Fiction）、鹅毛笔奖（The Quills

---

① 罗小云：《美国西部小说》，合肥：安徽教育出版社，2009年，第162页。

Awards)、詹姆斯·泰特·布莱克纪念文学奖(The James Tait Black Memorial Prize)、美国国家图书奖(American National Book Award)、美国国家书评人奖(National Book Critics Circle Award)等重要的文学奖项。

人文主义的观点各不相同,有时甚而是相互对立的。人文主义的概念极为宽泛,凡以人的关怀为目的的理论体系皆是人文主义的。英国史学家阿伦·布洛克(Alan Bullock,1914—2004)在其《西方人文主义传统》(*The Humanist Tradition in the West*,1985)一书中曾将人文主义"当作一种宽泛的倾向,一个思想和信仰的维度,一场持续不断的辩论"[①]。人文主义对所有学科,如社会学、历史、文学、艺术、哲学、科学、生态学、政治学和宗教学等,具有指导作用。有鉴于此,本论著也从宽泛的视角来理解科学人文主义,通过深入细读麦卡锡的小说文本,阐释其小说的科学人文主义思想。科学人文主义以科学技术为基础,肯定人文的价值;它倡导最大限度地开发科学,注重以人文来促进科学的发展,实现科学与人文的双重复兴。

麦卡锡的小说充满了对人类的现实生存处境与未来之出路的深邃哲思与人文关怀。与许多其他作家迥异的是,麦卡锡热爱科学,关注科学技术的发展及它对人类所产生的影响。他将对科学技术的所思所虑融入其小说书写之中,并以客观冷峻的科学态度进行创作,反思科技发展与人性变异、人类的生存与社会的发展的内在关系和矛盾冲突,书写科学与人文这两种文化的博弈,倡导人文精神引导科学的发展,使科学成为真正的"人的科学"。因此,麦卡锡极具科

[①] 阿伦·布洛克:《西方人文主义传统》,董乐山,译.北京:生活·读书·新知三联书店,2003年,第3页。

学人文主义情怀，其小说充分地体现出了他的科学人文主义思想。

奥地利物理学家埃尔温·薛定谔（Erwin Schrödinger, 1887—1961）认为，对于"我是谁、从哪里来、又往何处去"等问题，科学虽没有答案，但科学代表知识所能达到的最高水平。"这就是科学、学问、知识，这是人类所有精神追求的真正源泉。"[①]当科学与人文融合而形成真正的科学人文主义之时，这些问题的答案将是不言而喻的。或许，本论著会给出部分答案。

本论著从中国学人的立场和视角研究麦卡锡小说的科学人文主义思想，或可成为他者潜在的声音[②]。跨民族美国研究专家保罗·贾尔斯（Paul Giles, 1957— ）曾指出，从外部视角来理解文化也是非常重要的，如果完全从内部研究美国文化与文学，就缺失了比较的维度，若从外部来审视、反思美国文化与文学，可能会有新的发现。[③]同时，研究麦卡锡小说的科学人文主义思想，对当下科技迅猛发展的中国也定有他山之石可以攻玉的现实观照意义。

本论著除序、引言与结语外，主体分六章。第一章与第五章各两节，其余四章均由三节构成，每节皆从三方面进行论述。

第一章历时性稽考了科学与人文的冲突以及科学人文主义的源流，旨在为研究麦卡锡小说的科学人文主义思想提供理论依据。人类文明之初，科学与人文融为一体。随着近代自然科学的崛起，科学发展成科学主义之时，科学与人文逐渐演化成两种文化的矛盾与冲

---

① 埃尔温·薛定谔:《自然与希腊人 科学与人文主义》,张卜天,译. 北京:商务印书馆,2015 年,第 86 页。
② Ramazani, Jahan. *A Transnational Poetics*. Chicago and London: University of Chicago Press, 2009, p. 114.
③ Giles, Paul. *Virtual Americas: Transnational Fictions and the Transatlantic Imaginary*. Durham: Duke University Press, 2002, p. 3.

突。然而，直到 1959 年 C.P.斯诺（C.P. Snow, 1905—1980）提出"斯诺命题"（Snow proposition）之后，有关两种文化的论辩才引发世人的高度关注。为了化解科学与人文的冲突，科学史家乔治·萨顿（George Sarton, 1884—1956）率先提出了新人文主义（new humanism）主张，此即科学人文主义（scientific humanism）之开端。萨顿的科学人文主义既是一种新的人文文化观，又是一种新的科学文化观。它是一种以科学为核心，建立在人性化的科学基础上的，并主张科学与人文双重复兴以实现二者融合的新人文主义。它既以科技发展为基础，又肯定人文的价值；它既强调科学与人性的统一，又提倡科学与人文的融合；它注重以人文促进科学的发展，呼吁使科学人性化，使科学发展真正为人类的福祉服务。此后，许多科学家和人文学者也致力于探索两种文化的融合之路，他们的路径或方法虽不尽相同，但其目标是一致的。如果说这些科学家和人文学者主要是从理论方面寻求两种文化融合的途径，那么，第二次世界大战期间始于美国的"大科学"（Big Science）以及 20 世纪 60 年代始于英国的"科学元勘"（science studies）则在实践层面找到了科学与人文融合的新契机。随着"科学知识社会学"（sociology of scientific knowledge）①发展到"对科学的社会研究"（social studies of science），科学人文主义从理论层面进入了科学与人文互动的社会实践层面，从而使二者的融合焕发出新的生命活力。

第二章论述了麦卡锡及其小说与科学文化和人文文化的关系。麦卡锡生于美国东部，长于南部，居于西部。其文学创作则始于南部，走向西部，面向美国和世界其他地方。迄今为止，他已创作了 12 部长篇小说，包括南方小说、西部小说、西部边疆小说以及后启

---

① Fuller, Steve. *Thomas Kuhn: A Philosophical History for Our Times*. Chicago: University of Chicago Press, 2000, p. 318.

示录小说。麦卡锡读大学时就与科学结缘,这为他此后的生活与创作开启了一扇通往科学与人文融合之门。虽是人文学者,但麦卡锡更愿意与科学家交往,甚至加入了之前全由科学家组成的圣达菲研究所(Santa Fe Institute)。他热爱科学、尊重科学,喜欢与科学家探讨各种问题。由于深受科学知识、科学理论、科学方法和科学精神的影响,麦卡锡以客观冷静的科学方式进行文学创作,他还将科学知识与科学内容融入其小说创作之中。因此,科学既是其小说的有机组成部分,又是其小说的重要主题之一。麦卡锡的小说勾勒出了美国18世纪末19世纪初第一次工业革命、西进运动、美国第二次与第三次工业革命以来的巨大变化,也呈现出第二次世界大战直至21世纪初美国"大科学"的发展历程。作为一个科学人文主义者,麦卡锡试图打破科学与人文的分野,用新的方式来沟通两种文化。这正是麦卡锡在其小说中所倡导与践行的科学人文主义,更是他通过文学书写所揭示出来的科学人文主义精神。然而,麦卡锡也始终在思考科学技术与人类文明之间的关系,对技术理性与工具理性无限发展持有一种谨慎的态度。他从科学人文主义的视角来观照人类的现实处境并思索人类未来的命运。

　　第三章探讨了麦卡锡小说自然书写的科学人文主义思想。本章深入分析了麦卡锡小说所描写的自然之美,阐释了其小说呈现的人类对自然的破坏,还从关爱生命、平等对待生命与尊重生命等三方面探讨了其小说所体现的生命价值。大自然始终是麦卡锡小说中"最伟大的存在"[①]。麦卡锡书写自然之美,无论原始、壮丽抑或荒凉,都使我们领略到自然的神奇与伟大。他也关注在科学技术发展过程中的自然与自然万物,因为自然才是世界万物赖以生存的家

[①] 科马克·麦卡锡:《天下骏马》,尚玉明、魏铁汉,译.重庆:重庆出版社,2013年,第3页。

园。麦卡锡关注技术理性与工具理性对自然的破坏。科学技术的发展破坏自然环境与生态，还使许多野生动物面临灭顶之灾。他既赞叹荒野之美，又书写荒野的可怕。其笔下有自然荒野、危险荒野、城市荒野和末日后的荒野，这既揭示出科学技术发展所具有的毁灭性的力量，又在毁灭中寄寓着人类的救赎与希望。麦卡锡秉承敬畏生命的伦理，其小说的生命伦理体现在关爱生命、平等对待生命和尊重生命等三方面。自然万物皆有其内在价值和存在的理由。作为自然的一员，人类应学会以生态的、科学的态度对待非人类，关爱生命，平等对待生命，更要敬畏生命，从而构建科学与人文相统一的文化模式——生态文化。只有人类与自然万物构成一个有机的生命共同体，人类方能与自然万物诗意地栖居在同一个星球之上。

第四章分析了麦卡锡小说人性书写的科学人文主义思想及其人性价值观。人性善恶是文学内在的核心，故而历来是文学的主题。麦卡锡小说也始终关注人性，既歌颂人性之善，也挞伐人性之恶。麦卡锡书写人性之善如爱情、友情、同情和怜悯等，彰显人性中爱的伟大力量；他刻画人性之恶如贪婪、淫乱、暴力、猎杀和食人等，揭露人性中最为黑暗的角落。人性本复杂，因为人的本性中既有善的禀赋也有恶的倾向，二者共同存在。因此，麦卡锡还描写了人性中的至善至恶、善恶一体以及从恶向善。至恶使人类堕落，至善则给人类带来希望，然而善恶并存乃人性之常态。人类文明进步，则必抑制人性之恶而弘扬人性之善。善恶冲突，但善终能胜恶，于是，人类便可摆脱恶而走向善。从麦卡锡对人性所进行的多维度、深层次的书写中，我们发现其深刻的科学人文主义思想以及他揭示出的在科学技术迅猛发展背景下的人性善恶。人性善恶作为麦卡锡小说的重要主题，既推动小说故事情节的发展，又有助于对小说人物的刻画。更重要的是，人性善恶也构成麦卡锡科学人文主义思想的人性价值观。

第五章探讨了麦卡锡小说死亡书写的科学人文主义思想。麦卡锡极具死亡意识，故死亡乃其小说中最重要的主题。其死亡意识与其生活的时代密切相关。其死亡书写既具有强大的文学内在张力与内涵，又紧扣美国科学技术发展的时代命脉，富有哲理又给人警示。麦卡锡的死亡书写，既表现出他独特的死亡观以及他对死亡的哲思，又揭示出死亡与科学技术发展之间的关系。受西格蒙德·弗洛伊德（Sigmund Freud, 1856—1939）、阿尔弗雷德·怀特海（Alfred N. Whitehead, 1861—1947）和伯特兰·罗素（Bertrand Russell, 1872—1970）等从科学立场去思考死亡的哲学家的影响，麦卡锡赞同生的本能，却更关注死的本能。其小说对各种暴力致死的描写，乃对死的本能的文学书写，也是他用文学形式对死亡进行的哲思。他书写死亡来直面死亡，书写死的本能来揭示人生与人性；他通过向死而生的探寻来超越生命边界之可能性，透过死亡与黑暗来探索人生的价值和反思生命的意义，从而展开对生命终极意义的追问。

第六章研究了麦卡锡小说战争书写的科学人文主义思想及其现实意义。其小说虽涉及美国独立战争（American Revolutionary War, 1775—1781）、美国内战（American Civil War, 1861—1865）、美墨战争（Mexican-American War, 1846—1848）、第一次世界大战（World War I, 1914—1918）、第二次世界大战（World War II, 1939—1945）、越南战争（Vietnam War, 1955—1975）以及"9·11"恐怖袭击事件（September 11 Attacks, 2001）等战争或重大历史事件，但相关描写大多是间接的，或作为小说的背景而出现。他通过人物的回忆或讲述，书写战争或历史事件之于人们的深刻影响，挖掘隐藏于战争或历史事件背后的人性与现代文明存在的问题，反思科学技术与战争之间的关系。麦卡锡对枪械的细致描写既展示了美国的枪械发展史，又勾勒出了美国科学技术发展的历史。若将其小说文本与历史结合进行考察，美国科学技术发展的脉络便较为清晰地呈现了出来。"边境三部曲"、《老无所依》和《路》见证了美国"大科学"时代的诞生和发展以及其巨大的威力；从《穿越》到《平原上的城市》再到《路》，对核爆的描写则不仅展示了美国核武器发展的进程，而且还揭示出美国"大科学"的发展动向及它与人类未来命运的关系。麦卡锡将重大的战争或历史事件隐匿于日常生活的叙事之中，既再现了美国社会历史的发展变迁，又从人文的视角见证了美国科学技术的飞速发展，从而也使其小说具有极强的现实意义。

如果说古希腊的荷马史诗因蕴含关于欧洲人的知识和工匠技术的最早叙述[①]，而成为见证科学与人文浑然一体的最早的文学经典，那么，美国作家麦卡锡的小说则因融入了科学而成为试图弥合科学与人文裂痕的当代的文学佳作。本论著通过文本细读寻找并展现麦卡锡小说自然书写、人性书写、死亡书写和战争书写等所体现的科学人文主义思想，旨在探寻人之为人的意义与价值，为解决科学与人类进步、科学与社会发展、科学与人文之间的矛盾与冲突打开一扇大门，以期回归真正的科学人文主义精神。

[①] Sarton, George. *Introduction to the History of Science*. Huntington, New York: Robert E. Krieger Publishing Company, 1975, pp. 52 - 53.

第一章　科学与人文的冲突及科学人文主义的源流

人类之初,科学与人文是人类文明的两翼,科学中有人文,人文中有科学,二者形成了一种交融与互补的关系。但在科学的发展过程中,科学主义逐渐取得了话语霸权,在大行其道之时,科学与人文便出现了裂隙。科学与人文这两种文化的冲突虽早已存在,但直到1959年,科学家兼人文学者C. P. 斯诺(C. P. Snow)正式提出"斯诺命题"后,才引发世界范围内有关科学文化与人文文化的大辩论。为了化解两种文化之间的矛盾与冲突,20世纪30年代,美国科学史家和科学人文主义者乔治·萨顿(George Sarton)提出了新人文主义主张,此即科学人文主义之始。斯诺在提出"两种文化"命题的同时,也提出了旨在消除两种文化差异的"第三种文化"。还有诸多学者也提出了他们各自的科学人文主义观,从不同角度探索实现科学与人文融合的理想之路。第二次世界大战期间始于美国的"大科学"以及第二次世界大战后英国的"科学元勘"[①],在实践层面为科学与

[①] 科学元勘,指以科学技术为对象之学术研究。此乃一种元层次的探究,属综合性研究领域或学科群,包括科学史、技术史、科学哲学、技术哲学、科学社会学、技术社会学、科学传播学、科学政治学、科技政策研究、科学的社会研究、科学知识社会学等。科学元勘并不一定从科学家立场看待问题,其研究内容大多是对科学技术的反省。

第一章　科学与人文的冲突及科学人文主义的源流

人文的融合提供了新的契机。

第一节　科学与人文的冲突

科学与人文经历了"一体化—人文—科学—两种文化"的嬗变过程。早在古希腊时期，科学是以追求理性与自由为宗旨的学问，从属于哲学，并与人文合为一体。人文包含着科学，科学蕴含着人文，二者难分彼此。到宗教时代，由于受宗教崇拜的冲击与影响，人文精神逐渐被宗教化，科学理性也日渐淡化，二者都陷入无立锥之地的窘境。及至文艺复兴时期，科学与人文再次经历了融合的蜜月阶段。逮至启蒙时代，科学逐渐确立主导地位，其话语霸权冲破了人文的束缚，于是，二者渐行渐远并成对峙之势。后来，随着科学技术的不断发展，科学与人文进一步分离并演化成"两种文化"的危机，以致于成为人类在文明发展与社会进步过程中必须面对的矛盾与现实难题。

一

科学起源于何时？萨顿在其《科学史》(A History of Science, 1953) 中认为，科学始于人们试图解决无数的生活问题的那个时候和那个地方。自人类诞生以来，科学因子便植入了人类的基因，它对于人类的影响从未停止过。[1]拉丁文中的科学 (scientia) 指系统化的知识或学问，包括自然学、社会学、人类学和道德学等。英语、法语

---

[1] Sarton, George. *A History of Science*. London: Oxford University Press, 1953, p. 3.

和德语中"科学"一词都源自拉丁文。拉丁文 scientia 继承了希腊文 episteme 的含义，指知识或学问。英语中的科学（science）指自然科学（natural science），也包括社会学（social science）在内。法语中的科学（science）有广义和狭义，广义的科学包括伦理学、社会学与政治学等，而狭义的科学则专指数学和自然科学。德语的科学（Wissenschaft）比 science 的现代意义要广，指有系统并以某种方法连贯起来的知识，并不特指自然科学，亦涵盖文史哲等人文学科。德文通常所说的科学，是用 exacte Wissenschaft（精确学术）表示，它包括数学和自然科学。相比较而言，德文 Wissenschaft 较好地保存了希腊文 episteme 和拉丁文 scientia 的原意。可见，在西方的语境下，广义的科学指知识与学问，狭义的科学则仅指自然科学。自然科学与人文学科的分化实乃近代之事，在这个过程中，科学的概念不断被狭义化，最终仅指自然科学。

在古希腊时期，科学与哲学合二为一，但科学的种子已有了萌芽之势。近代意义上的科学始于文艺复兴，尤其是 15 世纪和 16 世纪。从古希腊的理性科学到近代欧洲的数理实验科学的发展，构成了西方科学的真正来源。西方科学文化的形上层面实际上是源于古希腊文化中蕴含的逻各斯（logos），而其形下层面则源于古罗马文化中包蕴的努斯（nous）。逻各斯与努斯构成了我们理解西方科学文化的两大原点。[1]作为一种人文科学，理性科学与希腊人追求自由的人文精神是密切相关的。16 世纪以后，科学与人文逐渐分化。17 世纪时，科学与人文仍处于混沌的胶着状态，直至 19 世纪初英国仍称科

---

[1] 郝苑、孟建伟:《逻各斯与努斯：西方科学文化的两个原点》,《中国人民大学学报》,2012 年第 2 期, 第 124—131 页。

学为"哲学"①。18世纪到19世纪之初,学界之于"科学"一词的理解是广义的,仍未将自然科学与人文科学严格区分开来。其实,科学知识总以各种不同的方式蕴含着人文的内涵,那种"纯而又纯,完全剔除了人文内容的所谓'科学',只能存在于理想形态"②。但到19世纪上半叶,人们开始将科学分离出来并进行重新界定。此时,科学指自然科学与生物科学,并以其特殊的严密性与确切性有别于其他一切的学问。科学与人文的真正冲突则是科学主义出现之后的事情了。

二

何为科学主义(scientism)?有学者认为科学主义是一种信仰,"这种信仰认为只有现代意义的科学和由现代科学家描述的科学方法,才是获得那种能应用于任何现实的知识的唯一手段"③。也有学者认为科学主义是一种取代宗教的感情态度的文化现象,科学的理性力量足以取代全知全能的救世主或曰上帝,逐渐受到普罗大众的崇拜,即科学崇拜。《韦伯斯特百科词典》(*Webster's Encyclopedic Unabridged Dictionary of the English Language*)则如此定义:"科学主义指一种信念,物理科学与生物科学的假设、研究方法等对包括人文与社会科学在内的所有其他学科同样适用且必不可少。"1986

---

① 刘放桐等:《马克思主义与西方哲学的现当代走向》,北京:人民出版社,2002年,第296页。
② 杨国荣:《现代化过程的科学向度与人文之维》,《中国社会科学》,1998年第6期,第15—30页。
③ 郭颖颐:《中国现代思想中的唯科学主义(1900—1950)》,雷颐,译.南京:江苏人民出版社,1989年,第16页。

年，美国出版的《韦伯斯特新国际英语词典》(*Webster's Third New International Dictionary*) 则定义："科学主义主张自然科学方法用于一切研究领域（包括哲学、人文科学与社会科学），是一种相信自然科学方法才能富有成效地获取知识的信念。"该定义将科学主义归入了科学方法万能论之列。汤姆·索雷尔（Tom Sorell）就认为，科学主义是一种关于科学的信念，特别是自然科学，科学是人类知识中最有价值的部分，因为它最权威、最严密，也最有益。[①]

科学主义源自启蒙运动（Enlightenment），成于实证主义（positivism）。也就是说，科学主义伴随17世纪的科学而来，在牛顿力学大行其道后逐渐盛行于世。17世纪创立的经典物理学（classical physics）引发了"18世纪启蒙运动时期的哲学和19世纪的唯科学主义。唯科学主义是主张科学是唯一能够解决问题的一种态度，它包括一些哲学问题"[②]。随着19世纪末20世纪初科学技术的巨大成功，科学主义者试图将自然科学精神与实证方法植入其他所有的知识领域，包括人文社会学科。此亦自然科学与社会学科一元论者的逻辑依据与思想渊源，这一思想在美国尤受推崇，甚至成为人们的一种信仰。[③]

由此可见，科学主义的核心价值观是科技万能论。这种价值观坚信运用科学方法、技术手段不仅可解决物理的、化学的、生物的问题，也可解决社会的、人性的、心理的乃至人文以及价值层面的诸多

---

① Sorell, Tom. *Scientism: Philosophy and the Infatuation with Science*. London and New York: Routledge, 1991, p. 1.
② 布鲁诺·雅罗森：《科学哲学》，张莹，译. 北京：北京大学出版社，2000年，第166—167页。
③ Hurrell, Andrew. "Keeping History, Law and Political Philosophy Firmly within the English School", *Review of International Studies*, 2001 (3): 489-494.

意识形态问题,甚至可解决人类所面临的一切问题。在倡导科技万能论的科学主义的影响下,人们开始相信科学技术方法及其原则是放之四海而皆准的。唯有科学方法,才能帮助人们认识自然秩序的所有方面(如生物的、社会的、物理的和心理的),科学和科学方法是获得关于任何实在知识的唯一可靠手段,具有解决一切问题的超自然的能力。由此,科学主义自觉不自觉地产生出了消解人文主义的力量,而科学主义者则坚持认为科学的无限力量能运用于人类一切生活领域,能成功解决自然、人类、社会的所有问题。科学取得至高无上的权力与地位,傲视甚至否定其他一切文化,逐渐演变为"科学沙文主义"(chauvinism of science)。保罗·费耶阿本德(Paul Feyerabend,1924—1994)曾指出:"科学沙文主义胜利了,顺科学者昌,逆科学者亡。"[1]科学主义将科学视为至高无上的力量,而人文主义则被当作科学的婢女,甚至被科学主义的霸权消解于无形。

由于科学主义一味强调科学技术的工具理性与物理价值,而忽视科学精神的实质,科学陷入科技万能论和科学沙文主义的泥淖,给人类社会与科学认识本身带来了混乱。过度崇拜科学往往事与愿违,甚至使科学走向其反面。正如弗里德里希·A. 哈耶克(Friedrich A. Hayek,1899—1992)在《科学的反革命:理性滥用之研究》(*The Counter-Revolution of Science: Studies in the Abuse of Reason*,1952)中所言:"当人们沿着一条给他们带来巨大胜利的道路继续走下去时,他们也有可能陷入最深的谬误。"[2]随着第一次科技革命的发展,在科技力量的助力下,人类的物质生活发生了巨变,但如此飞

---

[1] 黄瑞雄:《科学与人文融合问题的消解——费耶阿本德科学观评析》,《江苏社会科学》,2000年第1期,第90—95页。
[2] 弗里德里希·A. 哈耶克:《科学的反革命:理性滥用之研究》,冯克利,译. 南京:译林出版社,2003年,第113页。

速发展也给全世界带来了前所未有的精神迷失与信仰危机,科学主义也"生产了自己的信仰危机,甚至在第一次世界大战摧毁人类进步的幻想之前,人们就对技术社会的负面后果表示了怀疑……"①由此引发了一场科学与人文冲突的大论战。

三

17世纪伊始,随着近代自然科学渐次独立,两种文化之间的裂隙渐显。随后,科学与人文的分裂便引发出一场旷世的"文化焦虑"(cultural anxiety)之战。人们将18世纪末和19世纪初的浪漫主义时期视为这一文化焦虑的起点,因为从那时起,人们开始担心知识类型之间的裂缝会给个人与社会造成巨大的损害。到19世纪中期,两种文化还各自坚守着自己的核心价值,但分离的迹象早已显现。19世纪末期,随着工业革命的不断发展,科学终于取得了"话语霸权"(discursive hegemony)的地位。②弗里德里希·尼采(Friedrich W. Nietzsche, 1844—1900)在其《悲剧的诞生》(The Birth of Tragedy, 1871)中提出,唯我独尊的科学破坏了传统文化的和谐发展,也给启蒙文化当头棒喝,从而引发了人文文化与科学主义之分裂。③与此同时,越来越多的学者开始关注科学沙文主义引发的社会问题,如伊曼努尔·康德(Immanuel Kant, 1724—1804)和亚瑟·叔本华

---

① 约翰·H. 布鲁克:《科学与宗教》,苏贤贵,译. 上海:复旦大学出版社,2000年,第352—353页。
② 黄瑞雄:《两种文化的冲突与融合——科学人文主义思潮研究》,桂林:广西师范大学出版社,2000年,第25页。
③ 弗里德里希·尼采:《悲剧的诞生:尼采美学文选》,周国平,译. 北京:生活·读书·新知三联书店,1986年,第78—79页。

(Arthur Schopenhauer，1788—1860) 等就首次批判了一统天下的科学主义。他们纷纷撰文，为人文文化争取合法的地位。正是这些学者对科学主义的警醒和为人文主义付出的努力，才让人们开始正视两种文化的冲突，从而拉开了两种文化之争的序幕。此后，科学文化与人文文化的矛盾与冲突逐渐加剧，到 20 世纪上半叶，两种文化之争达到了顶峰。

英国近代史上最有名的文化论战，莫过于发生在因捍卫进化论 (evolutionary theory) 而名声大噪的托马斯·亨利·赫胥黎 (Thomas Henry Huxley，1825—1895) 与被称为"维多利亚时代文化使徒"的马修·阿诺德 (Matthew Arnold，1822—1888) 之间的文化之争。19 世纪末，赫胥黎在演说中宣称，科学必将取代文学；而阿诺德则在演讲中回击赫胥黎对人文教育的指责。这场激烈的交锋为斯诺命题及斯诺与 F. R. 利维斯 (F. R. Leavis，1895—1978) 之争奠定了历史发展的基础。19 世纪末 20 世纪初，诸多巨擘泰斗如埃德蒙德·胡塞尔 (Edmund Husserl，1859—1938)、尤尔根·哈贝马斯 (Jürgen Habermas，1929—)、马克斯·霍克海默 (M. Max Horkheimer，1895—1973)、西奥多·阿多诺 (Theodor W. Adorno，1903—1969) 等也已敏锐地觉察到科学与人文的对立现象。英国史学家布洛克认为，科学与人文的分家"是在科学趋于更加专门化与职业化，并且出现了一种明确的关于人的科学之后才发生的"[1]。20 世纪 30 年代，美国科学史家、科学人文主义者乔治·萨顿 (George Sarton) 就已认识到科学与人文之间的冲突，并指出两种文化的分裂是他们那个"时代最可怕的冲突……一方是文学家、史学家、哲学家

---

[1] 阿伦·布洛克：《西方人文主义传统》，董乐山，译. 北京：群言出版社，2012 年，第 178 页。

这些所谓人文学者，另一方是科学家。由于双方的不宽容和科学正在迅猛地发展这一事实，这种分歧只能加深"①。他还指出了科学与人文之间的三种分裂特征：一是人文学者沉浸于自己的研究范围，对科学不闻不问；二是科学家只关注纯技术，醉心于技术革新与改进；三是人文主义者和科学家或技术专家均未发现科学的精神之美，他们都只是从物质角度来理解科学。②

"两种文化"作为一种概念，是由斯诺正式提出的。1956年，斯诺在《新政治家》(*New Statesman*)上发表《两种文化》("The Two Cultures")一文。1959年，他在剑桥大学里德(Rede)讲堂发表《两种文化与科学革命》("The Two Cultures and the Scientific Revolution")的演讲，正式提出"两种文化"命题。他认为科技与人文正被割裂为两种文化，即科学文化(scientific culture)与文学文化(literary culture)。前者对应自然科学，后者则对应人文社会学科。这就是历史上著名的"斯诺命题"，即由于自然科学家与人文学者在教育背景、学科训练、研究对象以及所使用的方法与工具等方面的差异，他们在文化的基本理念与价值判断等方面常处于互相对立的状态，相互鄙视，还不屑于相互理解。斯诺指出："相互对立的两种文化，一种是人文文化，一种是科学文化。两种文化之间存在着一个互相不理解的鸿沟，有时还存在着敌意和反感。彼此都对对方有一种荒谬的歪曲了的印象。"③

---

① 乔治·萨顿：《科学史和新人文主义》，陈恒六、刘兵、仲维光，译. 北京：华夏出版社，1989年，第49页。
② 乔治·萨顿：《科学史和新人文主义》，陈恒六、刘兵、仲维光，译. 北京：华夏出版社，1989年，第9页。
③ C. P. 斯诺：《对科学的傲慢与偏见》，刘兵、陈恒六，译. 成都：四川人民出版社，1987年，第3页。

斯诺正式提出两种文化之后，人们对两种文化关系的争论不仅没有终结，反而随着科学大战的展开而愈演愈烈。斯诺提出了一个概念，阐述了一个问题，引发了一场争论。[1]科学与人文之间的论争从此进入了一个新的阶段。其中最著名的是"斯诺—利维斯之争"和"索卡尔事件与科学大战"（Sokal Hoax and Science War）。斯诺命题之所以引发"斯诺—利维斯之争"，主要是因为斯诺对英国传统文化所持的严厉的批评态度。同时，斯诺命题也首次明确描述了现代社会的根本文化矛盾，即科学家代表新兴技术文化，而文学知识分子代表的则是传统文化。此即丹尼尔·贝尔（Daniel Bell, 1919—2011）所概括的资本主义的文化矛盾——资本主义文化价值与科学技术发展之间的矛盾。20世纪末，在美国发生了"索卡尔事件"，随即影响到西欧，最终引发了一场世界性的声势浩大的思想大论辩，两种文化之争达到了白热化的程度。时至今日，科学与人文的论战仍在如火如荼地进行之中。

科学与人文的对峙确实是困扰人类的重大问题。二者经历了"一体化—人文—科学—两种文化"的发展过程，这也是人类文明与文化不断演化与发展的历程。历史的车轮进入了21世纪后，全世界也发生了翻天覆地的变革与变化。科学文化与人文文化的矛盾更加凸显，成为现代人不得不直面的严峻问题。在21世纪的全球化时代，科学与人文的分离，逐渐演化成两种文化的危机。在第一次世界大战的气体之战、第二次世界大战的原子弹之战以及20世纪70年代以来的人与生态之战后，科学技术的发展以及由此引发的生存问题，引起了人们全面而深刻的价值伦理反思。科学的工具理性可造

---

[1] C. P. 斯诺:《两种文化》，陈克艰、秦小虎，译．上海：上海科学技术出版社，2003年，第1页。

福人类，然而，人类看重其工具理性而忽视了其价值理性。科学提供了人类所向往的目标的手段，却不能提供目标本身。[①]

第二节 科学人文主义之源之流

一

为了化解科学与人文之间的矛盾，斯诺预言了第三种文化的出现。何为第三种文化？它是指科学文化与人文文化融合而形成的科学人文主义。科学人文主义注重科技的发展又肯定人文的价值；它强调必须以人文来促进科学的发展，倡导科学与人文协同共进，使科学发展为人类的幸福服务。它是科学家与人文学者共同参与建设的宏大的文化体系，更是实现人类命运共同体的前提与保障。

其实，早在20世纪30年代，科学史之父萨顿在研究科学史之时，就已提出使科学人性化的新人文主义思想，从而开启了科学人文主义之先河。萨顿是一位科学家，也是一位学者，更是一位具有开创性的科学人文主义先驱。他所倡导的新人文主义，"即一种审慎地建立在科学——在人性化的科学——之上的文化"[②]。他的建立在人性化的科学之上的文化，是对科学和人文的综合性创造，也就是科学人文主义。萨顿认为，科学人文主义"并不排除科学，相反，将最大限度地开发科学。它将减小把科学知识抛弃给科学自己的专业所带来的危险。它将赞美科学所含有的人性意义，并使它重新和人生

[①] 阿尔伯特·爱因斯坦：《爱因斯坦文集（第1卷）》，许良英、范岱年，译. 北京：商务印书馆，1976年，第397页。
[②] 乔治·萨顿：《科学史和新人文主义》，陈恒六、刘兵、仲维光，译. 北京：华夏出版社，1989年，第125页。

联系在一起"①。科学人文主义是基于科学而建构的,其核心就是科学。

科学是一项伟大的事业,它既是人为的,也是为人的。科学的起源及其发展归根结底是属于人性的。科学与人文不可分割,它们应该且必须紧密地结合在一起。我们必须知道,科学的人性化是人类的最高理想与奋斗目标。作为人为的和为人的科学,必须具有人性的引领,否则科学就会偏离科学精神。科学的人性化应以科学与人文的融合为前提,二者相辅相成、相得益彰。萨顿指出:"使科学人文主义化,最好是说明科学与人类其他活动多种多样的关系——科学与我们人类本性的关系。"②科学是人性的,旨在帮助人类了解自然万物,掌握自然规律,以便为人类的精神文明与物质文明服务。这种人性伴随科学的诞生及其发展,成为科学的核心要素。科学是人进行的研究,也是一种人文现象,因此,科学与人文相互渗透并融为一体,"没有同人文学科对立的自然学科,科学或知识的每一个分支一旦形成,既是自然的,也同样是人的"③。其实,科学有两个历史根源:其技术传统传承和发展了实际经验与技能;其精神传统则传承了人类的理想与思想并发扬光大。④科学传统实际上是由工艺传统与哲学传统汇合而成,因此,科学成果就兼具了技术与哲学意义,从而对人文产生巨大的影响。科学与人文在方法、精神、价值、理性与知

---

① 乔治·萨顿:《科学史和新人文主义》,陈恒六、刘兵、仲维光,译. 北京:华夏出版社,1989年,第125页。
② 乔治·萨顿:《科学的生命》,刘珺珺,译. 北京:商务印书馆,1987年,第51页。
③ 乔治·萨顿:《科学史和新人文主义》,陈恒六、刘兵、仲维光,译. 北京:华夏出版社,1989年,第29页。
④ 斯蒂芬·F. 梅森:《自然科学史》,周煦良等,译. 上海:上海译文出版社,1980年,第1页。

识等方面都相互渗透、相互补充和相互转化。科学本质与人文精神无异，因为二者皆出于对人类前途与命运的关怀。科学精神的形成离不开科学与人文的融合，也就是说，科学与人文的融合是科学精神的基础。一般而言，人们对科学的理解是通过科学所取得的物质成就，而往往忽视科学的精神内核。其实，真正的科学人文主义者应该像理解艺术与宗教的生命那样去理解科学的生命。萨顿认为，对科学人文主义而言，科学最重要的并非创造物质财富，而是真理的发现，因为与发现真理相比，科学力量与科学财富只是科学的副产品而已。因此，科学精神体现的是人的精神，也是发现真理与实现人类最高理想的精神。我们要认识到，科学的正确应用是科学与人文融合的有力保证。科学知识容易被滥用，即便是科学家亦然，尤其当他们为激情所支配之时。科学滥用往往产生极其可怕的后果，因此，我们应更加关注科学的人性与科学精神，更加迫切地呼唤科学与人文的融合。传统人文主义者早已认识到科学的发展是必然的，科学绝非单纯的技术问题，因此，他们欲与科学家会合，理解科学精神以及科学家的理想。科学家也在宗教与艺术的影响下，抛弃盲目的自信和自负，主动与人文学者交往。正如萨顿在《科学的生命》(The Life of Science, 1948) 中所言，"理解科学需要艺术，而理解艺术也需要科学"。[1]科学人文主义赞美科学所蕴含的人性意义，并使它重新与人生联系在一起。萨顿呼唤科技伦理的出现，他倡导用人性制约和规范科学技术，使科学之真与人性之善相结合，最终使科学人性化。以科学为基础的人文主义可使科学更加有意义，也更加令人动容。只有坚持科学人文主义，方能达到历史精神与科学精神的融合、生命和知识的融合以及美与真的融合。

---

[1] 乔治·萨顿:《科学的生命》，刘珺珺，译. 北京:商务印书馆,1987年,第20页。

如果说文艺复兴的人文主义主要在文学、艺术与哲学等方面回顾过去,那么,科学人文主义除回顾文学、艺术与哲学之外,还回顾科学,尤其是科学的精神和科学的人性。科学人文主义关注科学的过去和现在,还"更多地面向未来"[①]。科学人文主义关心科学发展的未来,注重科学在人类历史长河中的可持续性发展。

科学社会主义的创始人马克思(Karl Marx,1818—1883)曾指出:"自然科学往后将包括关于人的科学,正像关于人的科学包括自然科学一样。"[②]萨顿的科学人文主义充分顾及科学与人文双方各自的特点,保证二者各自的独立性与平等性,以及在此基础上科学与人文的有机统一。科学人文主义是一种以科学为核心,建立在人性化的科学基础上的,并主张科学与人文双重复兴以达二者相互融合的新人文主义。作为20世纪一种新的文化思潮,科学人文主义具有以下特征:第一,它既是一种新的人文文化观,又是一种新的科学文化观;第二,它强调科学与人性的统一性与一致性;第三,面对"两种文化"的分裂以及科学"非人化"的现状,科学人文主义主张科学文化与人文文化融合、相互渗透,并指出我们必须用宗教、道德等人文文化来引导科学,使科学人性化;第四,它汇通东西方文化,注重科学的东方文化传统。

萨顿的科学人文主义虽是一种理想的科学技术发展观,但对弥合科学与人文的鸿沟富有建设性的意义。它既基于科技的发展,又肯定人文的价值;它强调必须以正确的人文价值观为导向来促进科学的发展;它倡导科学与人文相互协调、共同前进,使科学发展为人

---

① 乔治·萨顿:《科学的生命》,刘珺珺,译. 北京:商务印书馆,1987年,第49页。
② 马克思、恩格斯:《马克思恩格斯全集(第42卷)》,北京:人民出版社,1979年,第128页。

类的幸福服务；它既克服科学主义唯我独尊的缺点，又超越西方传统人文主义的狭隘性。它既信奉科学又崇尚人道：信奉科学，包括信奉科学知识、科学方法和科学技术，目的是弘扬科学精神；崇尚人道，是一种关注人的态度，关注人、人生和世界存在的价值与意义，不断培植和发展内心的价值需要，并努力在生活的各个方面实践这种需要。科学人文主义思想的核心是以人为本，关怀人的思想、心理与情感，服务人的自由、发展和完善，发挥人的聪明、智慧与理性。因此，唯有秉持科学人文主义思想，方能找到解决当今社会面临的诸如环保、战争、饥荒、人性异化等问题的方法，方能构建防止核物理技术、克隆技术、信息技术、生物技术及太空技术等对人类造成不可逆转的破坏的思想基础、决策机制和社会保障。

萨顿的科学人文主义希望在国家与国家之间架起一座又一座桥梁，在不同国家的内部、在生活（健全的生活）和技术之间、在科学与人文之间都架起能融合和沟通的桥梁[1]，为解决科学与人文的分裂问题提供一种研究路径，并为后来者提供有益的参考与启迪。因此，萨顿的科学人文主义具有理论先导的作用和现实的指导意义。

二

20世纪中叶以来，越来越多的科学家和人文学者积极投身于科学人文主义的行列之中。他们致力于科学的人性化与人文的科学化的研究，努力消弭两种文化之间的鸿沟，从理论和实践方面探索两种文化再度融合的现实可能性与实现途径。

---

[1] Sarton, George. *A Guide to History of Science*. Waltham, M. A.: The Chronica Botanica Company, 1952, p. 65.

第一章　科学与人文的冲突及科学人文主义的源流

匈牙利哲学家迈克尔·波兰尼（Michael Polanyi, 1891—1975）、美国人本主义心理学家亚伯拉罕·马斯洛（Abraham Maslow, 1908—1970）、美国哲学家理查德·罗蒂（Richard Rorty, 1931—2007）、奥地利裔美籍科学哲学家费耶阿本德和建设性后现代主义代表大卫·格里芬（David Griffin, 1939—　）等，都从不同途径探索实现科学与人文融合的理想之路。波兰尼批判了实证主义的科学观，证明了自然科学与人文科学知识同样属于人类的知识体系，自然科学事实上是一种人化科学。他反对将科学认知视为人之外的客观规律的精确观照。波兰尼的论著《个人知识》(*Personal Knowledge*, 1958)将包括科学在内的知识视为个人知识。他断言："凡是认知，都是个人参与——透过内居而参与。"[①]"内居"具有普遍性，且正是"内居"使两种文化的鸿沟得以消除。他利用意会认知理论（theory of tacit knowing），为科学与人文找到融合之可能性。波兰尼发展了萨顿的科学人文主义观，为科学人文主义建立了理论框架，为两种文化的沟通与融合搭建起了津梁。马斯洛则继续深入萨顿所倡导的科学的人性研究，他认为科学和人文在人性本善的基础上会走向融合与统一。他整合了科学与人文的统一，始终贯彻人本心理学主张，重视人的尊严与价值。他认为人是主动的、理性的、成长的、追求有价值的目标的，有积极的生命与生存态度，并主张发展人性和追求自我实现的高度一致。罗蒂则提出了一种人文主义文化统一观，其实质是将科学消解于人文文化，或者说用人文文化统一科学。他否认科学的客观性与合理性，并认为与人文文化相比，科学并无任何特殊性，因此，科学不应享有特殊的文化地位。罗蒂也延续

[①] 黄瑞雄：《两种文化的冲突与融合——科学人文主义思潮研究》，桂林：广西师范大学出版社，2000年，第84页。

了萨顿的科学人文化的方法。二人的区别在于，萨顿信奉实证主义的科学观，罗蒂则信奉具有后现代主义倾向的科学观。费耶阿本德直接消解了科学与人文融合的问题。他认为科学没有至高无上的权威，别的学说也应该有存在的资格，有生存的空间。费耶阿本德的学说消解了科学的无上权威，却保留了科学的价值。他从方法论角度论证了科学与艺术，甚至与宗教、神话的同一性，强调在科学中应保留艺术创造的自由，利用宗教、神话等来揭露科学所预设的宇宙观和意识形态成分。格里芬则反对心物二分，他认为世界本身就包括科学和人文，是一个相互联系的复杂整体。因此，科学与人文本是一体，而不应该分裂、相互矛盾和相互冲突。

还有许多类似的科学人文主义观点。社会生物学家爱德华·威尔逊（Edward O. Wilson, 1929— ）在著作《知识大融通》(Consilience: The Unity of Knowledge, 1998) 中说："人类心智最伟大的目标始终是尝试将科学与人文结合为一体。"[1]比利时科学家和哲学家伊·普里戈金（I. Prigogine, 1917—2003）与伊·斯唐热（I. Stengers, 1949— ）的著作《从混沌到有序——人与自然的新对话》(Order out of Chaos: Man's New Dialogue with Nature, 1984) 用一章来专门论述两种文化趋于统一的问题。[2]未来学大师阿尔文·托夫勒（Alvin Toffler, 1928—2016）就认为《从混沌到有序》是当今科学的历史性转折的一个标志，代表着第三次浪潮的文化。美国科学史家、科学哲学家托马斯·S. 库恩（Thomas S. Kuhn, 1922—1996）则从价值论角度论述了自然科学与人文学科并

---

[1] Wilson, E. O. Consilience: The Unity of Knowledge. New York: Vintage Books, 1998, p. 8.
[2] 伊·普里戈金、伊·斯唐热：《从混沌到有序——人与自然的新对话》，曾庆宏、沈小峰，译. 上海：上海译文出版社，1987年，第141页。

不存在根本的区别。英国历史学家彼得·沃森(Peter Watson, 1943—)认为,应提倡两种文化交融的、更人性化的科学观。"科学的'文化'……实际上是一种更为'人性化的'活动,而不仅仅是阅读科学杂志时所得到的那种东西。"[①]人性化的科学活动渗透着人文精神,从而使两种文化走向融合,引导科学观向人性化发展和变革。专门研究科学文学(scientific literature)的作家约翰·布罗克曼(John Brockman, 1941—)也提倡第三种文化,他认为科学家和思想家"向人们揭示了'人生的意义''我们是谁''我们是什么'这些深邃的问题"[②]。科学文化只是现代人类文明的一部分,并非全部,"科学这种既是观念的财富同时又是实际的财富的发展,只不过是人的生产力的发展即财富的发展所表现的一个方面,一种形式"[③]。因此,要使科学在推进人类文明的过程中显现更大的社会价值,就必须用人文文化对科学文化加以补充和调节,实现自然科学与人文学科的紧密结合。美国社会学家罗伯特·K. 默顿(Robert K. Merton, 1910—2003)的科学社会学也蕴含丰富的科学人文主义思想。默顿曾论述清教对科学所产生的影响,还从科学精神与气质等方面阐述了科学与人文的相通之处。科学是一种知识体系,但也像其他文化活动一样,内含价值体系,通过这种价值体系与其他文化进行互动,并实现其文化价值。美国科学哲学家马克斯·W. 瓦托夫斯基(Marx W. Wartofsky, 1928—1997)也强调对科学的人文理

---

① 彼得·沃森:《20世纪思想史》,朱进东、陆月宏、胡发贵,译. 上海:上海译文出版社,2006年,第545页。
② 约翰·布罗克曼:《第三种文化——洞察世界的新途径》,吕芳,译. 海口:海南出版社,2003年,第1页。
③ 马克思、恩格斯:《马克思恩格斯全集(第46卷下)》,北京:人民出版社,1980年,第34—35页。

解。他指出，科学哲学的目标是"达到对科学的人文主义理解"①。

三

第二次世界大战期间，美国的"曼哈顿工程"（Manhattan Project）被公认为"大科学"的标志。此后，美国就进入了"大科学"阶段——科学技术的国家化与社会化，或科学、技术与社会组成一张无缝之网——技性科学（technoscience）。技性科学是法国社会学家布鲁诺·拉图尔（Bruno Latour, 1947— ）在《行动中的科学》(Science in Action, 1987) 中提出的概念。它包含一切和科学形成有关的因素，即在科学形成的过程中，科学、技术、人类、社会和自然等因素皆参与其中。拉图尔将科学的形成置于一种关系语境之中，用科学与外部因素的互动代替科学发展的内部机制，将"科学知识社会学"研究引向技术层面，弱化人类中心主义。"大科学"的主要特征之一就是科学研究与开发融为一体。1963年，美国科学社会学家德里克·普赖斯（Derek Price, 1922—1983）在其著作《小科学，大科学》(Little Science, Big Science) 中指出："由于当今的科学大大超过了以往的水平，我们显然已经进入了一个新的时代。"②普赖斯认为，第二次世界大战前的科学属于"小科学"（Little Science）；第二次世界大战开始时，美国就进入了"大科学"时代。在"大科学"发展的过程中，原子弹的研制和使用标志着现代化大规模战争

---

① M. W. 瓦托夫斯基：《科学思想的概念基础——科学哲学导论》，范岱年，译. 北京：求实出版社，1982年，第7页。
② D. 普赖斯：《小科学，大科学》，宋剑耕、戴振飞，译. 北京：世界科学出版社，1982年，第2页。

时代的到来,其强大的威慑力助推战争的同时,其大规模的杀伤力也唤起了科学家的道德良知与社会责任感。阿尔伯特·爱因斯坦(Albert Einstein, 1879—1955)强调科学家要"坚定地高举伦理的信念"①。《罗素—爱因斯坦宣言》(Russell-Einstein Manifesto, 1955)也提出:"我们必须学会用新的方法来思考。"②该宣言对核武器所带来的危险深表忧虑,并呼吁通过和平的方式解决国际冲突。从此以后,科学家再也不能把自己关在象牙塔里,无视或回避他们所应承担的社会责任,而是应该为保卫世界和平与增进人类的福祉积极地行动起来。

在斯诺命题的广泛影响下,1964年,时任英国首相詹姆斯·哈罗德·威尔逊(James Harold Wilson, 1916—1995)倡议对科学技术与社会发展进行综合研究。于是,英国率先开展了声势浩大的科学研究工程,或称科学元勘。所谓科学元勘,是指以科学技术为对象进行的学术研究。这是一种元层次的探究,也是一个综合性的研究领域或学科群,几乎囊括了科学与人文的所有方面。爱丁堡大学(University of Edinburgh)率先成立了"科学元勘小组"(science studies unit),其研究被称为"科学知识社会学",以区别于法国社会学家埃米尔·杜尔凯姆(Émile Durkheim, 1858—1917)和德国社会学家卡尔·曼海姆(Karl Mannheim, 1893—1947)等早期建立的"知识社会学"(sociology of knowledge),以及当时占主流地位的默顿学派的"科学社会学"(sociology of science)。科学知识在产生的过程中,既受内在元素的影响,又受社会因素的影响;科学知识是一

---

① 阿尔伯特·爱因斯坦:《爱因斯坦文集(第1卷)》,许良英、范岱年,译. 北京:商务印书馆,1979年,第414页。
② 阿尔伯特·爱因斯坦:《爱因斯坦文集(第3卷)》,许良英、赵中立、张宣三,译. 北京:商务印书馆,1979年,第341页。

种亚文化集合，其产生有偶然性也有不确定性，因而不能用同一种科学方法对其进行标准性衡量。另外，科学知识本身是社会建构的产物，在科学专业化的当下，它改变了知识的分配与知识的社会角色。源于英国的科学知识社会学，迅速传入法国以及欧洲其他国家，随后又传入美国。美国科学知识社会学的代表有史蒂芬·夏平（Steven Shapin）、安德鲁·皮克林（Andrew Pickering）和特雷弗·平奇（Trevor Pinch）等。其中，皮克林用后人文主义（posthumanism）来看待当代科学技术的发展，以文化的多样性、异质性来理解实验室中的科学文化等。这些新观念为沟通和融合科学与人文、科学史与科学哲学以及科学社会学等诸多学科带来了全新的理解。

如果说"科学知识社会学"只将科学人文主义思想推进到理论层面，那么，由"科学知识社会学"发展成的"对科学的社会研究"则形成科学与人文互动的社会实践，即STS运动——"科学、技术与社会"（science, technology and society），亦称"科学技术论"或"科学技术学"（science and technology studies）。20世纪80年代，美国许多大学相继设立"科学、技术与社会"的研究项目、研究机构，并成立了全国性的"科学、技术与社会"协会。"科学、技术与社会"这三个词成为迅速发展的科学社会学主要的语义标志。随着科学技术与社会运动在世界范围内广泛而深入的传播与发展，萨顿的科学人性化思想最终深入现实的社会实践层面，科学人文主义思想也焕发出新的生命力。

从"科学元勘"到"科学知识社会学"，从"对科学的社会研究"到"科学、技术与社会"，从20世纪80年代兴于英国的"科学文化研究"（cultural studies of science）到国际社会倡导并已成为全球共识的"可持续发展战略"（sustainable development strategy）等，所有这些可视为两种文化协调发展的典型实例。

目前，科技进步正在给人类带来新的威胁或灾难，比如核战争、全球变暖、基因改造、病毒变异等将成为人类在未来面临的艰巨挑战。物理学家斯蒂芬·霍金（Stephen Hawking，1942—2018）也曾预言，科技越是进步，给人类带来的灾难也许就越多。麦卡锡通过其小说再现了霍金的预言，用文学方式表达了他的科学人文主义思想。作为一个科学人文主义者，他的文学创作兼顾了科学与人文两个方面。他认为科学发展是必然的，但他也坚信，如果科学一味地强调技术理性及其征服性，结果可能给人类带来毁灭性的灾难。麦卡锡的小说，从对科技给美国西部带来的积极作用与负面影响的客观描写到对核爆炸引发的象征世界末日的核冬天的描写，都让我们感受到他对科技无限发展所表现出的深切忧虑。麦卡锡的小说解读了斯诺所揭示的两种文化分裂所造成的危害，也预言了布罗克曼提出的"洞察世界的新途径"的"第三种文化"，即消除纯粹人文与科学分野的文化，用新的方式沟通科学文化与人文文化。这正是麦卡锡在小说中所倡导与践行的科学人文主义，更是他通过文学书写所揭示出的科学人文主义精神。

第二章　麦卡锡及其小说与科学文化和人文文化

麦卡锡出生于美国东部，成长于南部，定居于西部。他对自然有一种深沉而真挚的爱，自然在其小说中就是一种伟大的存在；他热爱写作，写作就是他一生的事业；他崇尚科学，科学是他创作灵感的泉源。麦卡锡的创作始于他成长的南方，在这里他发现了自己的写作天赋，并将文学创作确定为一生追求的伟业。此后，他一路西行的所作所为、所闻所思，拓宽了他的创作视野，开阔了他将科学和人文融为一体的科学人文主义胸襟。因此，他的文学创作无论在思想内涵还是在艺术风格方面都达到了一个高峰，其西部小说和边疆小说使他成为一个伟大的作家。2000 年后，麦卡锡的后启示录小说（post-apocalyptic fiction）将我们带入了一个后启示时代（post-apocalyptic age），给我们以启迪和警示。作为一个科学人文主义作家，麦卡锡爱与科学家探讨各种各样的科学问题，思考科技发展之于人类的影响。麦卡锡书写科学，将科学方法、科学理论、科学知识与科学精神融入其小说创作之中，不断地思考科学技术与人类文明之间的辩证关系。同时，他对现代工业文明始终表现出一种敬畏与警惕之心。他通过其文学作品表达了他对科学技术毫无节制地发展所带来的影响的担忧。他也通过将科学融入其文学创作的形式，试图发现化解科学文化与人文文化矛盾和冲突的方法。

第二章　麦卡锡及其小说与科学文化和人文文化

第一节　麦卡锡简介以及麦卡锡与科学

一

麦卡锡出生于美国新英格兰地区罗德岛的州府普罗维登斯（Providence）。父亲是一名颇有声望的律师，母亲是爱尔兰裔，信奉天主教。在6个兄弟姐妹中，麦卡锡排行第三。4岁时，他便随父母迁居田纳西州的诺克斯维尔（Knoxville）。诺克斯维尔位于田纳西州东部，在阿巴拉契亚山脉（The Appalachian Mountains）的西麓和田纳西河（Tennessee River）的河岸。该城市是纪念美国第一位军事部长亨利·诺克斯（Henry Knox, 1750—1806）而得名，当地华人称之为"诺城"。20世纪早期，此地盛产大理石，故诺城又昵称"大理石城"（Marble City）。20世纪三四十年代，诺城的手工业发展迅猛，尤其是有许多制衣厂，可到了1950年代，这些工厂纷纷倒闭。麦卡锡一家搬来后，在田纳西河的南岸和北岸都居住过。这段生活经历让麦卡锡见证了美国南方城市和工业的快速发展以及乡村的衰退凋零，目睹了在工业技术文明的冲击下美国南方农业和牧业式微，感受到了当地居民在面对工业文明的冲击而不得不告别传统的生活方式的彷徨与不适。在美国南方，麦卡锡仿佛聆听到了一曲优美却又哀婉的田园牧歌，回荡在阿巴拉契亚山脉的山麓和田纳西河的两岸。

麦卡锡曾在一所天主教学校学习，但他是一个不走寻常路的人。他兴趣爱好广泛，不喜欢上学。一踏进校门，他就有一种厌恶之感。他不喜欢学校的循规蹈矩，也讨厌课堂的枯燥乏味。上中学时，他最喜欢的就是邀约朋友一起去野外探险，深入诺克斯维尔周边的山林和荒野，在天地中寻找生命的真谛与心灵的自由。荒野世界中的自然秩序和蓬勃的生命力给予他许多意外的惊喜，使他感受到自然的生机和魅力，这为他日后创作积累了取之不尽的素材。因此，对麦卡锡而言，大自然始终是其作品中最伟大的存在。1951 年，他进入田纳西州立大学学习，主修文科，可次年他就不辞而别了。1953 年，他加入美国空军，在部队服役了 4 年，其中两年驻扎在阿拉斯加（Alaska）。1957 年，麦卡锡根据《退役军人权益法案》(Servicemen's Readjustment Act of 1944，或 G.I. Bill)[1]重回田纳西州立大学学习，先后主修了工程学与商务管理。工程学使麦卡锡学到了许多关于自然科学的知识，为他后来的文学创作提供了良好的科学素养与理性方法，也为他日后与科学和科学家结下不解之缘奠定了坚实的学科基础。1961 年，他再次任性而为，大学尚未毕业，他就毅然决然地再度辍学了。就在同一年，他喜结良缘，可谓"新婚结绸缪，罄衿散芬芳"（〔明〕李懋《窦滔妻诗一章》）。随后，他离开了诺克斯维尔，到过中南部路易斯安那州的新奥尔良、中西部伊利诺伊州的芝加哥和东南部的北卡罗来纳州等地。他一边在国内游历，一边打零工为生。麦卡锡几乎从未从事过长期而稳定的工作来养家糊口。他主要依靠文学奖金资助过着梭罗式的简朴生活和克鲁亚克式的"在路上"那种自由自在的日子。他就好像"垮掉的一代"(the beat generation)作家一样，始终在路上奔走，恰似《达摩流浪者》(*The Dharma Bums*, 1958) 中的流浪者贾菲与雷蒙。麦卡锡以漂泊游历为至乐，以自我流放为雅趣。"在路上"的生活不仅成为他的一种写作姿态，而且成为他所追求的生活样态。他许多时候都居无定所，或

---

[1] 《退役军人权益法案》，乃美国国会于 1944 年颁布之法案，旨在帮助退役军人在战后更好地适应平民生活。

第二章　麦卡锡及其小说与科学文化和人文文化　　　　　　　　　　　35

住在破旧的房屋或暂住汽车旅馆。麦卡锡"穷且益坚,不坠青云之志"(〔唐〕王勃《滕王阁序》)。他所居至简,所食至清。有一次,他与戏剧导演道格拉斯·韦杰交谈时说,他之所以保持简单的生活方式,是因为这样自己能心无旁骛地进行艺术创作;他之所以漂泊游历,是因为要积累最原汁原味的生活经验与写作素材。[1]麦卡锡也曾游历欧洲,到过英国、瑞士、法国、西班牙和意大利等国家。1976年,他搬到得克萨斯州西部城市埃尔帕索(El Paso)居住,埃尔帕索与墨西哥的华雷斯城(Juárez)接壤。这里绝大部分居民虽是西语裔或拉丁裔,但麦卡锡在这里找到了他身心停靠的港湾,从而开启了他人生的新阶段和他创作生涯的新历程。

　　麦卡锡特立独行,从不参加投票选举;他平实耿介,不参加巡回书展去提高自己作品的销量;他也不外出做讲演,更不为自己及其作品进行包装或宣传。麦卡锡喜欢离群索居、远离世俗的生活,极少接受采访,因此,他与品钦均被视为自杰罗姆·大卫·塞林格(Jerome David Salinger, 1919—2010)以来的美国文坛高隐。品钦对个人生活向来讳莫如深,且其行踪飘忽不定,也从不接受采访或让人拍照,从不公开露面,甚至拒领美国国家图书奖(The U. S. National Book Awards)与美国艺术文学院豪威尔斯奖(The Howells Award of the American Academy of Arts and Letters)。成名之后,品钦早年的照片和档案也离奇失踪,这就更加激起了人们对他的好奇心。麦卡锡与品钦二人恰似我国道教始祖老子(约公元前571—约公元前471)所言,"功遂身退,天之道"[2]。麦卡锡曾荣获美国几乎所

---

[1] Wallach, Rick. *Myth*, *Legend*, *Dust*: *Critical Response to Cormac McCarthy*. Manchester: Manchester University Press, 2000, p. 145.

[2] 陈鼓应:《老子注译及评介》,北京:中华书局,2009年,第89页。

有重要的文学大奖,一直都被视为诺贝尔文学奖热门人选,可天不遂人愿,他始终与该奖失之交臂。因此,他曾不无自豪地宣称自己是"一位能够摆脱浩瀚花环与奖杯而正常呼吸的作家"[①]。他"出六极之外,而游无何有之乡,以处圹垠之野"[②],可谓"隐居以求其志,行义以达其道"[③]。就隐逸而言,麦卡锡颇似我国隐逸诗人之宗陶渊明。

晋代的王康琚《反招隐诗》曰:"小隐隐陵薮,大隐隐朝市。伯夷窜首阳,老聃伏柱史。"麦卡锡既隐于市又隐于野。他始终在出世与入世之间游走,始终密切关注社会的发展与人类的生存危机。他既是一位独立冷静的参与者,又是一位敏锐深邃的思考者;他是一位悲天悯人的仁爱者,也是一位尖锐严峻的批判者。麦卡锡虽不喜欢上学,但这并不意味着他不喜欢读书,他愿意阅读自己喜爱的书籍,后来他的藏书就多达 7000 余册。其实,在服兵役期间,他曾阅读大量的文学作品,涉猎诸多哲学书。博览群书为他日后进行文学创作打下了扎实的基础。作为一位闻名遐迩的现代隐者,麦卡锡在文学创作中融入科学的元素,并以冷峻的理性洞察着大千世界的纷纭变化。

二

麦卡锡之于文学创作或许有些偶然,却也在偶然中成为美国文

[①] 陈爱华:《传承与创新——科马克·麦卡锡小说旅程叙事研究》,北京:中国社会科学出版社,2015 年,第 3 页。
[②] 陈鼓应:《老子注译及评介》,北京:中华书局,2009 年,第 235 页。
[③] 杨伯峻:《论语译注》,北京:中华书局,2006 年,第 200 页。

第二章　麦卡锡及其小说与科学文化和人文文化　　37

坛的一位大家。1959 年和 1960 年，麦卡锡在田纳西州立大学的文学增刊《凤凰》(*Phoenix*) 上分别发表了两篇短篇小说《为苏珊而醒》和《一次溺水事件》。这开启了麦卡锡的写作之旅。这也让他第一次获得文学奖——英格拉姆·梅里尔创作奖（Ingram Merrill Award）。奖金虽只有 125 美元，但这次意想不到的获奖让初出茅庐的麦卡锡发现了自己的写作天赋。正因如此，他才断然辍学，义无反顾地投身于文学创作之中，并将这一热爱发展成了他至死不渝的事业。

1964 年，麦卡锡第一次婚姻以失败告终，但这次婚姻不仅使他得到一个儿子，还催生了他的第一部长篇小说——《看果园的人》。这部小说由兰登书屋（Random House）出版。此书甫一出版，就引起了阿伯特·艾斯肯（Albert Erskine）的关注。此人正是威廉·福克纳、罗伯特·潘·沃伦（Robert Penn Warren, 1905—1989）和拉尔夫·埃里森等知名作家的编辑。《看果园的人》出版后，好评如潮。麦卡锡因此获得福克纳基金奖（PEN/Faulkner Award）。这一殊荣确立了麦卡锡美国南方传统文学继承人的身份。麦卡锡还获得了美国艺术和文学学会（American Academy of Arts and Letters）给予的 5000 美元资助。有了这笔钱，麦卡锡便开始了欧洲之行。在旅途中，他开始了其人生中的第二段婚姻。在这段时间里，他创作了第二部小说《外围黑暗》。这部小说阴森恐怖，大有哥特小说的特征，在麦卡锡的创作中具有里程碑的意义，如《外围黑暗》中的杀婴情节在其后启示录小说《路》中被演绎成末日世界中食人族食人的场景，又如该小说中的旅行母题延展出后来的《血色子午线》、"边境三部曲"和《路》中的奥德赛式的旅程叙事模式。1973 年，第三部小说《上帝之子》的出版使麦卡锡成了福克纳南方传统文学最真诚的继承者。同时，麦卡锡的小说还以自身的独特性——一种荒凉的、神话般的特质而蜚声美国文坛。①

1979 年，第四部小说《沙崔》出版。该小说讲述了科尼利厄斯·沙崔告别诺克斯维尔的生活而踏上西部之旅的故事。在现实生活中，麦卡锡也已挥手作别了南方的云彩，生活在西部边境城市埃尔帕索。麦卡锡深知，"路漫漫其修远兮，吾将上下而求索"（〔战国〕屈原《离骚》）。其小说《沙崔》的故事背景就设在诺克斯维尔，具有很强的自传性特征，在麦卡锡的文学创作生涯中具有承前启后的作用，也标志着麦卡锡的创作进入了西部小说和边疆小说的创作阶段。《沙崔》颇似出生在诺克斯维尔的小说家詹姆斯·艾吉（James Agee, 1909—1955）的《家中意外死亡》（*A Death in the Family*, 1957）。《家中意外死亡》描写了 20 世纪初诺克斯维尔一位父亲意外死亡给家庭成员造成的悲剧性影响。②《沙崔》的出版引起了诸多文学大家的关注，如美国当代文学发言人索尔·贝娄（Saul Bellow, 1915—2005）和历史学家兼小说家谢尔比·富特（Shelby Foote, 1916—2005）等都力挺麦卡锡，使之获得了 1981 年的麦克阿瑟奖（MacArthur Fellowship）。这次的奖金是 23.6 万美元。麦卡锡用这笔奖金在埃尔帕索买了一座石头房子，他终于有了自己的家，也将他收藏的 7000 余册图书安顿了下来。此时，麦卡锡声誉渐隆，《沙崔》被许多文学权威视为一部伟大的小说，足可比肩詹姆斯·乔伊斯（James Joyce, 1882—1941）的皇皇巨著《尤利西斯》（*Ulysses*, 1914）。

---

① Cant, John. *Cormac McCarthy and the Myth of American Exceptionalism*. New York: Routledge, 2008, p. 2.
② Wallach, Rick. "*Ulysses* in Knoxville: Suttree's Ageean Journey", *Appalachian Heritage*, 2011(1), pp. 51 - 61.

《沙崔》乃麦卡锡告别南方之作。故事背景仍设在位于阿巴拉契亚山脉西麓的田纳西州。也就是说,"田纳西三部曲"与《沙崔》皆以阿巴拉契亚山脉为故事背景,因此,麦卡锡的这四部南方小说又被文学界称为"阿巴拉契亚系列小说"。

麦卡锡定居西部后,其小说创作也发生了转向,即从南方的阿巴拉契亚小说转向西部小说与西部边疆小说。"但见时光流似箭"(〔唐〕韦庄《关河道中》),潜心创作数年后,1985 年,麦卡锡的第一部西部小说《血色子午线》横空出世了。这部史诗般的小说既有莎士比亚的哲思和雄辩,又有麦尔维尔的冷酷与洞悉;既有海明威的简洁和质朴,又有陀思妥耶夫斯基的矛盾与纠结。"耶鲁学派"批评家哈罗德·布鲁姆激赏《血色子午线》,认为该小说是可与麦尔维尔的《白鲸》(*Moby-Dick;or, The Whale*, 1851) 和福克纳的《在我弥留之际》(*As I Lay Dying*, 1930) 相媲美的文坛巨著。[①]

随后,麦卡锡创作了"边境三部曲"——《天下骏马》《穿越》《平原上的城市》。三部小说都以 20 世纪中期美墨边境为故事背景。《天下骏马》一出版,便受追捧而成为畅销书。一夜之间,麦卡锡名扬天下,如我国元代戏曲家高明(约 1305—约 1371)《琵琶记》所言,"十年窗下无人问,一举成名天下知"。此书销量大增的同时,麦卡锡还获得了 1992 年美国国家图书奖和 1993 年美国国家书评人奖。该小说还被改编成同名电影,并于 2000 年上映。有论者认为该小说达到了约瑟夫·海勒(Joseph Heller, 1923—1999)的《第二十二条军规》(*Catch-22*, 1961)和约翰·厄普代克(John Updike,

---

① Bloom, Harold. *Modern Critical Views: Cormac McCarthy*. Philadelphia: Chelsea, 2009, p. 1.

1932—2009)的《兔子休息了》(Rabbit at Rest, 1990)的思想高度。①1994 年出版的《穿越》被视为三部曲中最厚重的小说。无论在艺术领域中还是在商业世界里,该作品皆可谓成功之典范。《纽约时报》(The New York Times)称它完全可媲美托妮·莫里森(Toni Morrison, 1931—2019)的《宠儿》(Beloved, 1987)和福克纳的《在我弥留之际》。②《平原上的城市》虽不如三部曲中的前两部受欢迎,但它是三部曲中必不可少的一部作品,其语言和叙事仍受到诸多评论家的赞赏与肯定。

时间进入 21 世纪。2005 年,《老无所依》的出版,隆重地拉开了麦卡锡后启示录文学创作的帷幕。该小说融合了通俗小说、南方小说和西部小说等诸多元素,成为麦卡锡小说创作中可读性最强的作品。③根据该小说改编的同名电影在 2007 年上映后大获成功,一举拿下 2008 年度奥斯卡最佳影片、最佳导演、最佳男配角和最佳改编剧本 4 项大奖。小说和电影的成功使麦卡锡成了全世界炙手可热的名人大腕。《路》出版于 2006 年,是麦卡锡的第 10 部小说,也是他第 2 部后启示录作品。这是他文学创作里程中又一次尝试与突破。小说描写了末日灾难后一对父子艰难求生的奥德赛之旅。小说一出版便成为年度畅销书,《洛杉矶时报》《时代周刊》(Time)等媒体大力推荐,美国脱口秀女王奥普拉·温弗瑞(Oprah Winfrey, 1954—)

---

① Messent, Peter. "'No Way Back Forever': American Western Myth in Cormac McCarthy's *Border Trilogy*", William Blazek, Michael K. Glenday, eds. *American Mythologies: Essays on Contemporary Literature*. Liverpool: University of Liverpool Press, 2005, p. 129.
② Hass, Robert. "Travels with She-Wolf", *The New York Times Book Review*, 1994 (49), p. 143.
③ Hage, Erik. *Cormac McCarthy: A Literary Companion*. Jefferson N. C.: McFarland & Company, Inc., 2010, p. 15.

第二章　麦卡锡及其小说与科学文化和人文文化　　41

将《路》选为"奥普拉读书俱乐部"（Oprah's Book Club）的推荐书目。该小说受到了美国评论界的好评，荣获 2007 年美国普利策小说奖和英国詹姆斯·泰特·布莱克纪念奖。《路》也被改编成同名电影，中文译为《末日危途》。小说《老无所依》《路》与剧作《日落号列车》都体现出一种末日情结，都弥漫着一种伤感的末世情绪，因此，麦卡锡这三部作品又被称为"后启示录三部曲"。

麦卡锡的小说《过客》（The Passenger）于 2022 年 10 月出版，小说《斯黛拉·玛瑞斯》（Stella Maris）于同年 11 月出版。此外，麦卡锡还创作了一些剧本。1974 年到 1975 年，麦卡锡为美国公共广播公司（Public Broadcasting Service, PBS）创作了一个电视剧本《园丁之子》。1994 年，戏剧剧本《石匠》出版。2006 年，戏剧《日落号列车》上演后，广受好评。马丁·丹顿（Martin Denton）认为，《日落号列车》中的语言确实令人信服、发人深省且有意义，其中却无主角亦无反派角色或戏剧性延展，这与一场哲学辩论颇为相似。[1]该剧探讨生死问题，可谓"一首赞美死亡之歌"[2]。2013 年，戏剧剧本《法律顾问》出版，由该剧改编的电影《黑金杀机》也同时上映。

麦卡锡是独特的，他既不属于某个流派，也不属于某类作家。其小说极具多样性与变化性，难以进行简单的流派归类。其南方小说、西部小说及边疆小说均体现出明显的地方特色，却又具备超越地方文学藩篱的特点。这些小说充满神秘性和哲理性，也具有可读性。麦卡锡的小说讲述了不同人物的命运，涉及善与恶、生与死、上帝与存在等具有终极意义的经典文学主题。值得注意的是，贯串其许多小

---

[1] Cant, John. *Cormac McCarthy and the Myth of American Exceptionalism*. New York and London: Routledge, 2008, p. 258.
[2] Hage, Erik. *Cormac McCarthy: A Literary Companion*. Jefferson N. C.: McFarland & Company, Inc., 2010, p. 15.

说的是同一个宏大的主题，即人类在科技革命浪潮的冲击下艰难的生存状态，以及人类未来的走向和终极命运。麦卡锡的小说重构历史，书写人文与科学的关系与发展，融入了他深层的哲思。麦卡锡的许多小说，包括南部小说、西部小说、西部边疆小说及后启示录小说，故事背景都离不开与他息息相关的地方和美国文学的传统。然而，麦卡锡在继承美国文学传统的同时，又表现出对传统的反叛。他从布鲁姆"影响的焦虑"（anxiety of influence）中杀出一条血路，取得了文学事业上的成就。麦卡锡的作品大多已成为当代美国文学乃至世界文学的经典之作，堪比中世纪以来诸多文坛大家的作品，如但丁、爱伦·坡、麦尔维尔、福克纳和斯坦贝克等的作品。

三

人文、社会科学向自然科学学习，吸取自然科学的概念、理论与方法，不断丰富人文研究的内容，改善人文研究的手段。自然科学探索世界的方式（比如观察、归纳、演绎与实验）和务实的精神对文学创作产生了巨大的影响，科学技术和科学方法也为作家提供了观察世界与描写人物的新的视角和方法。古罗马诗人卢克莱修（Titus Lucretius Carus，约公元前99—约公元前55）的《物性论》（*De Rerum Natura*）以诗探讨物质运动，历来被视为从文学视角描绘科学的典范之作。法国现实主义作家司汤达（Stendhal，1783—1842）的《红与黑》（*The Red and the Black*，1830）对爱情心理的精湛描写，完全得益于他所掌握的科学方法以及他对科学精神的人文理解。从"现代法国小说之父"巴尔扎克（Honoréde Balzac，1799—1850）的鸿篇巨制《人间喜剧》（*The Human Comedy*，1829—1850）、西方现代小说的奠基者居斯塔夫·福楼拜（Gustave Flaubert，1821—1880）

的《包法利夫人》(*Madame Bovary*, 1857) 中皆可见科学方法与科学精神对文学创作的影响。

作为一位颇受欢迎的美国作家，麦卡锡在文学圈内的朋友极少，他更愿意与众多的科学家交往。20世纪90年代，麦卡锡搬到新墨西哥州的圣达菲北部，并加入了圣达菲研究所。该研究所是由诺贝尔物理学奖获得者默里·盖尔-曼（Murray Gell-Mann, 1929— ）提议建立的。该研究所注重不同学科之间的交叉和相互借鉴，其宗旨是让不同研究发生"碰撞"，从而产生出无穷的能量。成员是各自领域内一流的专家，却想跳出自己的研究领域而进行更加广阔的探索之旅，比如物理学家研究金融、数学家研究音乐等。他们的研究各不相同，从分子化学到天体运行，应有尽有。他们所具备的科学知识、科学方法、科学理论和科学精神是麦卡锡愿意学习的，且对麦卡锡的文学创作产生了巨大的影响。在圣达菲研究所的4年时间里，麦卡锡与这些科学家一起探讨地球气候的变化和生物灭绝背后的故事，探索人与自然的深奥关系，以及其他各种科学问题。在进行深入的思考后，麦卡锡再以一个文学家的视角来描写人类与自然、人类与世界万物之间的关系。

麦卡锡在与科学家交往的过程中，深受科学家以及他们的科学思想和科学精神的影响与启迪。因此，他既具备了客观冷静地观察人物和环境的特殊能力，又能以人文学者的悲悯视角审视在科技文明飞速发展下人与人、人与自然、人与社会以及人与自身之间的关系。这就是他创作的小说具有浓厚的科学人文主义色彩的主要原因。小说《老无所依》就是麦卡锡在圣达菲研究所交流期间完成的，因此，他将该作品献给圣达菲研究所，感谢研究所给予他的支持与帮助。他在该小说中的叙事语气细致而客观，似乎完全不带有主观情感；他不断地重复描写小说人物的日常动作，冷峻地叙述他们所使用的各种型号的枪支、子弹口径以及他们驾驶的各种汽车。在麦卡锡看来，文学艺术是与科学、数学和逻辑等紧密相关的，他将自己的写作建立在事实的基础之上，以客观冷静的科学观照方式进行文学创作。2007年5月，麦卡锡接受的第一个电视采访就是在圣达菲研究所的图书馆里进行的。这也可看出他对科学和科学家的痴迷。在此次采访中，麦卡锡谈及往日的生活，说到孩子与爱，大谈特谈科学以及与科学有关的各种问题。他好像不是一个知名作家，而是一位科学怪杰。作为一名人文作家，麦卡锡更喜欢思考的是科学技术的无限发展会给人类带来什么样的负面影响和可怕的后果。这表现出麦卡锡"先天下之忧而忧"（〔宋〕范仲淹《岳阳楼记》），"以深厚的人文情怀关注人类的终极命运"[1]。

现代科学技术的发展也深刻地影响着麦卡锡的小说创作，更成为其小说的有机组成部分，甚至成为其小说中的重要主题之一。比如《血色子午线》对霍尔顿法官制造火药以及其他科学知识的描写，《老无所依》对各种先进武器的型号、子弹口径的描写，以及《路》对核冬天（Nuclear Winter）的描写等，都是基于科学知识、科学理论、科学方法和科学精神而进行的。1982年，保罗·克鲁岑（Paul Crutzen）和约翰·伯克斯（John Birks）在《人类环境》（Ambio: A Journal of the Human Environment）杂志上发表论文《核战争后的大气：昏暗的正午》（The Atmosphere after a Nuclear War: Twilight at Noon）[2]。该文引起了美国天文学家、天体物理学家、

---

[1] 王维倩、李寒:《科马克·麦卡锡"边境三部曲"中的"两种文化"》,《当代外国文学》,2018年第2期,第20—27页。

[2] Crutzen, Paul & John Birks. "The Atmosphere after a Nuclear War: Twilight at Noon", Ambio: A Journal of the Human Environment, 1982 (11), pp. 114 - 125.

宇宙学家和科幻作家卡尔·爱德华·萨根（Carl Edward Sagan, 1934—1996）的关注。他随即与其他科学家组成小组，利用物理模型、核战争模型，就大规模核战产生的烟云与尘埃对地球大气的影响进行深入研究。1983年，他们在《科学》（Science）杂志上发表《核冬天：大量核爆炸造成的全球性后果》（Nuclear Winter: Global Consequences of Multiple Nuclear Explosions）一文。核冬天研究的潜在意义重大，且具有极其深远的影响。此后，核冬天的概念首次进入人们的视野，随即引发全球性的恐慌。麦卡锡之于科学的书写使其小说具有丰富的科学人文主义内涵，也表现出他所具有的科学知识以及他独特的人文魅力。在接受《华尔街日报》（The Wall Street Journal）采访时，麦卡锡曾说："我们可能真正地实现部分的机器化，我们可能被植入计算机。把一个储存了世界上所有图书馆的资料的芯片植入我们的大脑中并不仅仅是理论上的可能性。"[1]从中可以看出他对科学技术的深入了解，更可看出他对人类命运的殷殷关切与忧虑。

美国导演约翰·希尔寇特（John Hillcoat）曾问麦卡锡："你的写作是一种诗的形式。但是你阅读和研究的大部分东西都是技术的，是建立在事实的基础上的。艺术和科学之间有一条分割线吗？它们从哪里开始变得模糊不清的？"麦卡锡回答：

美学的确和数学、科学有关联。这也是保罗·狄拉克陷入麻烦的一个原因……如果在两个事物之间，一个是逻辑的，一个是漂亮的，那么他们更倾向于选择具有美学意味的，因为它

---

[1] 贺江：《孤独的狂欢——科马克·麦卡锡的文学世界》，上海：上海三联书店，2016年，第202页。

看起来更真实。①

麦卡锡的回答说明他具备非常丰富的科学知识，了解科学与人文之间的关系，以及科学与人文融合的必要性和迫切性。科学固然是逻辑的、事实的，但也可以是"漂亮的""具有美学意味的"。文学艺术和科学技术虽存在学科之别，却也有诸多共同之处。二者的终极目标都是引领人类去追求事实与真理，探寻美好的生活和建立良好的秩序，都是人类文明发展进程中不可或缺的思想源泉与生产动力。

科学本身是美的。德国天文学家约翰尼斯·开普勒（Johannes Kepler, 1571—1630）在行星椭圆的轨道上发现了美。英国哲学家罗素认为，数学包含真理，更有一种冷峭而严峻之美。丹麦物理学家尼尔斯·玻尔（Niels Bohr, 1885—1962）的互补性原理就是量子力学之花所结的科学美学之果。德国物理学家沃纳·卡尔·海森堡（Werner Karl Heisenberg, 1901—1976）认为科学美是一种潜藏于感性美之后的理性美。法国数学家和物理学家安德烈·魏尔（André Weil, 1906—1998）则将真与美统一在一起，如果在真与美之间只能二选一，那么，他总是选择美。②因此，科学与人文在诸多方面是相通和互融的。

科学影响人文，人文也给科学和科学家带来诸多的灵感与启发。科幻小说中曾经的想象之物，如儒尔·G. 凡尔纳（Jules G. Verne,

---

① 贺江：《孤独的狂欢——科马克·麦卡锡的文学世界》，上海：上海三联书店，2016年，第208页。
② 程民治：《海森堡的科学美学思想》，《安徽师大学报》（哲学社会科学版），1998年第3期，第331—336页。

1828—1905)和赫伯特·乔治·威尔斯(Herbert George Wells, 1866—1946)科幻作品中的坦克、导弹、潜水艇、电视机和直升机等,已变成现实世界中的常见之物。这些闪烁着科学人文主义光辉的作品也曾给科学家带来灵感,如碳 60 富勒烯分子结构的发现就是受艺术作品的启发。马尔科姆·布雷德伯里(Malcolm Bradbury, 1932—2000)与詹姆斯·麦克法兰(James McFarlane)在《现代主义》(*Modernism*: *A Guide to European Literature 1890 – 1930*, 1976)一书中说:

> 科学的新观念愈来愈带有诗歌中奇喻的性质,科学的重大进步(不仅在较新的心理领域,也在较传统的自然科学方面)都利用了与诗歌创作相同的富有想象的、直觉的洞察力。……微生物学家的雕塑模型、理论物理学家的数学模型,都具有小说家虚构世界的某些特质。①

麦卡锡的弟弟丹尼斯就是一位科学家——生物学博士。麦卡锡在创作《路》之前,常与弟弟电话交谈,还专门抽时间和他讨论科技发展到极致时有可能出现的世界末日情节。他们讨论在世界末日的荒原上若只有一小部分人存活,这些人会如何艰难求生,将表现出什么样的人性特征。他们想象,当所有赖以生存之物因核爆而消失殆尽之时,这些幸存者或许形成小的部落,沦落为食人族。可见,麦卡锡是站在科学人文主义的高度对科技迅猛发展所带来的人类浩劫、科技伦理以及人类不确定的未来进行科学思考和人文诘问的。

---

① 马·布雷德伯里、詹·麦克法兰:《现代主义》,胡家峦等,译.上海:上海外语教育出版社,1992 年,第 6 页。

麦卡锡在其文学创作之路上阔步前行，从美国东部扬帆起航，驶向南部和西部。他一路的笔耕都是伴随着美国科学技术的不断发展。因此，可以说，科技发展与人类命运的关系成为其笔下自始至终的一大主题。麦卡锡以其手中的如椽大笔书写在科技力量推动下美国发展的辉煌与成就、生存与死亡、血腥与暴力。透过麦卡锡的小说，我们可感受到科技对美国的自然与社会所产生的巨大而深远的影响。正如福楼拜所言："人类越前进，艺术将越是科学的，同样科学将变成艺术的。二者在基础上分开之后将在顶点结合。"[1]

第二节　麦卡锡小说的科学书写

读麦卡锡10余部小说，我们可洞悉美国18世纪末19世纪初第一次工业革命对人类发展的深刻影响，了解美国的西进运动、美国的第二次与第三次工业革命给美国带来的巨大变化，感知第二次世界大战后直至21世纪初美国"大科学"时代带给全球的猛烈冲击。在某种程度上，也可以说，麦卡锡的小说本身就是美国当代科学发展史的一个缩影。"田纳西三部曲"书写在工业文明冲击下美国南方田园牧歌的消失，揭示了工业文明和科学技术带来的物质文明发展以及由此引发的社会问题、人性的扭曲与异化。南方人希望保留传统，然而，工业文明以一种势不可阻的发展态势碾压一切不合时宜之人与物。《沙崔》结尾处描写的那一阵阵轰鸣的机器声，预示着现代工业文明给南方社会带来的不可逆转的巨变。西部小说和边境小

---

[1] 吴锡民：《沟通的探索——西方文学与文化论稿》，桂林：广西师范大学出版社，1996年，第117页。

第二章　麦卡锡及其小说与科学文化和人文文化

说描写了科学文化的繁荣发展带给美国西部城乡的翻天覆地的变化，刻画了科学文化对美国西部文明发展史所产生的深远影响，同时，也揭示了违背科技伦理的野蛮开发与发展终将让人类付出血腥与杀戮的惨痛代价。麦卡锡的后启示录小说则反思暴力的恶果，反思科学技术之于人类终极命运的灾难性影响。麦卡锡的小说既是他对人类现实的生存境遇以及可能面临的劫难的写照，也是他对人类未来的终极命运的科学人文主义观照。

麦卡锡曾被当代美国有影响力的文学理论家、批评家布鲁姆誉为"我们的屠杀和宗教狂热的悲剧史诗的荷马"[1]。众所周知，《荷马史诗》是古希腊乃至西方文学中伟大的作品，极具文学艺术价值。色诺芬尼（Xenophánes，约公元前570—公元前480/470，或公元前565—公元前473）曾说，所有人受教于荷马（Homer，约公元前900—公元前800）。《荷马史诗》既有对古希腊的历史、地理、考古学及民俗学的描写，也有对当时的科学技术的记录。科技虽非《荷马史诗》中最重要的内容，对其描写却也呈现出了古希腊当时的科技水平。在《伊利亚特》（Iliad）中，涅斯托耳（Nestor）向儿子安提洛科斯（Antilochus）指点赛车技巧的描写与后来的力学原理甚是吻合。阿喀琉斯之盾（Shield of Achilles）与埃阿斯之盾（Shield of Ajax）不仅设计漂亮，而且其性能与现代穿刺实验的结果极为相似，二者均具有极好的防御功能。奥德修斯（Odysseus）率领的12艘红颊船则反映了古希腊人的海船防腐技术。据说有现代气象学家根据《奥德赛》（Odyssey）居然绘制出了古希腊的气象图。与荷马不同的是，生活于科学技术飞速发展时代的麦卡锡所受科学技术的影响则

---

[1] 哈罗德·布鲁姆：《如何读，为什么读》，黄灿然，译. 南京：译林出版社，2011年，第307页。

要广泛得多，也深入得多。

美国学者威拉德·P. 格林伍德（Willard P. Greenwood）认为，麦卡锡喜欢高深莫测的知识，也喜欢隐晦难懂的语言。其小说中往往是高雅文化（high culture）与通俗文化（pop culture）并存。[1]或许正是受科学家观察事物方式的影响，麦卡锡在其小说中也尽可能剔除主观情感的干预，他将人与环境都当作冷静观照的客观对象而予以科学地描写和客观地再现。他的描写犹如一种实证记录，具有科学家的精准、客观和真实。在他的小说中，我们处处可见这样的科学观察与记录。

麦卡锡生活的时代正是美国科学技术繁荣发展的时代，他目睹了美国科技革命的迅猛发展带给美国的巨大变化，以及由此引发的各种社会问题与生存危机。其作品的时间背景跨度超过一个半世纪，从19世纪中期的美墨战争到21世纪初期。其间，美国经历了三次工业革命。这样两条主线贯串麦卡锡的小说：美国科学技术发展的脉络以及科学技术对人类所产生的巨大影响。

一

麦卡锡的"田纳西三部曲"（《看果园的人》《外围黑暗》《上帝之子》）皆以田纳西东部的山区为故事背景，和小说《沙崔》一起被称为"南方小说"。"田纳西三部曲"表现了工业文明对美国南方的冲击使南方田园牧歌消失。麦卡锡以此来揭示工业文明给南方社会带来的恶果以及人性的异化。福克纳曾号称"美国南方文学标杆"，

---

[1] Greenwood, Willard P. *Reading Cormac McCarthy*. California: Greenwood Press, 2009, p. 20.

第二章　麦卡锡及其小说与科学文化和人文文化　　　　　　　　　　51

创作的"约克纳帕塔法世系"（Yoknapatawpha Saga）乃南方文学的经典。麦卡锡创作的南方小说则继承了福克纳的传统。"田纳西三部曲"的背景设在田纳西河流域综合开发工程（Tennessee Valley Comprehensive Development Projects）之后，该工程对田纳西州的自然生态和当地居民的生活造成了巨大的影响。1933年5月，美国国会通过《联邦紧急救济法》（Federal Emergency Relief Act），救济了数百万个家庭，还实行了以工代赈计划，吸收更多的失业者参加劳动。田纳西河流域属美国贫困区域，1933年成立的田纳西河流域管理局（Tennessee Valley Authority，TVA）招收了大批失业工人，兴建水坝与水电站，发展航运，建成了大型的水电站与航运系统，加快了该地区的工业进程和农业发展。水利工程带来了现代化，却也改变了当地独特的人文景观和人们传统的生活方式。它标志着工业化已进入了田纳西州，人们不得不告别昔日的田园生活而进入现代工业文明的社会。

《看果园的人》的故事发生于20世纪30年代至50年代。小说讲述了几位主人公面对现代化的种种不适与反抗。亚瑟·奥恩比大叔欲逃入深山，找寻干净的水源，建造有壁炉的房子。他渴望消除工业文明的侵袭，以便保留南方传统的价值观。约翰·韦斯利的艰难成长见证了现代工业文明对传统文化的冲击和影响。小说虽未直接描写工业文明，却通过奥恩比之口揭示了工业文明所带来的破坏性影响。夏日，太阳炙烤着果园所在的山谷。通向果园的道路尘土飞扬，热风中还夹杂着乳草植物、猪圈与烂菜叶混杂的陈腐气味。路旁尘土中倒伏着的则是枯萎干瘪的忍冬和豌豆藤。到7月底时，玉米地也由黄变枯了，玉米秆则无力地耷拉着脑袋。此时，所有的植物已干枯,泥土干裂,地上到处都是石灰石。[1]在奥恩比衰败的果园里,现代文明昂首阔步地走了进来。果园中修建的巨大金属罐以及马里恩·希尔德的汽车长驱直入等便是明证。奥恩比用枪将政府放置在果园的金属罐打得千疮百孔,而这罐子据说是用来做某种实验的。这个金属罐便是科技力量的一种隐喻。奥恩比因此而被追捕,最终被送入了疯人院。这说明工业文明和科学技术的发展以及社会的变迁对南方传统的改变,也说明南方传统的农业被工业文明所取代的必然性。奥恩比田园理想的破灭也暗示了阿巴拉契亚地区未来的命运与发展方向。20世纪30年代,南方传统的父权制社会正被日益发展的资本主义社会所取代,农业生产也逐渐被工业生产所替代。我们从希尔德的谋生方式便可窥见工业文明及商业化对人们的影响。希尔德来自诺克斯维尔,从事贩卖私酒的生意,这是资本主义商业意识对他的影响。小说中弥漫着一种对田园牧歌的追忆,也流露出一种对科技洪流冲击下田园牧歌逐渐衰亡的哀悼,更有一种对工业文明可能带来的可怕后果的隐忧。"在现代物质文明的冲击下,古老的农耕文明渐渐地失去了根基,失去了力量,没有什么是亘古不变的。"[2]美国学者莉迪亚·R.库珀(Lydia R. Cooper)认为,该小说描写了日益逼近的工业化与社区之间的矛盾,乡村生活宁静,人们靠打猎与捕鸟为生,不像工业化与城市化那样聚敛财富和牟取暴利。[3]希尔德让

---

[1] McCarthy, Cormac. *The Orchard Keeper*. New York: Random House, 1993, p. 11.
[2] 贺江:《孤独的狂欢——科马克·麦卡锡的文学世界》,上海:上海三联书店,2016年,第17页。
[3] Cooper, Lydia R. "McCarthy, Tennessee and Southern Gothic", Steven Frye, ed. *The Cambridge Companion to Cormac McCarthy*. Cambridge: Cambridge University Press, 2013, pp. 45-46.

第二章 麦卡锡及其小说与科学文化和人文文化

韦斯利搭便车,韦斯利欲半路劫杀他。在扭打中,希尔德却将韦斯利勒死,随后埋尸于果园。麦卡锡对希尔德自卫杀人的描写不是叙述,而完全是以科学的观察所进行的客观记录。

《外围黑暗》的故事发生在田纳西偏远的约翰逊县(Johnson County),表面观之,那里似并未受到工业文明冲击,但透过文本仍能发现现代科技与工业文明对人类巨大的影响。

《上帝之子》中,工业文明对传统的农耕文明产生了巨大的影响,工业化的发展不断改变着人们的生活模式与行为方式。其实,工业化的过程也是人性不断异化的过程,尤其是工业文明借宗教、法律的力量,将那些落后的或不能适应社会发展的人视为异类而加以排斥,让他们沦为退居洞穴中与黑暗为伍的"隐身人"(invisible man)。主人公巴拉德就是这样一个被工业文明所异化、所抛弃的扭曲变态者,最终被所谓"文明社会"淹没和吞噬。巴拉德本是社区的一员,但工业文明将他裹挟着,使他从文明退化到荒野,从正常人退化到病态,最终成为精神病人。巴拉德的异化既折射出现代人的病态心理和困顿的生存状态,也说明科学技术对人类文明的侵蚀以及对人类身心的戕害。罗伯特·杰瑞特(Robert J. Jarret)评曰,与曾暂居瓦尔登湖畔的亨利·戴维·梭罗(Henry David Thoreau, 1817—1862)不同的是,巴拉德独居自然中之时,既未悔悟也未恢复其纯真的状态,他只是现代意义上的美国亚当的变体。[①]在这部小说中,麦卡锡采用了一系列客观、科学的叙述方式。有一段描写铁匠锻造斧头的步骤与方法尤为经典。铁匠一边实际操作一边给巴拉德详细讲解,从火候到锤子敲打的轻重,从淬火到擦亮斧头的刃片。"一旦细

---

① Jarret, Robert J. *Cormac McCarthy*. New York: Ywayne, 1997, p. 41.

节搞错了，整件事情就都错了。"①阅读这一整套锻斧的操作流程，我们似也成了技术娴熟的匠人。麦卡锡描写巴拉德擦枪的过程，也采用了一种客观的科学方法：

> 接着他坐在地上擦起枪来，子弹被退到大腿上——弄干，枪机擦干后又上了油，机匣、枪管、弹匣和机柄也都上了油，做完这些之后他给枪重新装弹，拉动机柄将一颗子弹推进枪膛，然后放下击锤，把枪挨着自己放到了地上。②

这里，麦卡锡细致地描写了巴拉德的来复枪的所有部件，如子弹、枪机、机匣、枪管、弹匣和机柄，也描写了他擦枪的整个过程，如拆卸、重装、将子弹推进枪膛、放下击锤等等。这几乎就是一个拆枪和装枪的科学说明书。

"田纳西三部曲"继承了南方文学的传统，却又有所超越。麦卡锡描写了美国南方山区人们的生活以及他们受工业文明的影响，他书写工业文明和科学技术带来的恶果以及人性的异化。南方人希望保留传统的生活方式，渴望回到未被工业文明侵蚀的田园牧歌般的生活。然而，社会毕竟是向前发展的，工业文明和科学技术的发展势不可挡，南方曾经的阿卡迪亚③（Arcadia）渐行渐远，这就是南方人所面临的传统与现代之间的生存困境。

《沙崔》是麦卡锡最后一部南方小说，即他告别南方之作。该小

---

① 科马克·麦卡锡：《上帝之子》，杨逸，译.郑州：河南文艺出版社，2020年，第78页。
② 科马克·麦卡锡：《上帝之子》，杨逸，译.郑州：河南文艺出版社，2020年，第69—70页。
③ 相当于中国的桃花源。

说包含福克纳式的温和的讽刺与幽默,以及奥康纳式奇特的充满怀旧的想象力。[1]20世纪五六十年代,随着美国资本主义经济的发展,诺克斯维尔面临科技现代化大潮的冲击。传统的纺织业在竞争中落败;而田纳西河流域管理局自20世纪30年代以来实施的包括防洪、航运、发电、灌溉及旅游在内的综合性开发治理,加快了该地区的现代化进程。《沙崔》伊始以斜体字的形式介绍了故事背景,说明科尼利厄斯·沙崔所生活的现代化工业城市的环境:"在盛夏闷热中,沙崔午睡醒来时,就听见锯木厂的锯木声、被屠宰的猪的嚎叫声以及各种机器的嗡嗡声。"[2]小说中的马卡纳尼公寓(McAnally Flats)位于诺克斯维尔市中心,紧邻田纳西河,是被高楼包围的贫民区。此处是小偷、杀人犯、酗酒者、流浪汉和妓女的出没之地,沙崔常在此喝酒、聊天、赌博,甚至因打架斗殴而被关入监狱。随着城市化的发展,马卡纳尼公寓被夷为平地,一条高速公路从此地穿过。铁道工人沃森老爹的回忆使我们了解到20世纪初美国的工业发展进程和经济大萧条的历史。有"城市老鼠"之称的吉恩·哈罗盖特则发现诺克斯维尔城下有美国内战时期用于储藏货物的洞穴,包括下水道,于是,他计划挖地道去抢银行,结果被埋而险些丧命。当在洞穴中找到哈罗盖特时,沙崔发现这座城市原来是空的。"空心城市"隐喻了高楼林立的现代化城市没有精神与灵魂,只有空壳和黑暗。美国的城市化进程光鲜而亮丽,却空洞无物且混乱无序。麦卡锡描绘了这样一幅20世纪50年代初在科技现代化大潮激荡中的诺克斯维尔的城市风貌图:与乔伊斯《都柏林人》(*Dubliners*,1914)中的都柏林一

---

[1] 贺江:《孤独的狂欢——科马克·麦卡锡的文学世界》,上海:上海三联书店,2016年,第51页。
[2] Cormac McCarthy. *Suttree*. New York: Vintage Books, 1992, p. 63.

样,城市的色调是水泥灰的甚至是黑色的,到处是垃圾和废品、暴力与贫困。在小说序曲中,麦卡锡写道:"夜幕下,城市街上空无一人,用砖与圆石砌成的过道被烟熏得黢黑,杂草长于煤渣与砖缝,年久失修的道路破烂不堪,电线上挂着风筝或小孩玩具,形状各异的钢筋水泥建筑杂乱无章,恶臭的排水沟里漂浮着丝状黑条,肮脏的河水漂满各种垃圾。"①这些描绘都呈现出一派破败而凌乱、肮脏又荒芜的后工业时代的衰败景象。除新英格兰某些工业城市外,诺克斯维尔是美国最丑的城市。它还是美国南方最无秩序的城市,凶杀、汽车盗窃等居田纳西州所有城市第一。②《沙崔》是一部有如百科全书和史诗般宏大的作品,作者的现实主义手法真实地反映了我们这个"已知世界"③。《沙崔》结尾处隆隆的机器声,预示了这座城市的面貌将进一步被改变,这就是现代文明给南方社会带来的不可逆转的震荡。

二

《血色子午线》是麦卡锡的第一部西部小说,描写的是美墨战争后,发生于美国西部与墨西哥北部的血腥的开发,尤其是对印第安人的猎杀,揭示了暴力以及隐藏于人性之中的罪恶。该作品被布鲁姆称作"最伟大的西部小说"④,也被视为新的文学经典。在这部小

---

① Cormac McCarthy. *Suttree*. New York: Vintage Books, 1992, p. 4.
② Wheeler, William. *Knoxville, Tennessee: A Mountain City in the New South*. Knoxville: University of Tennessee Press, 2005, pp. 61–62.
③ Greenwood, Willard P. *Reading Cormac McCarthy*. California: Greenwood Press, 2009, p. 43.
④ Bloom, Harold. *Cormac McCarthy*. New York: Infobase Publishing, 2009, p. 1.

说中，麦卡锡以博物学家的敏锐观察力和科学家的严谨细致记录了一个荒芜表象下生机勃勃、物种多样化的沙漠生态系统。该小说可谓一本沙漠地貌和动植物的百科全书——所提及的动植物名目繁多，作者对它们的解说详细，纲目科属种俱全。小说中的霍尔顿法官是一位自诩崇尚科学的狂人，他发表的讲演主题涉及考古、道德、战争、天文、历史、博物等科学与人文诸多方面的知识，其中关于自然科学的知识最多。霍尔顿法官是一个百科全书式的人物。他掌握的科学知识既令人肃然起敬，也令人不寒而栗。他熟悉气候和地理对种族特征的影响，能从碎矿石标本中看到关于地球起源的信息。他研究古生物学，如某种灭绝的远古怪兽，还说这些"神秘信息便是这其中毫无神秘可言"①。他说地球母亲像鸡蛋一样圆，将所有好东西藏于其中。他熟知宇宙空间，了解宇宙的秩序，并说"除了地球，宇宙的其他地方没有人类"②。他了解陨石铁，还公开讨论这天降之石的铁的本质及其力量与归属。他擅长制作动物和植物标本，如去除鸟的内脏，再塞上干草；如将植物叶子放入书中等。他似一个现代仿生学的典范，能双手开枪，像蜘蛛般灵活；他的听力敏锐，耳朵比狐狸还尖。他能用科学的方法如侧视图或透视图来绘制文明废墟的燧石、陶片以及远古的绘画。他还能凭掌握的科学知识在危机时刻制造出火药：先用溪水和木炭滤出鸟粪，炼出 8 磅纯硝石晶体，还有 3 磅细桤木木炭；再用火山口边缘的硫黄与木炭、硝石混合；最后在这些混合物里撒尿，待太阳晒干后便制成了火药。从麦卡锡的描写观之，霍尔顿法官完全是一个科学狂人，上知天文，下知地理，远晓历史，近通变化。然而，就是这样一个科学狂人，为了达到征服的目

---

① 科马克·麦卡锡:《血色子午线》，冯伟，译. 郑贤清，校. 重庆：重庆出版社，2013 年，第 281 页。
② 科马克·麦卡锡:《血色子午线》，冯伟，译. 郑贤清，校. 重庆：重庆出版社，2013 年，第 272 页。

的、杀人如麻、冷酷残忍。所有这些象征着美国科学发展的蓬勃态势以及科技霸权所具有的冷酷无情的杀伤力。

"边境三部曲"(《天下骏马》《穿越》《平原上的城市》)描写了科学文化的繁荣发展带给美国西部的巨变,刻画了科学文化对美国西部文明发展史所产生的巨大影响。"边境三部曲"均以第二次世界大战前后的美墨边境为背景。第二次世界大战前后正值美国掀起一场以原子能技术、航天航空技术、电子计算机技术等的发展为标志的新科技革命。那时,美国的经济已进入了高度现代化的发展阶段。美国快速的工业化与城市化进程,对美国西部传统的生产模式和生活方式都构成了极大的冲击,西部牧场与农场纷纷关停或倒闭。这也是美国西进运动第二个时期(1865—1945年)结束与第三个时期(1945年至今)开始之时。美国西进运动第二个时期是以工业为主的综合开发期,美国政府大量吸引外资进行基础设施建设,并重视科学技术的运用。政府在西部建设了大型水电工程与军工企业,发展了新兴工业和高科技工业。第三个时期则为科技深度开发时期,美国率先进行了以计算机网络技术、原子能技术、生物技术和空间技术等为标志的第三次科技革命。

《天下骏马》讲述了这样一个故事:20世纪中叶美国得克萨斯州的两位少年牛仔约翰·格雷迪和莱西·罗林斯,面对大工业的侵蚀和牧场的颓败,纵马南下墨西哥去寻找"旧西部"——有大片草原的牧场和田园牧歌般的生活。然而,工业文明无孔不入。为满足不断膨胀的物质欲望,人们过度开采能源,任意开发土地。格雷迪与父亲见面时,其父就说到西部牧场凋敝,而附近的"IC克拉克一号油井就是个大钱眼"①。小说最后,格雷迪回到家乡后,罗林斯建议他到得

---

① 科马克·麦卡锡:《天下骏马》,尚玉明、魏铁汉,译.重庆:重庆出版社,2013年,第12页。

克萨斯州的油田去干活,那儿赚的钱很多。格雷迪在得克萨斯时,见到河谷旁的采油机立于地平线上,"那一起一伏转动着的机器宛如一群机械鸟。这些由钢铁焊成的宛如传说中'原始鸟'的机器,可能就群居在原始鸟一度栖息的地方"①。放眼望去,美国西部到处都是废弃的牧场与矿山,还有许多废旧卡车车门、坏变速器和废旧的发动机部件。即使在墨西哥偏远的普利西玛圣母玛利亚牧场,人们仍能见到废弃的旧钻井。牧场主罗查先生则开着飞机在其牧场与墨西哥城(Mexico City)之间穿梭往来。在工业化的铁蹄下,美国西部连野牛群都消失得无影无踪,曾经悠闲的田园生活即将消失,代之而来的是工业化的城市生活。与其说《天下骏马》讲述的是牛仔南下墨西哥的故事,倒不如说它是对美国工业化滚滚热流烧毁一座座田园牧场的历史写照,是美国这一时期的真实缩影。世代生活于田园牧场的人并不了解工业文明和城市化的进程,但随着科技的深入,他们的生活受到巨大的影响。他们视工业文明为敌,然而,他们对此只能心生恐惧和无奈。这说明科学技术并不总能给人类带来幸福,人类在获得物质财富的同时,也不得不以牺牲童真、浪漫和自由为代价。工业文明的发展加速了生产力的发展,却也造成了人与自然、人与社会、人与上帝的疏离,甚至是人与自身的疏离与隔阂,从而导致人性的变异。

《穿越》是麦卡锡最具穿透力的一部作品。16岁的牛仔比利·帕勒姆四年中三次穿越美墨边界。美国与墨西哥相邻却又如此不同,帕勒姆的穿越之旅是在富裕与贫穷、有序与混乱之间的穿越。这两个国家在科技、经济等几乎所有方面都存在着巨大的差异。美国的

---

① 科马克·麦卡锡:《天下骏马》,尚玉明、魏铁汉,译.重庆:重庆出版社,2013年,第385页。

历史虽短,其科学技术却飞速发展;而墨西哥虽有数千年的历史,却依然徘徊在往日的荣光里。①美国西部有火车在奔驰,如离帕勒姆家64千米的地方就有火车日夜飞奔。火车冒着青烟,似一条长龙在山下的平原上游动。在小说第四章,帕勒姆遇到一群来自墨西哥杜兰戈的吉卜赛人。他们赶着一辆由六头牛拉的大拖车,运送的是一架样式古老的飞机。飞机已被拆卸,机翼和机身用粗绳捆绑在一起。这群人的头领治好帕勒姆受枪伤的马后,给他讲了一个真实的故事:1915年夏,有两架由美国人驾驶的飞机坠入墨西哥的深山,他们运送的就是其中之一。除了火车、飞机外,小说直接描写科学技术或工业文明的笔墨并不多,但西部狼的消失也可见工业文明的发展对农牧业的影响。随着西部的开发,越来越多的人涌入西部荒野,狼及北美野牛被大量猎杀。随着荒野面积的缩小,狼可猎杀的猎物也越来越少。当以牧场牲口为食时,它们又遭到人类更猛烈的猎杀。帕勒姆向阿努尔弗先生请教捕狼的方法时,老人说"这里已经没有狼了"②。得克萨斯州已没有狼了,美国西部也没有狼了。小说中帕勒姆救助的那只狼是从墨西哥跑过来的。③狼的消失,说明在工业文明的影响下美国西部自然环境被破坏以及西部牧场的黯然退场。

在《穿越》中,为了抓住那只狼,帕勒姆之父用科学的方法精心设置了陷阱。麦卡锡是如此描写的:

  他拿起兽夹,注视着饵盘上的凹槽,然后又退回一扣螺丝,调整了一下板柄(启动杆)。朝阳透过树枝把花花的影子投在他

---

① Riding, Alan. *Distant Neighbors*. New York: Vintage Books, 1989, p. IX.
② 科马克·麦卡锡:《穿越》,尚玉明,译. 重庆:重庆出版社,2011年,第51页.
③ 科马克·麦卡锡:《穿越》,尚玉明,译. 重庆:重庆出版社,2011年,第26页.

第二章　麦卡锡及其小说与科学文化和人文文化　　　　　　　　　　61

>的背上。他蹲在那里，把兽夹举在眼前，对着早晨的晴空仔细察看着，就像是在校正一些古老而又精密的仪器，如观察天象的星盘或六分仪等。又像是一个人弯着腰，以某种方式在世界上为自己定位一样，此人正专心埋首，通过弧和弦的关系来测定周围世界和本身存在之间的距离……①

精密仪器如"星盘""六分仪"等、数学术语如"弧""弦"等，皆属自然科学之范畴。帕勒姆之父调整兽夹如同"校正一些古老而又精密的仪器"，如"观察天象的星盘或六分仪"。精密仪器基本上都是用于科学实验的，而星盘（astrolabe）是古天文学家、占星师和航海家进行天文测量之仪器，可定位和预测如太阳、月亮、金星、火星等天体之于宇宙的位置，确定时间、经纬度和三角测距等。六分仪（sextant）则是测量远方两个目标之间夹角的光学仪器。牛顿首先提出六分仪原理，后来六分仪的用途渐广。20世纪40年代后，虽有无线电定位法（radio position fixing），但六分仪仍被用于许多领域。连接圆上任意两点的线段曰弦（chord），经过圆心者曰直径——最长之弦。圆上任意两点间的部分曰圆弧，简称"弧"（arc），其中大于半圆者为优弧，小于半圆者为劣弧。半圆非优亦非劣也。如果麦卡锡不熟悉这些科学知识，那么，他似乎不太可能如此精确地描写，尤其是写如何用弧与弦来测定距离。

有论者将《平原上的城市》与前两部作品进行比较，并认为该小说相差甚远。但埃德温·T. 阿诺德（Edwin T. Arnold）持相反的观点。他认为《平原上的城市》指向前两部小说所开辟的精彩旅程，自

---

① 科马克·麦卡锡:《穿越》,尚玉明,译. 重庆:重庆出版社,2011年,第24—25页。

有其华彩的乐章。它是一部蕴含智慧的小说，回首过去，令人感动。①在工业化进程中，美国军队派人来调查西南部的七个州，调查出最穷的地方，以便征用。格雷迪和帕勒姆所在的马克牧场"就正在最穷的地方的中心"②，属于被征用之地。这意味着不仅牧场本身，就连整个山谷都将被政府征用。美国军队以推进技术和为人民造福的名义，接管牧场与山谷，用之进行科学实验或建设军事设施，导致自然区域被破坏，荒野也随之消失。城市化和现代化的发展与推进，迫使西部牛仔放弃世代相沿的简朴的田园牧歌生活方式，他们被迫背井离乡，甚至跨越美墨边界去寻找失去的"天堂"。在小说中，约翰逊老爹一生就见证了美国的工业化和城市化的发展过程。他说："这个国家从煤油灯和双轮马车的时代转变到了喷气式客机和原子弹时代。"③在小说最后，帕勒姆看见了荒原上有一座房子。乍一看，这房子仿佛是一座古旧的西班牙教堂，但细细端详，帕勒姆发现那是一座有白色拱顶的雷达跟踪站。这一描写具有影射意义。这个雷达站直指美国军事工业在西部大自然中大行其道，原子弹等高科技军事武器的发展成为美国征服自然、称霸世界的利器。科技进步，国家利益至上，那座看似西班牙教堂的建筑预示：面对科技的洪流，人们失去了精神支柱，他们的信仰也岌岌可危。

麦卡锡在"边境三部曲"中始终关注科技文明高度发展下人与自然、人与社会、人与人以及人与自身的博弈，其目的是揭示两种文化的矛盾与冲突，以便找寻两种文化融合的"第三种文化"。在"边

---

① Arnold, Edwin T. "The Last of the Trilogy: First Thoughts on *Cities of the Plain*", Edwin T. Arnold & Diane C. Luce, eds. *Perspectives on Cormac McCarthy*. Jackson: University Press of Mississippi, 1999, pp. 221-222.
② 科马克·麦卡锡：《平原上的城市》，李笃，译. 重庆：重庆出版社，2011年，第11页。
③ 科马克·麦卡锡：《平原上的城市》，李笃，译. 重庆：重庆出版社，2011年，第132页。

境三部曲"中，西部牛仔的背影逐渐从人们的视野中消逝，牧场土地被征用，或用于开采石油或其他矿产资源，或用于军事。历史变迁、命运弄人，在人与命运的抗争中，麦卡锡也记录了美国科学技术的发展史。因此，"边境三部曲"具有一种史诗般的恢弘气势。

三

2001年"9·11"恐怖袭击事件后，麦卡锡开始反思科学技术之于人类的负面影响。他秉持一个科学人文主义者的严谨态度来观照人类的现实处境并思索人类未来的命运。受《圣经》(The Bible)最后一卷《启示录》(The Book of Revelations)的启发，麦卡锡进入了后启示录作品创作阶段。他开始关注世界发展的终极命运，其后启示录作品包括两部小说《路》《老无所依》以及一部剧作《日落号列车》。

后启示录文学（post-apocalyptic literature）是对启示文学（apocalyptic literature）的传承与创新。启示文学始于公元前2000年古希伯来人的神话预言，兴于公元前2世纪上半叶，到中世纪乃成一种主要的文学形式。《但以理书》(The Book of Daniel)是学界公认的启示文学的开山之作。此后，犹太启示文学相继问世，如《以诺书》(The Book of Enoch)、《西番雅启示录》(The Book of Zephaniah)、《以西结书》(The Book of Ezekiel)、《以斯拉四书》(4 Ezra)以及基督教《新约》(The New Testament)中的《启示录》等。启示文学是人类文学史上的一朵奇葩，它给世界古典文学增添了绚烂夺目的一笔。传统启示文学与《启示录》紧密相关，大多包括耶稣复临、善恶决战和最后审判等；而现代启示文学中的末世情结描写则迥异其趣，它描画人们在世俗化和欲望化的社会生活中的困惑、挣扎与冲突，如塞缪尔·贝克特（Samuel Beckett，1906—1989）的《等待戈多》(Waiting for Godot, 1953)、品钦的《万有引力之虹》(Gravity's Rainbow, 1973)、德里罗的《白噪音》(White Noise, 1985)等,这些末日主题的作品关注的都是现实世界,如核战、环境危机、生态灾难及恐袭事件等。后启示录小说可归入科幻小说,它将科幻元素与后启示录文学母题相结合,通常描写科技的创造性与毁灭性所导致的人性异化、善恶交锋,一个又一个令人惊悚的末日世界景观是后启示录小说叙事的中心。克莱尔·柯蒂斯(Claire Curtis)也认为,启示录小说(apocalyptic fiction)描写灾难降临时的情景以及人们如何才能幸免于难,而后启示录小说则描写末日灾难后的世界,包括浩劫后的场景以及幸存者的思想与行动,如幸存者在末日废墟上的求生、文明救赎以及新的末日伦理与道德等。[1]所谓研究后启示,就是研究所毁灭的与所余留的,也研究毁灭后的世界变化。[2]麦卡锡的后启示录小说和剧作,既是他对恐袭与反恐的关切,又是他对科学技术可能给人类带来的灾难的书写,体现了他对人类未来命运的人文关怀。

《路》是一部后启示录小说,且是同类作品中写得较好的一部。小说既无明确的地点,亦无明确的时间,将末日来临的时间定格于凌晨"一点十七分","先是一长束细长的光,紧接着是一阵轻微震动"。[3]究竟发生了什么?是火山爆发、彗星撞击地球,抑或核战争?麦卡锡并未明言,但末日后的荒原景象酷似《启示录》所描写的末日降临的情景。从小说中的父亲带着儿子踏上南方之旅求生的描

---

[1] Curtis, Claire P. *Postapocalyptic Fiction and the Social Contract*:*"We'll Not Go Home Again"*. Lanham:Lexington Books, 2010, pp. 5 - 9.
[2] Berger, James. *After the End*:*Representations of Post-apocalypse*. Minneapolis:University of Minnesota Press, 1999, p. 133.
[3] 科马克·麦卡锡:《路》,杨博,译. 重庆:重庆出版社,2012年,第40页。

第二章 麦卡锡及其小说与科学文化和人文文化

写中，我们可推知这是一个核爆后的荒原世界，发生核爆的地点在北方，却波及东、西方和南方，导致了科学研究所假设的核冬天。《路》中的核冬天颇似电影《线索》（*Clues*）和《后天》（*The Day After Tomorrow*）中那令人恐惧的核冬天。科学研究表明，核攻击对大气层生态具有一种剧烈的破坏效应，从而产生核冬天。核战后的地球，可能进入长达数月或数年的寒冷期。城市被毁、森林被烧，烟尘布满对流层。烟尘上升到平流层，长久停留后，再逐渐扩散。于是天昏地暗，地面温度骤降，甚至降到零下20℃，北半球到处呈现出隆冬景象。核冬天理论是人类一个悲剧性的预测。这也说明科学技术的发展有可能再次将人类推向灭绝的边缘，人类文明或将因之消亡。麦卡锡在《路》中所描写的末日后的荒原景象将唤起人类强烈的危机意识。

核武器是第二次世界大战期间最高端的武器，也是当时科学技术发展的顶峰。麦卡锡曾在《穿越》的结尾处生动地描写了帕勒姆目睹人类历史上第一颗原子弹在实验场爆炸时火光四射的震撼场景，这一情节为《路》的核爆埋下了伏笔。帕勒姆面对那场毁灭性的大爆炸时，绝望地掩面而泣。而《路》开篇所描写的场景则是原子弹爆炸后烧焦的荒芜世界，一对父子在废墟上艰难地求生。

《路》描写了这样一个世界：到处是废墟、残骸、黑暗和四处游荡的食人族。失控的科学毁灭了人类的文明，也毁灭了人类赖以生存的家园——大自然。幸存的人大多都已失去了人性，进而退化到食人的野蛮地步。这些惨不忍睹的场景揭示出现代科学技术和工业文明可能带来的重大灾难以及人类的绝对异化。麦卡锡对末日浩劫的描写也说明，人类文明的进步若只是科学技术的无限制发展，则会使人类面临自取灭亡的危险。核爆所造成的灾难，暗示科技发展在带给人类物质财富的同时，亦很可能奴役人类和自然。盲目发展科学技术必然导致对自然环境与生态的破坏，最终会毁灭人类社会和人类文明。麦卡锡在小说中探讨的人类毁灭的可能性以及世界毁灭后人类如何生存的问题，是一种寓言，更是一种发人深省的警示。

从麦卡锡的书写来看，他在崇尚科学技术之时，更加注重人文精神与人文价值。科学技术的进步正在危及人类生存的环境和生态，人类的永续发展需要科学也需要人文，更需要以科学人文主义为导向，以尊崇自然为前提，在与自然和谐相处的关系中既科学又人文地生活在这个星球之上。麦卡锡主张的是科学与人文并重，他也尝试在其作品中寻找到平衡科学与人文的图景，力求找到能融合科学与人文的第三种文化——科学人文主义。

《老无所依》的写作风格带有明显的科学特征，有对自然和人物的冷静书写；小说的叙事不带任何感情色彩，不断重复人物的日常动作，描写人物使用的各种型号的枪支和各种口径的子弹以及驾驶的各种汽车。卢埃林·摩斯首次出场是在山梁上打猎，麦卡锡非常客观地描写了他的器械装备：

> 摩斯坐在山梁上……用一架放大十二倍的德国双筒望远镜望着下面的荒原。……用皮革背带挎在他肩上的是一支点二七〇口径的步枪，沉甸甸的枪管安装在九八式毛瑟枪的快慢机部件上，枪托由槭木和胡桃木压合而成。步枪上安装着一个尤内托高精度望远镜瞄准器，放大倍率和那架双筒望远镜一样。[①]

摩斯用的能放大十二倍的德国双筒望远镜，是一种大倍率望远镜。点二七〇口径的步枪是口径 6.858 毫米的大口径步枪。九八式毛

[①] 科马克·麦卡锡：《老无所依》，曹元勇，译．上海：上海译文出版社，2012年，第7页．

第二章　麦卡锡及其小说与科学文化和人文文化　　　　　　　　　　　67

瑟枪则是第二次世界大战中一款经典的武器。麦卡锡如此细致的描写，说明他对现代枪械非常熟悉；同时，这也为故事的发展做了铺垫，引出了摩斯顺走黑帮的毒资并被追杀的情节。摩斯在黑帮火并的现场发现了三辆车，有四驱的小货车，也有安装着大号越野轮胎、绞盘和有顶灯的行李架的野马吉普车。这些车的车窗玻璃被打碎，轮胎全泄了气，都是全自动武器打的。车门和挡风玻璃上到处是子弹打的洞眼，"小口径枪弹打的。六毫米口径的。应该是四号铅弹"①。摩斯在这里发现了一只霰弹枪，"枪管很短，安装着手枪式的枪柄和一个可以装填二十发子弹的鼓形弹匣"②，还有一支短枪管的 H&K 冲锋枪和一把上了膛的点四五式自动手枪。美国缉毒局探员则发现了更多不同型号的子弹壳，包括三八〇格洛克手枪弹壳、点四五冲锋枪弹壳、九毫米帕拉贝鲁姆手枪弹壳、点一二口径枪管用子弹弹壳和点三八的特殊枪弹壳。麦卡锡对车辆的类型、枪械的种类以及弹壳的型号等娓娓道来，既是他对美国西部社会现实进行描写，也是他对以车辆和枪械为代表的科学技术所引发的血腥、暴力和屠杀的深切忧虑。

第三节　麦卡锡与科学和人文

一

通览麦卡锡的小说，我们便可发现 19 世纪以来美国科学技术发展的清晰脉络。麦卡锡书写了美国的工业化、商业化、城市化、军工技术以及美国大科学发展中的先进科学与尖端技术，关注工业化、

---

① 科马克·麦卡锡:《老无所依》,曹元勇,译.上海:上海译文出版社,2012 年,第 13 页.
② 科马克·麦卡锡:《老无所依》,曹元勇,译.上海:上海译文出版社,2012 年,第 11 页.

城市化和商业化对美国南部和西部田园生活的影响。他通过文学作品深刻地揭示：人类一旦迷失在科学的霸权主义之中，便失去自主性、自由性与创造性，最终成为技术理性的奴隶。在科学技术的工具理性的影响下，自然环境被破坏，人性不断变异，于是，现实中的人也就异化成了非人。麦卡锡虽热爱甚至崇拜科学，但他始终在思考科学发展可能带给世界的破坏作用。他的小说对科学的书写就揭示了科学技术之于人、自然、社会、历史和现实的破坏甚至毁灭。麦卡锡的所有小说，包括南方小说、西部小说以及后启示录小说，不仅反映出他对科学技术的了解，而且表现出他对技术理性和工具理性无限发展的深切忧虑和高度警惕。

随着科学技术的发展，美国的工业文明早已渗入南方最偏僻的山区，对南方传统的文化和生活方式产生了巨大的影响。"田纳西三部曲"的故事背景都设在田纳西州东部的山区——《看果园的人》中的小镇红枝社区、《外围黑暗》中的约翰逊县和《上帝之子》中的塞维尔县。《看果园的人》中，奥恩比大叔代表南方传统的田园理想，然而，他看护的果园已荒芜多时，步步紧逼的工业文明使他不断退入深山。最后，他将政府放置于其果园内的金属罐打出一个"X"图案，以此来抵制工业文明对其田园梦想的摧残。《外围黑暗》是一个反伊甸园的故事，这本身就说明南方的传统早已不复存在。相反，随着工业文明的逐渐深入，人们的价值观念与生活方式也发生了改变。库拉·霍姆将父亲留给他的枪卖掉，既象征对南方传统的丢弃，也说明商业化对南方社会的影响。在《上帝之子》中，由于受北方工业文明、商品经济与消费文化的侵蚀，南方的社会结构和价值取向都发生了巨大的变化。麦卡锡在小说伊始就描写了一场热闹非凡的土地拍卖会：巴拉德因未能纳税，他家的地产被县里没收并进行公开拍卖。拍卖现场有如狂欢节一般，有表演的艺人和乐团，院子里人山人海。拍卖师高喊："再没有比房地产更稳妥的投资方式了。……房地产是最稳健的投资了，尤其是在这种峡谷里。"[①]这场拍卖会再现了当时美国南方房地产的盛况，也揭示了"传统农业经济的衰退、新南方工商业的进步、人口与消费需求的增加和城市化的发展"[②]的实质。此时，土地的使用价值已让位于投资，房产的居住价值亦然。

与上述三部小说不同的是，《沙崔》是一部典型的城市小说。现代工业文明、物质主义、商业主义与功利主义对诺克斯维尔的影响更甚。许多人唯利是图、自私冷漠、传统价值观荡然无存，一个个都变成了畸形的人，如浪荡少年哈罗盖特、消极等死的捡垃圾老人、隐瞒父亲死亡真相以骗取社保的伦纳德、懒惰邋遢的收废品之人哈维、以碰瓷为生的穷白人斯莫克霍斯等。在诺克斯维尔城市化的过程中，现代化发展的冰冷铁蹄随意践踏社区。马卡纳尼社区是一个南方气息浓厚的社区，但为了修建一条新的高速公路，这个象征南方传统文化的社区被推土机夷为平地。麦卡锡对城市景观的描写蕴含他对美国现代化进程的深刻反思。

在现代化大潮和科技发展的影响下，人类面临生存环境被破坏、精神家园行将沦丧的困境。人类要进步、社会要发展，现代化大潮是不可阻挡的历史潮流。然而，如何在发展与进步中实现人与自然、人与社会、人与人以及人与自身之间的和谐共生，是麦卡锡在南方小说中所思考的问题。麦卡锡始终坚持一种科学人文主义的态度，在他看来，工业和科技的发展应受到人文精神的规约，不受约束的工业发展和科学主义就像一头怪兽，必将造成严重的后果，甚至是毁灭性的灾难。

---

① 科马克·麦卡锡:《上帝之子》,杨逸,译. 郑州:河南文艺出版社,2020 年,第 4 页。
② 科马克·麦卡锡:《上帝之子》,杨逸,译. 郑州:河南文艺出版社,2020 年,第 211 页。

工业化的过程是人与自然走向共同消亡的过程。麦卡锡的西部小说既有充满血腥、暴力和杀戮的《血色子午线》，也有记录和书写时代变迁的"边境三部曲"。《血色子午线》既是麦卡锡对美国西进运动中屠杀印第安人历史的重新书写，也是他对科学技术发展的反思，因为冷兵器需要近身搏杀，其杀伤力非常有限，而现代的枪械使杀人成了一种游戏。到20世纪中叶，美国进入了第三次工业革命时期，科学技术的发展使西部陷入了更加严重的生态危机。工业文明的发展使曾经繁荣的西部农牧业渐趋衰落。石油公司的井架林立，到处都是裸露的矿坑；牛仔曾引以为傲的马进入了拍卖现场，西部牛仔背井离乡，甚至到异国去寻找心中的伊甸乐园，实现他们梦寐以求的牛仔梦。

麦卡锡小说中的诸多画面都反映出现实世界中的科学元素及它们所带来的危险。自20世纪以来，军备竞赛与核战的阴霾一直萦绕在人们的心中。广岛核爆、福岛核泄漏这些触目惊心的事实，如一根根毒刺，刺痛着人们的神经。现代科学在给人们带来物质享受和体验的同时，也将痛苦与灾难的种子播撒于尘世之中。科学发展的负面影响如一个又一个毒瘤，时刻威胁着人类的生存与生命。技术理性至上，导致环境、生态和社会的各种问题丛生，使人们产生世界末日之感。其实，科学本身也传达出一种悲观主义意向。热力学第二定律（The second law of thermodynamics）认为，世界上的所有物体，在熵（entropy）最后阶段都会出现能量相同的平衡态。此时，一切生命停止——热寂（heat death）。混沌理论（chaos theory）则认为世界万物皆充满不确定性，并以其不确定性解构了17世纪以来的科学话语。在《路》中，核爆毁灭了自然、人类和人类文明，幸存的人类在毁灭后的世界上蹒跚而行。学者汉娜·斯塔克（Hannah Stark）认为，可将《路》解读为麦卡锡借此表达对极端的天气、森林的过度砍伐、种族的灭绝、食物的短缺等的忧虑。[1]若将《路》视为末日后的神话,那么,在这里我们可援引德国哲学家恩斯特·卡西尔(Ernst Cassirer,1874—1945)在《人论》(*An Essay on Man*)中的观点。他说:"人类的全部知识和文化从根本上说并不是建立在逻辑概念和逻辑思维的基础之上的,而是建立在隐喻思维这种先于逻辑(prelogical)的概念和表达方式之上的。"[2]现代科学技术和工业文明的发展使人物化,更使人异化,因此,人们的内心始终充满着焦虑与恐惧。

麦卡锡反对人类中心主义,他认为自然问题和社会问题,如生态灾难、气候变暖、恐怖袭击、核子威胁等都是人类中心主义的恶果。人类中心主义是指人凌驾于自然万物之上,贪婪地开采自然资源,随意杀戮自然物种。美国西部野生动物被猎杀殆尽就是人类中心主义的例子。野牛的数量曾有几千万头之多,而在西进运动中几乎被杀光。小说中,老猎人感叹说:"它们(野牛)都没了。上帝创造它们,但它们一个个都没了,好像从来就没存在过。"[3]狼也灭绝了,若欲听见狼的嗥叫,人们就得到墨西哥去。猫头鹰、野兔、野狗和鹿等野生动物也几乎被赶尽杀绝。这些如同海洋与天空的污染、世界气候的变化,是人类的"大手笔"所致。

环境灾难实是人为灾难,可以说,地球上几乎所有灾难皆与人类,尤其是人类的科学技术的发展密切相关。许多科学家如蕾切尔·

---

[1] Stark, Hannah. "'All These Things He Saw and Did Not See': Witnessing the End of the World in Cormac McCarthy's *The Road*", *Critical Survey*, 2013 (2), pp. 71 - 84.
[2] 恩斯特·卡西尔:《人论》,甘阳,译. 上海:上海译文出版社,1985 年,第 34 页。
[3] 科马克·麦卡锡:《血色子午线》,冯伟,译. 郑贤清,校. 重庆:重庆出版社,2013 年,第 352 页。

卡逊 (Rachel Carson, 1907—1964)、卡尔·爱德华·萨根、保罗·埃利希 (Paul Ehrlich, 1932—)、巴里·康芒纳 (Barry Commoner, 1917—2012) 等，都对人类的破坏力和科学技术发展可能带来的毁灭性灾难进行了预警。美国科学家诺伯特·维纳 (Norbert Wiener, 1894—1964) 说："新工业革命是一把双刃剑，它可以用来为人类造福……也可以毁灭人类。"[1]科学技术促进了人类的物质文明，却也助长了人类的贪欲，使人类的欲壑永难填满，从而导致人类物化和人性异化；对一些人来说，上帝不复存在，精神支柱业已坍塌，传统的价值观已然崩溃，人与人之间互不理解，一些人变成了"非人"。

麦卡锡并非不赞同科学技术的发展，但他更注重人文和人文精神，因为他深恐极端的科技进步和发展会给人类带来更多、更新、更高效的杀人和毁灭性的武器。这些高精尖的杀人利器不仅不能使人性有所改善，相反，使人性更加堕落和变异。

麦卡锡深受 20 世纪和 21 世纪美国工业革命和科学技术发展的影响，经历了战争及战后恢复，也经历了美国的疆土扩张和称霸世界的快速发展，还经历了经济危机和恐怖袭击等重大的历史事件。他目睹了掠夺与屠杀、暴力与黑暗、发展与异化，遭遇了人性的异化与精神的毁灭。他的人生经历使他在文学创作中书写科学技术的发展。他曾说，如果人类被机器化，或人工智能不断发展，成功地在人脑中植入芯片，那么，人是否还是人？难道科学技术的发展就是使人成为非人吗？这是一个值得所有人深思的问题。

---

[1] 诺伯特·维纳:《人有人的用处》, 陈步, 译. 北京:商务印书馆, 1978 年, 第 168—171 页。

二

在麦卡锡看来,科学与人文的对峙与分离是科学主义带来的恶果。科学与人文不应是截然对立的,而应是融合的。古罗马诗人维吉尔(Vergil,公元前70—公元前19年)的《农事诗》(*The Georgics*)具有浓郁的科学色彩;意大利文艺复兴三杰之一但丁的《神曲》(*The Divine Comedy*,1307—1321)有天文学和太空方面的知识。

麦卡锡深知科学技术是第一生产力,能极大地提高社会生产力,能使美国的经济成几何倍数地增长;同时,科学技术又与经济基础、上层建筑相互作用,积极推动社会发展和促进人类文明的进步。他通过写作来反思科学与人文、人类与科学等之间的辩证关系。麦卡锡将对科学的书写与人们日常生活联系在一起,如《平原上的城市》中的帕勒姆曾喜欢在牧场上挥舞皮鞭、放牧牛羊,但后来更喜欢"手指一按、电灯就亮"[①]的生活;《路》中父亲在末日后用来防身的手枪,既是杀人的利器,也是小说人物日常生活中必不可少的装备。在麦卡锡看来,科学应该具有科学伦理,也就是在科学中注入人性,便可让人活得更像人,也使人更有生存的价值,也才能体现生命的意义。科学技术的高度发展之于人类是福还是祸,这似乎就像安东·齐格手中的那枚硬币一样。

麦卡锡在他所有作品中表现出对现代工业文明的敬畏之感和警惕之心,在《路》中表现得尤为突出。现代文明几乎毁灭殆尽,剩下的是破败的加油站、被遗弃的超市、停运的火车以及海上侧翻的船舶……在这样一个末日后的世界上,曾经的文明之物如汽油、可乐、

[①] 科马克·麦卡锡:《平原上的城市》,李笃,译.重庆:重庆出版社,2011年,第96页。

子弹、地图、驾照、购物车、银行卡和望远镜等完全失去了它们应有的作用。在此，工具理性或技术理性所崇尚的功利与效用原则皆被彻底消解。有信用卡，却无钱可取；有驾照，却无车可开；有照片，却无人欣赏。歌德（Johann Wolfgang von Goethe, 1749—1832）在《浮士德》(Faust, 1832) 里认为，人类的不幸是源于知识；在麦卡锡的作品中，受技术理性和工具理性驱动的现代文明呈现出一幅幅众生万象图，直到在《路》中呈现出人类文明毁灭后的荒原景观图。人类文明是被科学或曰科学的工具理性所毁灭。与其说麦卡锡借此表达对极端的天气、森林的过度砍伐、种族的灭绝、食物的短缺等的忧虑[1]，倒不如说他指涉的是科学所带来的弊端、危险甚至人类和人类文明的毁灭。爱因斯坦曾说："科学是一种强有力的手段，怎样用它，究竟是给人类带来幸福还是带来灾难，全取决于人自己而不是取决于工具。"[2]《路》所呈现的是科学与人文决裂后的地球悲剧和人类悲剧，更是麦卡锡对科学与人文的悲剧性反思。其反思旨在寻求一种科学人文主义精神，在思想文化层面促进科学与人文的高度融合。

面对科学技术的急速发展，麦卡锡呼吁人们进行深刻的反思。在《日落号列车》中，黑人认为上帝之爱可救赎世人，而白人认为惟有象征死亡的日落号列车方能解决困扰人世的一切问题。最终，黑人所做的一切，如玩笑、故事、神学或厨艺等，都无法改变白人悲观

---

[1] Stark, Hannah. "'All These Things He Saw and Did Not See': Witnessing the End of the World in Cormac McCarthy's *The Road*", *Critical Survey*, 2013 (2), pp. 71-84.

[2] 阿尔伯特·爱因斯坦:《爱因斯坦文集（第3卷）》,北京:商务印书馆,1972年,第56页。

的世界观。①他们并未达成和解,白人教授离开了这个房间,或许直奔他人生的终点而去。②无人是正确的,也无人是赢家,所有人受到"折磨、背叛、损失、遭际、痛苦、年老、轻蔑和可怕难缠的疾病"③的打击。其实,麦卡锡在此所提出的并不是生或死的问题,而是当我们活着时到底该做些什么。麦卡锡的文学创作是一种诗意的形式,然而,他阅读和研究的大部分东西是技术性的,是建立在事实的基础上的。他认为科学是逻辑的,人文是漂亮的。他以科学人文主义者的姿态振臂一呼,要人们采取行动。恰如我国南宋陆游(1125—1210)所言:"纸上得来终觉浅,绝知此事要躬行。"(《冬夜读书示子聿》)麦卡锡小说《路》中的灾难到底是什么造成的,这并不重要,"重要的是你会去做什么"④。

---

① Peebles, Stacey. "Cormac McCarthy's Dramas and Screenplays", David Cremean, ed. *Critical Insights: Cormac McCarthy*. Ipswich: Salem Press, 2013, p. 175.
② Dowd, Ciaran. "'A Novel in Dramatic Form': Metaphysical Tension in *The Sunset Limited*", Nicholas Monk, ed. *Intertextual and Interdisciplinary Approaches to Cormac McCarthy: Borders and Crossings*. New York and London: Routledge, 2012, pp. 115 – 116.
③ McCarthy, Cormac. *The Sunset Limited: A Novel in Dramatic Form*. New York: Vintage Books, 2006, p. 138.
④ 贺江:《孤独的狂欢——科马克·麦卡锡的文学世界》,上海:上海三联书店,2016年,第202页。

第三章　麦卡锡小说自然书写的
　　　　科学人文主义

　　作为一位科学人文主义作家，麦卡锡热爱大自然，在"边境三部曲"中，美丽的大自然不仅是故事的辽阔背景，而且是西部牛仔赖以生存的物质和精神家园。随着美国工业文明的发展，麦卡锡笔下的自然环境被破坏问题也不断地呈现在我们眼前。从南方小说到西部小说和西部边疆小说，再到后启示录小说，麦卡锡对自然环境遭到破坏的描写的比重越来越大。南方小说中的自然受工业文明的影响相对较少，我们还能感受到扑面而来的原始之气和神秘之美；西部小说描写的则主要是因人性之贪婪而血流成河的自然荒野，触目惊心；西部边疆小说所呈现的自然已因工业文明所需而过度开发，处处可见工业化造成的累累伤痕；最后，后启示录作品则描写了末日后满目疮痍的荒原景观。与此同时，与自然共生共存的许多动物成为"人类中心主义"的牺牲品，逃离它们世代生存的家园，面临着灭绝的危险。麦卡锡崇尚生命伦理，提倡尊重生命、平等对待生命和敬畏生命。麦卡锡从最初歌咏自然之美，到将科学技术之于自然的破坏以文字的形式呈现在我们面前，其目的是通过对人与自然的书写警示世人，即使科学是人为的和为人的，或者说科学技术是由人类研发的，宗旨也是为人类服务，但人类绝不能忘记，科学技术不仅应为人类谋福祉，还应为非人类（动物和植物等）留出一个它们能生存的自然环境,一个它们能自由呼吸的空间。人类脚踩大地之时,也应将自然万物视为自己的同类;人类仰望苍穹之时,还应将自己与浩瀚的宇宙视为一个整体。大自然有其自身存在的规律和秩序,其天然之存在与人类智慧之存在形成共生共荣的命运共同体。只有秉持这样的科学人文主义思想,人类才能与天地精华、自然万物同生共存,共同繁荣发展;只有如此,人类才能在天空与大地之间与自然万物"诗意地栖居"。

第一节 麦卡锡小说中的自然之美

在麦卡锡的作品中,"大自然始终是最伟大的存在"[①]。他歌咏自然、书写自然,将自然的原始之美、壮丽之美和荒凉之美刻画得淋漓尽致、荡气回肠。特别是美国西部的自然,那里群山连绵、森林茂密、植被多样、野生动物种类繁多,极具生命活力,充满神秘感,令人神往。大自然贯串西部边疆小说"边境三部曲",时刻陪伴着三部小说的主人公,既是故事发生的背景,也是故事本身,与西部牛仔的生活与命运形成了相互依存的关系。"边境三部曲"的故事情节看似各自独立,然而,在小说人物、思想及背景等方面相互联系而融贯成一个不可分割的整体,尤其是三部作品所展示的西部自然风光之美。麦卡锡对大自然的赞歌,是他对人与自然的倾情书写,风格酷似福克纳,呈现给读者一幅幅西部山水画。"边境三部曲"有田园诗的韵致,其中的自然是宁静而平和的:山河辽阔无垠、风光旖旎嵯峨、

[①] 科马克·麦卡锡:《天下骏马》,尚玉明、魏铁汉,译.重庆:重庆出版社,2013年,第3页。

如古希腊的阿卡迪亚或陶渊明笔下的桃花源。①"倘遇桃花源里客，随着去，莫归休。"（〔元〕韩奕《糖多令·湖中》）这或许正是麦卡锡心中一直在追寻的伊甸园（Garden of Eden）。

德国哲学家路德维希·费尔巴哈（Ludwig A. Feuerbach, 1804—1872）曾说："人必须从自然界开始他的生活和思维。"②科学家或人文学者要努力理解同样的对象——"人及世界"③。此处的"世界"就包括自然界。离开了自然界，人类将不复存在。因此，麦卡锡在小说中描写自然之美，赋予大自然蓬勃的生命力。这正是其小说中人与人、人与自然、人与世界之间的实实在在的关联性。④

一

在《天下骏马》中，麦卡锡描绘了沼泽、池塘、湖泊、牧场、林区、泉水、溪流以及各种珍稀动物等，自然是原始而美丽的。三月初，格雷迪与父亲一起骑马出去，路旁开满了黄色墨西哥草帽花。他们沿溪穿过牧场中部，进入低矮的小山丘。碧绿的溪水清澈见底，枝叶在水波中漂动，父子俩就这样缓缓骑行在乡间，身边到处都是雪松。放眼望去，160 公里以外浅蓝色山脉上的积雪皑皑。远

---

① 李顺春：《诗意栖居之思——科马克·麦卡锡"边境三部曲"中的生态人文主义思想》，《江苏理工学院学报》，2016 年第 1 期，第 61—66 页。
② 路德维希·费尔巴哈：《费尔巴哈哲学著作选集（下卷）》，荣震华，译．北京：生活·读书·新知三联书店，1962 年，第 677 页。
③ 埃尔温·薛定谔：《自然与希腊人　科学与人文主义》，张卜天，译．北京：商务印书馆，2015 年，第 9 页。
④ Arnold, Edwin T. "McCarthy and the Sacred: A Reading of *The Crossing*", James D. Lilley, ed. *Cormac McCarthy: New Directions*. Albuquerque: University of New Mexico Press, 2002, pp. 221-222.

山巍峨,近景秀美,溪流潺潺,错落有致,构成了一幅绝美的"骑马溪行图"。

格雷迪与罗林斯相约南下墨西哥后,麦卡锡是如此描写二人融入大自然时那种自由而奇妙的感觉的:

> 他们从大草原骑行到高地后,让马放慢了步子走着。在这黎明前的黑暗中,群星仿佛聚集在他们的四周。他们听到这寂寥黑夜中的某处偶有钟声敲响,尽管附近是没有钟的。他们上了一块高高的圆台地,这里也是一片黑暗,没有一点亮光。高台衬托着他们的身影,好像把他们托向星空。他们感觉自己不是在晨星下骑行,而是在星际间驰骋,既恣意放纵,又谨慎小心。那心情就像刚被释放的囚犯坐在夜间的电动火车里,又像年轻的窃贼踏进了金光灿灿的果园。他们敞开胸怀去迎接黎明前料峭的寒风,去迎接前方的大千世界。[①]

斯多葛学派(The Stoic School)创始人芝诺(Zeno of Elea,约前490—前425)曾说:"人生的目的就在于与自然和谐相处。"[②]格雷迪与罗林斯本就是为追寻牛仔梦想而南下墨西哥的,他们离家出走后所进入的大自然,如此美好而纯粹。"天似穹庐,笼盖四野。"(〔南北朝〕《敕勒歌》)他们置身于大自然的怀抱,可谓天苍苍野茫茫,以天为盖,以地为床,以动物为伴。此时,他们便有了"一种理解、欣赏和享受大自然的能力,这种理解、欣赏和享受远远超过了他们

---

① 科马克·麦卡锡:《天下骏马》,尚玉明、魏铁汉,译.重庆:重庆出版社,2013年,第36页。
② 王诺:《欧美生态文学》,北京:北京大学出版社,2003年,第25页。

对大自然的生物学利用"①。让-雅克·卢梭曾提出回归自然，呼吁人类学会与自然和谐相处。他主张以自然之善之美代替文明之恶之丑。"随着科学与艺术的光芒在地平线上升起，德行也就消逝了。"②奥地利物理学家埃尔温·薛定谔也说："随着自然科学的飞速进步，我极为怀疑技术和工业的发展增加了人的幸福。"③因此，只有回归自然，人类才能求得心灵的安宁与诗意栖居的幸福。在这里，麦卡锡笔下的自然是神秘的，也是静谧的。在一片黑暗中，虽无亮光，高台却将牛仔的身影托起，托向那遥远的星空。在这"寂寥黑夜"之中，他们并不孤独，大自然始终陪伴他们的左右，自然万物也成为他们的依靠。与其说他们是"在晨星下骑行"，倒不如说是"在星际间驰骋"。对欲找寻心中乐园的格雷迪与罗林斯而言，他们感觉到的是大自然的浩瀚与内心的自由。在此，麦卡锡用了两个比喻来描写他们的心情：他们既像刚被释放的囚犯，又像踏进了金光灿灿的果园的窃贼。黎明前的黑暗孕育着曙光；寒风料峭，而等待他们的是黎明，迎接他们的则是"前方的大千世界"。在这自然之美中，格雷迪与罗林斯终于踏上了他们的追寻之旅，去寻找有湖、山、流水、狼嗥和"有长得高及马镫的青草"④的牧场的地方。

格雷迪与罗林斯在逶迤起伏的群山中骑行，一路上可见雪松点缀山间，开着白花的丝兰布满山坡。他们经过高耸的石灰岩绝壁，穿过宽阔的沙砾地。他们骑上高地，俯视大片的山野。绵延的山野上面

---

① 霍尔姆斯·罗尔斯顿：《环境伦理学》，杨通进，译.北京：中国社会科学出版社，2000年，第2页。
② 让-雅克·卢梭：《论科学与艺术》，何兆武，译. 北京：商务印书馆，1963年，第11页。
③ 埃尔温·薛定谔：《自然与希腊人　科学与人文主义》，张卜天，译. 北京：商务印书馆，2015年，第85页。
④ 科马克·麦卡锡：《天下骏马》，尚玉明、魏铁汉，译. 重庆：重庆出版社，2013年，第68页。

覆盖着野草与野雏菊。晚上，他们生一堆火，站在大草原上观看紫色的天空，聆听天籁。一弯新月像牛角高悬夜空，马儿吃草的嚓嚓声清晰可闻。大草原静谧而安详。他们骑过荒芜的土地，在乱石巉岩中停下，遥望广袤的原野。在平原上露宿时，他们看到南天的闪电冲破无边无际的黑暗，不时映照出重叠绵亘的远山。最后，他们在山顶上目见了梦寐以求的牧场——普利西玛圣母玛利亚牧场。这就是他们心目中的伊甸园。麦卡锡在小说中是如此描写这个牧场的：

> 肥美的草地静静地躺在浓重的紫色迷雾之中；向西看去，在彤云的映照下，深红色的狭长地带上，纤柔的水鸟正赶在日落前飞向北方，就像群鱼在燃烧的大海中游弋一样；在平原的前沿，他们看到牧童正赶着牛群，穿过金色的尘雾从他们脚下悠然地走过。①

这片异国的田园与格雷迪、罗林斯这些牛仔的父辈在美国西部生活过的地方一样。如此美景弥漫着人与自然、人与人和谐相处的人文情怀。穿行在这片纯净的大地上，格雷迪与罗林斯充满了信心，坚信能在墨西哥开拓出崭新的生活，能回归昔日田园般的美好日子。难怪有学者将麦卡锡笔下的墨西哥视为具有异国风情的国度、美国的新边疆或天堂。②普利西玛圣母玛利亚牧场西面是高山，东面和南面则是广阔的洼地。

---

① 科马克·麦卡锡：《天下骏马》，尚玉明、魏铁汉，译．重庆：重庆出版社，2013年，第118页。
② Canfield, John Douglas. "Crossing from the Wasteland into the Exotic in McCarthy's *Border Trilogy*", Edwin T. Arnold and Dianne C. Luce, eds. *A Cormac McCarthy Companion*: *The Border Trilogy*. Jackson: University Press of Mississippi, 2001, p. 256.

这里天然的泉水和清澈的溪流为饮用、灌溉提供了丰富的水源,沼泽、浅湖点缀其间。在湖泊和溪流中生长着独有的鱼类,有鸟类、蜥蜴以及其他各种生物的遗迹,因为沙漠的四周绵延不绝。①

米歇尔·福柯(Michel Foucault, 1926—1984)曾说,人们渴望将"世界内化,抹除差异……将自然人性化,将人类自然化,然后才能在尘世重新获得人间天堂"②。美国内战后,美国西部的畜牧业迅速发展,牛仔便也愈发多了起来。其实,最早的西部牛仔源自墨西哥,在西班牙语中被称为"vaqueros"(牧童)。牛仔的生活自由自在,却也是孤独的行当。正如一首牛仔诗歌所描写的那样:

蓝天做天花板,草地做地毯,
我的音乐是身旁走过的牲口的叫声,
我的书是溪流,我的布道文是石头,
我的牧师是站在骨堆叠成的讲道台上的狼。③

格雷迪与罗林斯认为自己在这里找到了他们心中内化的世界,仿佛回到了曾经温情的牧场与田园。这个牧场就是他们的"应许之地"(promised land),他们期许在此找到心中的"人间天堂",过上梦寐以求的牛仔生活。《天下骏马》的译者尚玉明评价道:"科马克·

---

① 科马克·麦卡锡:《天下骏马》,尚玉明、魏铁汉,译. 重庆:重庆出版社,2013年,第123页。
② Foucault, Michel. *Foucault / Blanchot*. New York: Zone Books, 1990, p. 17.
③ Cannon, Hal, ed. *Cowboy Poetry: A Gathering*. Layton, Utah: Gibbs M. Smith, Inc., 1985, p. 31.

麦卡锡在小说中赋予兽类世界特属于它们的神圣灵魂,赞美自然风光的美丽,如此纯然,又如此令人神往。"[1]此言信不虚也。

二

《穿越》所书写的天地如此动人,令人陶醉于那些美丽的场景之中。在麦卡锡的神来之笔下,自然万物都呈现出自身之美,令人目不暇接。麦卡锡在小说中用了近一半的篇幅描写天空、高山、森林、草原、溪流与河水。小说开篇就描写比利·帕勒姆一家从格兰特县南迁到西格尔达这个新开发的边境县。从这里,牛仔可骑马狂奔南下至墨西哥,一路上无一道篱笆阻挡,如入无人之境。西格尔达县紧邻墨西哥,有一望无际的草原。这里水草丰美,牛羊成群。如此场景大多是在美国西进运动之前才能见到,那时的牛羊自由地奔跑在原野上,牛仔也可尽情地驰骋在大地上,可谓"骅骝一日行千里"(〔唐〕温庭筠《醉歌》)。在这里,骑马日行千里并非神话故事,而是牛仔的日常生活。"荒野的山峦下,一轮血色的太阳正在缓缓沉入被它照得通红的干湖之中。在西天的晚红下,几只羚羊摇摆着脑袋,轻踏着步子,正巡游在牛群当中。那方小平原宛如一幅灿烂、生动的剪影画"[2]。冬日西下,余晖将干涸的湖泊照得通红。此时,"牛羊满野兮聚如蜂蚁"(〔东汉〕蔡琰《胡笳十八拍》),牛群悠然地吃着草,其间还能见到几只羚羊迈着轻快的脚步,不时发出欢快的叫声。这般如诗如画的场景,真可谓一幅"夕照牛羊图"。这不仅是帕勒姆

---

[1] 尚玉明:《前言》,科马克·麦卡锡:《天下骏马》,尚玉明、魏铁汉,译. 重庆:重庆出版社,2013年,第1—9页。
[2] 科马克·麦卡锡:《穿越》,尚玉明,译. 上海:上海译文出版社,2002年,第4页。

一家在新开拓之处的生活，而且是麦卡锡对美国西部边疆自然景物的诗意描写。

帕勒姆四年中三次穿越美墨边界以及他的漫游，就展现了一幅幅生动的自然风情画，抒发了麦卡锡热爱、尊敬和赞美大自然以及自然万物的真挚情感。在《穿越》的第一章中，帕勒姆与父亲一起去捕捉那只从墨西哥越国境线而来的狼。他们在清冷的早晨出发，朝正南方骑行而去。此时，

> 在他们头顶，冠了新雪的布莱克峰已经在初阳下闪烁着银光，而与此同时，山谷底部还笼罩在黎明前的暗影之中。当他们越过通向菲茨帕特里克泉的那条老路时，太阳已经四处可见。他们沐浴着朝阳，穿行到了牧场的高头。从这里，就要爬山进入佩伦斯洛山脉。①

雪下过后不久，山峰在早晨太阳的照耀下"闪烁着银光"，而山谷底部则仍处在黎明前的黑暗之中。在父子俩前行的路上，太阳渐渐升起，直到照亮整个大地。最后，他们迎着朝阳爬上了佩伦斯洛山脉。这就是美国西部的朝阳，洒满大地的朝阳。我们完全可用一幅画来表现，这幅画可以叫"朝阳山行图"。

在与狼数次的较量中，帕勒姆与父亲都铩羽而归。后来，帕勒姆决定单独去寻找那只狼的踪迹。

> 在他前方，群山在冬阳下闪着炫目的银光，它们看起来是那么清丽，那么新颖，仿佛刚刚被一位慷慨而挥霍的山神塑造

---

① 科马克·麦卡锡:《穿越》，尚玉明，译.上海：上海译文出版社，2002年，第22—23页。

出来，但这位大力神也许根本还没有想好它们的用处，就把这千山万岭、千沟万壑堆了个无限！那么大，那么新！在这壮丽的山景前，少年骑手的心在胸中膨胀着；同样年轻的骏马，扬起头，走了几个侧步，伸了伸后脚，好似出征前战马的行礼。①

帕勒姆独自在冬日的阳光下前行，此时的阳光与夏日不同，"清丽"而"新颖"，照耀着大地，洒满"千山万岭"和"千沟万壑"。面对如此美景，帕勒姆深感震撼。他骑的骏马似乎也通人性，也感受到这冬日清晨之美，也体会到帕勒姆内心的激动。麦卡锡在此描写了自然之壮美，更重要的是描绘了一个山水、人物以及骏马情景物交融的和睦画面，构成了天人合一的生态意境，表达了他从科学人文主义的视角对自然及自然万物的深刻理解和眷恋。

我们再看看比利·帕勒姆与弟弟博伊德赶着马向河谷腹地去的情景：

> 周围的原野幽蓝幽蓝的，没有一点儿生气。一弯细细的新月已经轻快地滑到了西天，两头尖尖地上翘着，像是悬在空中的一只圣杯，而那颗明亮的金星正巧挂在它的上面，像是要落进一叶美丽的轻舟中去。②

在上述描写中，原野是幽蓝色的，而新月已悬挂于西天，这说明兄弟俩骑行了几乎一整夜。麦卡锡对新月的描写形象而生动：两头尖且上翘，高悬于空中。新月像圣杯一样皎洁明亮，麦卡锡赋予了这

---

① 科马克·麦卡锡:《穿越》,尚玉明,译.上海:上海译文出版社,2002年,第34页。
② 科马克·麦卡锡:《穿越》,尚玉明,译.上海:上海译文出版社,2002年,第288页。

新月一种全新的意义。圣杯代表乐园、黄金时代或人类原初的纯洁无瑕,而圣杯的意义则在于追寻意义本身的过程。帕勒姆四年中的三次穿越之旅就是他对人生意义的追寻,而其弟弟金发少年博伊德在墨西哥为捍卫正义而献出了自己年轻的生命,他因此而成了墨西哥穷人心中的传奇和英雄。

麦卡锡在《穿越》的结尾部分对荒漠景色的描写令人震撼。帕勒姆在荒漠中午的白光中醒来。此时,他见证了美国第一颗原子弹在西部爆炸成功。核爆之后,天上出现的景象让他感觉甚是奇特,他并不知晓到底发生了什么事情。他坐在那里哭了许久。小说最后几行如此写道:"但时间又一次地推出了一个灰色的黎明,又一次地托出了一轮神造的、完美的太阳。太阳升起来了,它又一次照耀着大地,照耀着一切,不计善恶,不论功过,不分厚薄,一视同仁。"[①]在此,麦卡锡将小说定格在黎明时的太阳上,黎明虽灰暗了些,但太阳毕竟还是出来了,且这太阳是完美的。尽管核爆使大地变成一片灰色,但这"神造的、完美的太阳"一如既往地升了起来,一如既往地照耀着大地,照耀着自然及自然万物。这就是麦卡锡对人类的未来和人类文明抱有的一种积极乐观的态度。从另一个角度来说,无论科学技术如何发展、人类文明如何进步以及人性如何变化,"太阳还是那个太阳,月亮还是那个月亮",善恶美丑、功过是非、厚薄彼此,非关乎自然界,亦非关乎太阳与月亮,所关乎的是人类自身。

三

"边境三部曲"第一部《天下骏马》中的格雷迪与第二部《穿

[①] 科马克·麦卡锡:《穿越》,尚玉明,译.上海:上海译文出版社,2002年,第457页。

越》中的帕勒姆携手进入了第三部《平原上的城市》中的广阔天地。他们在得克萨斯州埃尔帕索的一个牧场工作,此地紧邻美墨界河——格兰德河 (Grand River)。美国的埃尔帕索与墨西哥的华雷斯隔河相望,二者就是"平原上的城市"。麦卡锡在《平原上的城市》中倾情地描写大自然,赞美人与自然的和谐相处,书写人对自然的热爱与依恋。作为一个科学人文主义作家,他也从客观与科学的视角去思索人与自然之间的关系。

小说中,帕勒姆、格雷迪和特洛伊在华雷斯时,一天晚上,三人沿大街向格兰德河大桥走去,只见"天上繁星点点,云朵正从富兰克林山那边飘过来,向南飘去,一直飘到在夜空背景上黑影幢幢的墨西哥山边"[1]。繁星是美丽的,一如亘古那样闪烁,可谓"星汉灿烂"(〔东汉〕曹操《观沧海》)。正有云朵飘然而过,自由自在、无拘无束。云也象征着这些牛仔渴望自由,期望回归往昔悠然自得的生活。这里所呈现的大自然是美妙而非凡的,散发出纯粹的自然之美,不带一点儿尘俗。在《沙崔》中,科尼利厄斯·沙崔对浩瀚的宇宙也赞叹不已。他曾无数次躺在草地上仰望苍穹,观看一颗"流星划破夜空"[2]。他沉浸在夜空的安静与美丽之中,凝视着卫星和"行星穿行在漆黑的太空中"[3]。广袤的宇宙使他内心充满了甜蜜与悲哀,也使他感叹在这暗夜中那些脆弱的生命。

《平原上的城市》描写了山脉、河流、峡谷、丛林、草原、沙漠、沼泽、熔岩、红土、温泉等自然地貌与地理景观。它们伴随着牛仔的足迹出现在不同的场景之中,也让我们在阅读小说的同时,欣

---

[1] 科马克·麦卡锡:《平原上的城市》,李笃,译. 重庆:重庆出版社,2011年,第7页。
[2] McCarthy, Cormac. *Suttree*. London: Picador, 1989, p. 159.
[3] McCarthy, Cormac. *Suttree*. London: Picador, 1989, p. 284.

赏到美国西部的自然之美。在麦卡锡的笔下,既有静态的自然景观,也有动态的自然景观。在苍穹之下,在荒野之上,牛仔格雷迪和帕勒姆沐浴着清风,踏着月色,以牛群和马匹为伴。麦卡锡在小说中写到了自然景观的颜色。比如,他将格兰德河比作一条绿色的带子,河滩也是绿色的。绿色意味着生机与希望,绿色哺育着地球上无数的生物,包括人类与非人类。

小说中有三次对天鹅的描写。天鹅喜欢群栖于湖泊与沼泽地带,主要以水生植物为食。白天鹅体态优美、叫声动人、行为忠诚,因此,东方与西方文化都将白天鹅视为纯洁、忠诚和高贵的象征。我国《诗经》有"白鸟洁白肥泽"的记载。古希腊神话中,天鹅是阿波罗的鸟;英国则将诗人比作天鹅,如莎士比亚被称为"埃文河畔的天鹅"(Swan of Avon)、约翰·泰勒(John Taylor, 1578—1653)被称为"泰晤士河畔的天鹅"(Swan of Thames);安徒生(Hans Christian Andersen, 1805—1875)笔下的那只丑小鸭(The Ugly Duckling)最后也来了一个华丽的转身,变成美丽而高贵的天鹅。西方艺术中,卡米尔·圣桑(Camille Saint-Saëns, 1835—1921)的舞剧《天鹅之死》(*The Dying Swan*, 1886)、彼得·伊里奇·柴可夫斯基(Pyotr Ilyich Tchaikovsky, 1840—1893)的舞剧《天鹅湖》(*Swan Lake*, 1876)中天鹅的形象高雅而圣洁。麦卡锡在《平原上的城市》中也赋予天鹅一种灵性的深意。第一次对天鹅的描写是一天深夜,格雷迪和约翰逊老爹在一起交谈时。老爹说:"一群鸟儿刚从月亮前面飞过去了,大概是天鹅。说不准。"①这些鸟往北飞去,飞向森林那边的沼泽。这是现实中的天鹅,抑或老爹的臆想?约翰逊老爹说看见了,但格雷迪并未看见它们。在继续交谈中,老爹吸着烟,望着月

---

① 科马克·麦卡锡:《平原上的城市》,李笃,译.重庆:重庆出版社,2011年,第154页。

亮，忆起了曾经目见的天鹅群。他说：

> 有一天夜里，我在奥卡拉拉城外普莱特河边，裹着毯子睡在营地外面远处。那天就像今天一样，是个有月亮的晚上，刚刚打春，天很冷。我好像在睡梦里听见了什么东西，醒了过来，就听见周围都是很响的沙沙声。原来是上千只天鹅正往河那边飞去，它们飞到那边去寻找它们的欢乐。天鹅把月亮整个遮黑了。①

这是小说第二次描写天鹅。那也是一个"有月亮的晚上"，同样的夜月勾起了老人的回忆，他在睡梦中被沙沙的天鹅声惊醒，这是怎样的一幅画面呢？夜、月和天鹅，还有在静谧的夜色中那天鹅的沙沙声，静中有动，动中有静，这动静的结合更显月夜之美丽和天鹅之灵气。天鹅不是一只或数只，而是上千只，它们飞往河边，因为那里就是它们欢乐的栖息地，是它们的天堂。当天鹅遮住月亮时，此时的黑与先前的亮形成了一种光与影的对比。这种动与静的结合、光与影的对比正是麦卡锡描写自然所追求的艺术效果。小说第三次描写天鹅的出现是在日落时分。约翰逊老爹坐在围廊边，望着落日。这时，远处荒漠的上空出现了一群又一群的天鹅，它们正悠然地飞向河的下游。由于天鹅离得太远，它们在老爹看来是黛红色的天际上一串又一串律动的小黑点。这些精灵是大自然的奇迹，约翰逊老爹欲"去伴天鹅云外行"（〔宋〕王洋《忆送双鹅怀玉作长生鹅》）。

---

① 科马克·麦卡锡：《平原上的城市》，李笃，译. 重庆：重庆出版社，2011年，第155页。

第二节　麦卡锡小说中的破坏自然问题

　　人类为了满足自身不断增长的欲望，凭借不断发展的科学技术，毫无节制地向自然索取，疯狂地采掘自然资源，最直接的后果正如美国高能物理学家弗里乔夫·卡普拉（Fritjof Capra, 1939—　）在《转折点：科学·社会·兴起中的新文化》（*The Turning Point*：*Science, Society, and the Rising Culture*, 1982) 一书中所言："人类的技术获得成功，但是这种以经济上的胜利表现的成功等于生态上的失败。"[①]人类对大自然的过度开发和利用破坏了生态环境，甚至带来了生态灾难，比如水污染、空气污染、全球变暖、土地荒漠化、洪涝灾害、旱灾等。英国生态学家乔纳森·贝特（Jonathan Bate, 1958—　）曾说，公元第三个千年[②]伊始，大自然已危机四伏。环境变了，人类必须再次直面那个老生常谈的问题，即从何处开始走错了路呢？[③]麦卡锡是一个具有生态人文主义意识的作家。他对科学的理性审视使他的作品具有独特的科学人文主义内涵。他在作品中用大量的篇幅来刻画科技发展对自然环境的破坏，其深入的描写与无情的批判对我们的心灵产生强烈冲击，起到了警醒世人的作用。

---

① 弗·卡普拉：《转折点：科学·社会·兴起中的新文化》，邓禹等，编译. 北京：中国人民大学出版社，1989 年，第 13 页。
② 公元元年至 999 年为第一个千年，1000 年至 1999 年为第二个千年，2000 年至 2999 年为第三个千年。
③ Bate, Jonathan. *The Song of the Earth*. Cambridge, M.A.：Harvard University Press, 2000, p. 24.

第三章 麦卡锡小说自然书写的科学人文主义

一

　　工业革命的蓬勃发展使美国西部的经济与物质生活日益繁荣的同时，生态与环境问题也如影随形地显现了出来。西部的牧场大多已然凋敝，在曾经美丽的原野上，到处可见废弃的矿地、矿坑和矿井。这种景象既表明工业文明对美国西部的征服，也说明人类对自然环境的破坏。《天下骏马》开篇便描写正在开采的 IC 克拉克一号油井，在小说结尾处又描写到出现在地平线上的采油机井架，它们"宛如一群机械鸟。这些由钢铁焊成的宛如传说中'原始鸟'的机器，可能就群居在原始鸟一度栖息的地方"[①]。曾经的原始鸟不见了，代之而起的是这些高耸的井架。如果说原始鸟代表的是纯粹的自然，那么，机械鸟则象征着被人类征服后的自然。井架是人类向自然索取的技术工具，更是掠夺自然资源的武器。井架也成为人类打一枪换一炮、唯利是图的野蛮行径破坏自然的有力明证。在《血色子午线》中，就在格兰顿帮猎杀的路上，他们时常都可见到采矿后留下的废墟。他们还可见到熔炼厂那些高耸入云的烟囱，以及熔炉球形的红光映照在山丘的下方。所有这些虽标志着工业文明的发展，却是以破坏自然和牺牲自然为代价的。

　　人类文明的起落变化与兴衰更替都与自然环境密切相关。根据阿诺德·汤因比（Arnold J. Toynbee, 1889—1975）的《历史研究》(*A Study of History*, 1934—1961)，世界共有 26 大文明，其中 5 个发育不全、13 个已灭亡、7 个明显衰弱。他在《人类与大地母亲》

[①] 科马克·麦卡锡:《天下骏马》,尚玉明、魏铁汉,译. 重庆:重庆出版社,2013年,第385页。

(*Mankind and Mother Earth： A Narrative History of the World*，1973)中注意到人类毁坏自然的恶果,他还关注人类与大自然的关系。所有文明关乎人与自然的关系,人对自然的破坏越大,文明消亡的速度就越快,比如玛雅文明(Mayan civilization)、苏美尔文明(Sumerian civilization)等。古文明消失的教训值得当下的人们反思与重审人与自然的关系。其实,环境污染与生态危机的警报早已拉响了,并一直响彻在全世界的上空。如果我们仍然对此熟视无睹,那么,美国海洋生物学家卡逊《寂静的春天》(*Silent Spring*,1962)所描述的景象或将变成现实：

> 这儿的清晨曾荡漾着乌鸦、鸫鸟、鸽子、鹪鹩的合唱以及其他鸟鸣的音浪,而现在一切声音都没有了,只有一片寂静覆盖着田野、树林和沼泽。园中鸟儿觅食的地方冷清了,间或能看见的几只鸟儿也浑身直抖,再也飞不起来。苹果树依然开着,但再也看不到授粉的蜜蜂。小溪也失去了活力,因为这里的鱼已经绝迹……[1]

这是何等可怕的景象!曾经遍地是鸟语花香,而在环境被破坏后,天籁也消失了。植物虽在,却面临灭绝的窘境。溪流虽仍在流淌,却因没有鱼类生活而了无生趣。其实,卡逊的作品充满了科学人文主义思想。在她看来,人类只是大自然的一部分。然而,自然之美正被人类的丑恶所取代,自然的世界正在被改变成人造的世界。就美国西部而言,如果说还有声音的存在,那也是机器的隆隆声与火车的轰鸣声。因此,我们应更加关注各种自然奇观,并以科学和客观

---

[1] 蕾切尔·卡逊:《寂静的春天》,吕瑞兰,译.长春:吉林人民出版社,1997年,第2页。

的态度平等对待之,这样我们就知道如何去保护自然,保护人类与非人类赖以生存的家园。

在征服西部的过程中,美国的军事工业也随之西移。考之于史,1860年,美国的工业就名列世界第四。逮至1894年,美国的工业已跃居世界之首。其间,美国西部的成功开发应是美国经济称雄世界的重要原因之一。20世纪60年代,美国科技革命催生了西部的高技术产业,并与西部国防工业相结合,促进了西部经济的发展。1980年,美国西海岸与太平洋国家和地区的贸易额首次超过美国东海岸与大西洋国家和地区的贸易额。西海岸的经济发展速度与城市化水平也远高于美国全国平均水平,西海岸的大都市区崛起,成为美国新的经济中心。美国西部取得成功的重要因素,是重视科学技术的应用。在西部大平原的开发中,农业机械化与科学化以及科学种田方法的推广,提高了农业生产力的水平。美国内战前后,新式农机如插秧机、中耕机、双铧机、双铧耙及播种机等开始在中西部和远西部使用。据估计,1900年至1935年,美国应用于农场的各类动力增加了8倍,农业生产率增加了4倍。20世纪40年代初期,美国政府在新墨西哥州的洛斯阿拉莫斯(Los Alamos)建立了国家原子能基地。此后,这里就形成了浓厚的学术研究氛围。科学研究与开发带动了该地的经济发展,随着美国经济重心的西移,一些著名的高技术公司总部也随之西移。硅谷高科技园区的兴起就是一个例子。20世纪30年代发端于斯坦福大学(Stanford University)及其周围地区的科技研究与开发活动,使加州圣何塞(San Jose)的圣可拉拉县变成举世闻名的硅谷(Silicon Valley)。该地区在信息系统、个人计算机及外围设备研制和生产方面均处于世界的领先地位,形成了完备的高科技工业综合体(high-tech industrial complex)。高技术产业的发展使各行各业都繁荣发展起来,也使第二次世界大战前仍是农业城市的圣何塞发展成为一个高技术的工业城市。《平原上的城市》就有对这段历史的描写。小说提及美国军队征用西部土地的经过：军队派专家到埃尔帕索，对南部和西部七个州进行调查，查出那些最穷的地方并加以征用。格雷迪和帕勒姆打工的马克牧场就在被征用之列，土地的征用意味着这些牛仔将再次失去家园。牛仔曾在美国西部的平原上自由驰骋，那里有广袤而富饶的草原，是他们栖居的美好家园。然而，工业文明破坏了西部原本美丽的自然环境，使牛仔失去了生存的空间与发展的机会。格雷迪与罗林斯被迫告别自家的牧场而远走他乡异国，踏上追寻梦想和寻找家园的漫长之旅。可是，即便在墨西哥最偏僻之处，自然也遭到了人类的破坏。牧场主罗查先生拥有私人飞机，每周都穿梭于牧场与墨西哥城之间，享受科技文明带给他的奢侈生活。科技在大踏步地发展的同时造成了环境恶化与生态危机加剧的严重后果，严重威胁到人类的生存。因此，麦卡锡对自然遭到破坏的描写旨在重新审视人与自然之间的关系，从而引发人们进一步思考。人类并非自然的主人，而是与非人类一起成为大自然的组成部分。人类与自然的关系是共生同荣，绝不是征服与被征服的关系。

　　火车是机械化的产物，也是推进美国西部开发的重要交通工具。在麦卡锡的南方小说、西部小说和边疆小说中，我们都能见到火车那悠长的身影。铁路建设极大地推动了美国西部的发展，在西部原野上构建一个四通八达的人工运输网络，轰鸣的火车源源不断地将西部的石油、木材、牛羊、石材、矿物质等各种自然资源和人力资源运送到全美各地，为美国的富强昌盛做出了巨大的贡献。但在麦卡锡看来，火车是破坏自然地貌与自然环境的又一象征。在《天下骏马》的开篇，格雷迪就听见了火车的声音，这庞然大物号叫着、轰鸣着从东方开了过来。随后，格雷迪和罗林斯跨越南太平洋铁路

(Southern Pacific Railroad),进入了墨西哥。南太平洋铁路横贯北美洲大陆,穿过加利福尼亚州南部的莫哈韦沙漠(Mojave Desert),跨越亚利桑那州和新墨西哥州,在 1881 年时修建至得克萨斯州西部的埃尔帕索。当火车穿行在美国版图之时,曾经宁静和谐的自然环境就被破坏了。格雷迪的外祖父去世后,一个夜晚,他在屋外的草原上站了很久。

> 正当他转身要走,他听到了火车的声音。他停下来等着这火车。他能够从脚下感觉到它来了。这庞然大物从容不迫地从东方开过来,就像初生太阳的一名粗俗的随从在远处号叫着、轰鸣着。火车前灯的长长的光柱穿透了缠结得纷乱的合欢树丛,在黑夜中变幻出无穷无尽的栅栏,火车接着又把栅栏吞没,使电线、电线杆一英里一英里地重归黑暗之中。火车驶过之处,锅炉喷出的蒸汽沿着那微明的地平线慢慢地消失,火车的轰隆声也渐渐减弱。在这短暂的大地的震颤中,他一直站在那里,双手拿着帽子,注视着这条铁龙渐渐远去,然后转身走回房子。①

火车发出的震动令人"震颤",令人不寒而栗,而麦卡锡将火车比喻成"粗俗的随从",可见他对这种科学技术的态度了。在《穿越》中,帕勒姆目见了 64 公里外火车头冒出的青烟,像长龙般游动在辽阔的平原上。在《平原上的城市》中,马克牧场的牛仔也能听到火车从埃尔帕索向东开去的呼啸声,车头探照灯照向漆黑的夜空,照亮荒野上的灌木丛。在铁路两旁的地里,牛群的眼睛在黑暗中就

---

① 科马克·麦卡锡:《天下骏马》,尚玉明、魏铁汉,译. 重庆:重庆出版社,2013 年,第 2 页。

像煤火一样到处浮动闪亮,充满着对这一不期而至的庞然大物的惶恐与不安。曾经的牧区生活大多已一去不复返,剩下的也将随着科学技术的发展而逐渐消失。马克牧场眼看就要破产了。麦卡锡所描写的火车可谓里奥·马克斯 (Leo Marx, 1919—) 一本著作的主标题——"花园里的机器" (Machine in the Garden),这种奔驰在自然之中的机器既破坏自然环境,也打破了人与自然之间的和谐关系,更是如马克斯该著作副标题——"美国的技术与田园理想" (Technology and the Pastoral Ideal in America) 之间的冲突。以汽车、火车与飞机为代表的机械化与工业化已侵蚀并毒害了美国最为偏远的西部边疆,严重地影响了美国西部牧场以及人们传统的生活方式。美国历史学家弗雷德里克·杰克逊·特纳 (Frederick Jackson Turner, 1861—1932) 将开拓美国西部视为美国霸权性格形成的过程,将西部或边疆视为美国思想形成之关键。他说:

> 精明、好奇加上粗犷、坚强的性格,讲究实际、有创造性和善于随机应变的头脑,对物质财富的敏锐嗅觉,虽然缺乏艺术性,但对目标一击即中,不知满足的、精力充沛的能量,强烈的个人主义倾向,为善为恶全力以赴,以及与自由相伴而生的乐观和热情——这些是边境的特征。①

曾经一望无际的牧场如今可见许多铺有沥青的公路蜿蜒。格雷迪和罗林斯南下墨西哥时,就曾仰面朝天地躺在公路上,感受地面的热力透过沥青路面传到后背。他们越过 90 号公路 (U.S. Route 90),南方墨西哥的群山在变幻的云霞和缥缈的天光下影影绰绰、忽

---

① 弗雷德里克·杰克逊·特纳:《美国边疆论》,董敏、胡晓凯,译. 北京:中国对外翻译出版有限公司,2011 年,第 33 页。

隐忽现，逐渐映入他们的眼帘。90号公路是一条东西向的美国国道，连接佛罗里达州杰克逊维尔（Jacksonville）和得克萨斯州范霍恩（Van Horn），全长2628公里。在《平原上的城市》中，特洛伊给比利·帕勒姆讲述了他曾去观看牛仔演出和牛马展览之事。为了赶去观看演出与展览，他们夜间开着崭新的奥兹莫比尔（Oldsmobile）88型汽车在80号公路上狂奔，将车速开到180公里，共行驶了900多公里。奥兹莫比尔88型乃一种全尺寸型轿车，产于1949年至1999年。该车型颇似宝马7系列或奔驰S系列，乃该品牌之代言车型。在世界汽车史上，奥兹莫比尔乃最古老品牌之一，属通用集团（General Motors，GM）。80号公路（U. S. Route 80）是美国早期的一条跨大陆路线，从乔治亚州的萨凡纳（Savannah）到加利福尼亚州的圣地亚哥（San Diego），全程1660公里。80号公路在得克萨斯州东部长259公里，与20号州际公路（Interstate 20，I-20）平行，在达拉斯（Dallas）结束，途经12个城市与社区，包括马歇尔（Marshall）、朗维尤（Longview）和大盐湖（Grand Saline）等地。另外，还有50号公路、57号公路、285号公路、349号公路、481号公路以及其他许多州际高速公路。这些公路网络提供了交通便利，加快了物质文明的发展，却也成为深嵌于美国大地上的一道道伤口。

铁路与公路不断延伸，加速了西部发展的进程，也改变了人们传统的生活方式与价值观念。以铁路、公路为代表的工业文明不断分割、利用、重塑和毁灭自然，结果是，本不受人类干扰的清净之地不复存在，曾经天人合一的自然生态环境成了被人类控制并利用的地方。[1]

---

[1] Scoones, Jacqueline. "The World on Fire: Ethics and Evolution in Cormac McCarthy's *Border Trilogy*", Edwin T. Arnold and Dianne C. Luce, eds. *A Cormac McCarthy Companion: The Border Trilogy*. Jackson: University Press of Mississippi, 2001, p. 135.

二

为了开矿,美国西部的林木被大量砍伐。这些木头或用来搭建井架,或作为锅炉燃料。当人们将广阔的西部开发成油田或建设成城镇之时,自然被毁、环境被破坏。因此,千百年来以自然为家园的野生动物面临生存的危机。麦卡锡小说对自然所受的伤害的描写,既包括人类对自然环境的破坏,也包括大量物种濒临灭绝,如《血色子午线》中的美洲野牛(bison)、《穿越》中的狼和《平原上的城市》中的野狗。

美洲野牛从史前时代起就生活于北美,是北美最大的陆地动物。北美的气候与环境非常适合它们繁衍生息。19世纪初,美国有约6500万头野牛,然而,随着欧洲人移民于北美,美洲野牛的厄运便开始了。先前的土著印第安人仅为生存而猎杀野牛,所杀的数量不多。欧洲人到来后,印第安人向他们学习,猎杀技巧与能力得到了很大的提高。1870年,野牛皮制成的皮革商品成为抢手货,于是,印第安人就为毛皮交易而开展了有组织的野牛猎杀行动。这种滥杀迅速蔓延,仅10余年时间,南方的野牛被捕杀殆尽。1882年,黄石国家公园(Yellowstone National Park)仅剩23头;到1890年,美国境内的野牛数量不足1000头。1905年,美国第32任总统富兰克林·罗斯福(Franklin D. Roosevelt, 1882—1945)颁布法令,首次从国家层面保护野牛等珍稀动物。此后,野牛才逃过了被灭绝的命运。麦卡锡在《血色子午线》中详细地描写了野牛濒临灭绝。小说中,老野牛猎人向主人公讲述了他猎杀野牛的经历。他和其他人用野牛猎枪[①]

[①] 野牛猎枪,又名布法罗来复枪,指19世纪后期用来捕杀美洲野牛的大口径枪支,其中最常见的是夏普来复枪。

射杀了成千上万头野牛,那些野牛皮被钉在方圆数平方千米的土地上。剥皮者队伍昼夜不停地开枪,枪的膛线都磨光了,枪托也打松了。干皮成吨成吨地被运走,而地上那些腐烂的牛肉则引来大量的苍鹰、秃鹰、乌鸦和狼。仅在阿肯色河与康乔河之间的土地上就有800万具野牛尸体。几年后,当他们最后一次打猎时,花了六周时间踏遍了那片土地,最后才找到一个仅有八头牛的野牛群。尽管如此,他们还是残忍地杀了它们并剥下牛皮卖钱。老猎人对此哀叹道:"它们都没了。上帝创造了它们,但它们一个个都没了,好像从来就没存在过。"[①]《天下骏马》也描写了因自然环境被破坏,许多野生动物都消失了,就连曾在西部草原雄霸一方的野牛也未能幸免,"野牛群已无影无踪"[②]。没有野牛的世界到底是一个什么样的世界呢? 没有了野牛,草原上动物的多样性就会受到影响,同时,植物的多样性也会受到影响。事实表明,科学技术的迅速发展虽改善了人们的物质生活,却也带来了诸多负面效应。自 20 世纪以来,环境问题越来越引起人们的关注。大量农药的使用造成大量生物死亡,严重破坏了生物链的平衡;工业污染事故频发,造成对环境的长期危害;大量矿物能源的使用引发空气污染与酸雨,造成大面积森林的死亡;核能的使用使环境面临核泄漏的危险,如切尔诺贝利核事故 (Chernobyl disaster) 和福岛核泄漏事故 (Fukushima Daiichi nuclear disaster) 等。美国未来学家托夫勒在《第三次浪潮》(*The Third Wave*, 1980) 中惊呼:"从来没有一个文明,能够创造出这种手段……从来没有整个海洋面临中毒的问题。……从未有开采矿山如此凶猛,挖

---

① 科马克·麦卡锡:《血色子午线》,冯伟,译. 郑贤清,校. 重庆:重庆出版社,2013年,第 352 页。
② 科马克·麦卡锡:《天下骏马》,尚玉明,魏铁汉,译. 重庆:重庆出版社,2013 年,第 6 页。

得大地满目疮痍。从未有过用头发喷雾剂使臭氧层消耗殆尽，还有热污染造成对全球气候的威胁。"[①]面对如此严峻的形势，人们必须对既有的科学技术发展模式和经济增长模式进行全新的思考。

美国西部边疆的工业化、商业化与军工技术的发展，使曾经的动物乐园变成了动物地狱。人们以发展的名义荼毒生灵，致使大量的野生动物危在旦夕，甚至濒临灭绝。19世纪五六十年代，狼群出没于美国西部荒野。在《血色子午线》中，1833年，南部的田纳西州还有狼的存在。该小说的主人公少年加入怀特上尉的部队后，他们前行的路上，狼群一直跟着他们。白天，狼群远远地蹲伏着，注视着他们；夜晚，狼眼则在火光边缘闪烁着。在他们屠杀印第安人的路上，无论在平原上还是在沙漠里，无论在山间还是谷地上，追赶他们的是"与沙漠同色的狼群"[②]。但到20世纪20年代，在美国西部的平原上，甚至在荒野中，人们再也见不到一只狼的身影了。在《平原上的城市》中，约翰逊老爹也说，1917年得克萨斯州就没有狼了，他没有看见过一只狼，也没有听见过一声狼的嗥叫。在《天下骏马》中，美国西部的狼早已灭绝。格雷迪、罗林斯进入墨西哥山脉的那夜，听到了过去从未听到过的声音——狼凄厉的长嗥。格雷迪遥望着一弯弦月有如镰刀悬吊在山边，久久不能入睡。在《穿越》中，狼的祖辈也曾在美国西部猎杀过其他动物，如骆驼、原始小型马等，"但如今它在这里几乎无物可食。几乎所有的猎物被赶尽杀绝"[③]。阿努尔弗老人就说美国西部已没有狼的踪影了，人们抓狼的目的是用狼

[①] 阿尔文·托夫勒：《第三次浪潮》，朱志焱、潘琪，译. 北京：生活·读书·新知三联书店，1983年，第175—176页。
[②] 科马克·麦卡锡：《血色子午线》，冯伟，译. 郑贤清，校. 重庆：重庆出版社，2013年，第122页。
[③] 科马克·麦卡锡：《穿越》，尚玉明，译. 重庆：重庆出版社，2011年，第27页。

皮卖钱，然后再买几双靴子或其他什么东西。老人用了一个非常形象的比喻，他将狼比喻成一片雪花：

> 你可以抓到它，但当你往手里看的时候，它已经没有了。也许你见过这个完美的东西，但是你真想好好看看的时候，它已经不存在了。如果你想好好看它，你就应当在属于它自己的地方看。如果你抓住它，你就永远失去了它，而且它一旦消失，就永不回头，即使上帝也无法让它回来。①

这里所指的是美洲灰狼，它们的颜色以灰色居多，也有棕色、黑色和白色的。北美灰狼皆为群居，以捕食其他动物为生，生猛好斗。它们虽是一种有灵性的动物，却一度被视为有害动物而遭到灭杀，以致于在20世纪初期，基本上在美国本土消失。唯有美国中西部偏北边的区域尚可见灰狼的身影。

《穿越》中，老猎人埃科尔斯曾是一个捕狼高手，他将动物内脏如肝、胆、肾等，收集起来并制成标本。这是人类残酷猎杀野生动物的见证。

> 这些被人类猎杀的动物的残存物，似乎在它们体内还有着残存的梦魇，被人类追杀的梦、凄惨亡命的梦，这噩梦已经缠绕了它们十几万年。十几万年以来，它们一直梦见这些邪恶的小凶神，挺着苍白无毛的身子，从异地来临，暴殄天物，大肆屠杀它们的同胞和族亲，把它们驱赶出自己的天赐家园。这是些贪婪、残暴的凶神，兽类的血和肉永远也灌不满、填不饱他们的巨

---

① 科马克·麦卡锡:《穿越》,尚玉明,译. 重庆:重庆出版社,2011年,第52页。

大食囊。①

野生动物是自然的精灵,如同人类一样,也是自然的一部分。野生动物应该是人类的邻居和朋友。若无它们的存在,自然界中的多样性就会受到影响。然而,人类的欲壑实在是难填,贪得无厌似乎就是人类的本性。自有人类以来,其他动物的梦魇就开始了。为了满足自己的贪婪之心,人类不断向自然大肆索取。狼之消失就是一个隐喻,是对人类试图控制自然并将自己视为自然的主宰的控诉与否定。在《平原上的城市》中,为了获得完整的狼皮,人们用毒药来杀狼。1917年3月,约翰逊老爹50岁生日后的第二天,他骑马到怀尔德泉边的老营房去。他在那里看见五六只死狼被挂在篱笆上。那些都是一个为政府捕狼的人前一晚买下的狼,就是用药毒死的。从那以后,约翰逊老爹再也没有听说过那一带还有狼出没了。30多年过去了,他再也没有听见过狼的嗥叫,也不知到哪儿才能听到。他想,美国或许再也没有这样的地方了吧!

麦卡锡在《平原上的城市》中描写了人们大肆残杀野狗、疯狂撞死长耳朵野兔的野蛮行为。马克牧场的小牛频遭野狗的袭击,于是,牛仔和牧场工人就带着猎狗去猎杀野狗。猎狗在山中到处搜寻野狗的踪迹,人们则跟随猎狗去追赶那些野狗。远远地,他们就听见猎狗的叫声,还有野狗短促的悲鸣声,一阵接着一阵。猎狗和野狗边跑边咬,野狗不时发出长长的鸣叫。格雷迪和帕勒姆等牛仔则甩出一个又一个的套绳圈,将野狗套住并将它们拖死。他们杀野狗的场景残暴而血腥,令人不忍卒读。另一个画面是特洛伊飞速开车撞死从森林里跑出来的长耳朵野兔。特洛伊从军队复员后,为了去看牛仔演

---

① 科马克·麦卡锡:《穿越》,尚玉明,译. 重庆:重庆出版社,2011年,第18页。

出与牛马展览,夜间开车在 80 号公路上一路狂奔。忽然,前方路面上冒出了一群长耳朵野兔。一见刺眼的汽车灯光,野兔吓得一动不动。汽车未减速,而是径直往前冲去,只听车外扑通扑通的声响,野兔都被撞死。

《路》中,父亲的一段关于烧蛇的记忆揭露了人类戕害自然生灵的野蛮行径:在一个冬日,一群人拿着铁镐和鹤嘴镐"砸开山坡处岩石般坚硬的地","成百条蛇"在"清冷的光中"爬行,如巨兽的肠子露了出来。"男子们朝蛇身上浇了汽油,活生生烧了……烧着的蛇可怕地扭动起来,有些身上还燃着火,也要穿过洞爬回老巢,让那里面星星点点亮了起来。"①在《圣经》中,蛇引诱亚当与夏娃(Eve),让他们吃了能分辨善恶的"智慧之果"(Fruit of Wisdom)。人类虽受到上帝的惩罚,却开创了人类的世界;蛇也受到了惩罚,但其壮举有如普罗米修斯(Prometheus)之将火种盗来人间般伟大。墨西哥曾有玛雅库库尔坎神庙,亦名卡斯蒂略金字塔(El Castillo)。"库库尔坎"(Kukulkan)意为"带羽毛的蛇神",神庙乃为羽蛇神而建。希腊智慧女神雅典娜(Athena)的宠物是一条蛇。宙斯的使臣赫尔墨斯(Hermes)手中也总是握着一根双蛇杖。就连我国传说中的炎黄始祖、妇娲氏族的图腾也是蛇。

人们将代表工业文明的汽油浇在蛇的身上,这是何等残忍!这是何其残酷的暴行!人类对控制自然、控制自然万物早已习以为常。人类认为自己有权破坏自然、伤害其他物种。然而,人类最终必为自己的行为付出代价——人类以及人类文明的毁灭,就如同《路》中的末日世界一样。在《外围黑暗》中,一位老人曾说:"即使是蛇也并

---

① 科马克·麦卡锡:《路》,杨博,译.重庆:重庆出版社,2012 年,第 155 页。

不是一无是处。它们的存在肯定有着理由。"[1]诚如老人所言，自然万物的存在皆有其存在的理由。也就是说，自然万物的存在都有其自身的内在价值。

三

荒野（wilderness）是美国文学的母题之一，既是生态思想之源，又成就了美国的文学传统。1620年，当威廉·布拉德福德（William Bradford, 1590—1657）率领清教移民到达美洲那片荒凉而险恶、遍布野兽与野人的土地之时[2]，美国荒野文学的大门便訇然洞开了。詹姆斯·费尼莫尔·库柏（James Fenimore Cooper, 1789—1851）、纳撒尼尔·霍桑（Nathaniel Hawthorne, 1804—1864）、马克·吐温和威廉·福克纳等作家笔下的荒野皆有不同的特征。何为荒野？荒野指原生自然和原野，是最纯粹最客观的自然，是人类尚未涉足的原始自然，没有人类的渲染与修饰，或曰几无人工的痕迹，"既没有人居住也没有耕种的土地"[3]。荒野既是霍尔姆斯·罗尔斯顿（Holmes Rolston, 1932— ）的促进生命的力量，也是阿恩·奈斯（Arne Naess, 1912—2009）的自由自然；既是约翰·贝尔德·克里考特（John Baird Callicott, 1941— ）的可持续性，也是加里·斯奈德（Gary Snyder, 1930— ）的重新定居。麦卡锡是一位具有荒野意识的作家，他的描写从自然荒野到危险荒野到精神荒野再到城市荒

---

[1] McCarthy, Cormac. *Outer Dark*. Basingstoke and Oxford: Picador, 2010, p. 130.
[2] Bradford, William. *Of Plymouth Plantation*. New York: Capricorn Books, 1962, p. 60.
[3] 威廉·P. 坎宁安:《美国环境百科全书》,张坤民,主译. 长沙:湖南科学技术出版社,2003年,第67页。

野,最后是末日后的荒野。其小说中的荒野既是最原始、最纯粹的,又是他对美国的荒野文化的继承。麦卡锡笔下的主人公大多在荒野中流浪,都渴望逃离美国的工业文明。麦卡锡的荒野美学(wilderness aesthetics)既体现在"边境三部曲"对壮美荒野的描写上,也体现在《上帝之子》《血色子午线》《老无所依》《路》对恐怖荒野的书写上。

"边境三部曲"的背景包含自然荒野,且自然荒野在小说中占有重要的地位。主人公们在走向荒野的过程中得到了锻炼,随后逐渐成长了起来。他们在荒野中学习并感悟人生的意义和生命的价值,荒野为他们的生命注入了一种独特的野性气质,这种气质使他们更加亲近自然,排斥以科技为代表的工业文明,也否定以知识为代表的现代文明。因此,"边境三部曲"成为美国荒野文学的代表。

其实,荒野与美国文学的关系由来已久。19 世纪早期,荒野观已根植于美国文学的想象之中。我们从库柏小说中原始而壮美的荒野、福克纳作品中受文明侵蚀而逐渐消失的荒野,以及吐温小说中充满希望与自由的荒野,都可见荒野对于美国文学的巨大影响。19世纪中叶,荒野被视为美国文化与道德之源,也是民族自尊之根。[1]美国"边疆学派"(Frontier School)认为,美国的民主与文化都源于森林和荒野,也就是说,塑造了独特的美国文明的正是美国的边疆与荒野。荒野是美国最基本的组成部分之一,对美国民族性格的形成有着本质的影响。[2]美国文学史上有许多作家都曾致力于描写荒野,"但是从来没有一个美国作家像麦卡锡这样自始至终地坚持对

---

[1] Nash, Roderick. *Wilderness and the American Mind*. New Haven: Yale University Press, 2001, p. 67.
[2] Turner, Frederick Jackson. *The Significance of Sections in American History*. New York: Henry Holt and Company, 1932, p. 183.

'荒野'的书写,可以说,'荒野美学'是麦卡锡对美国文学的新贡献,麦卡锡创造了自己的文学神话"①。

如果说在麦卡锡小说中大自然是最伟大的存在,那么,荒野就是他笔下大自然中最神秘、最充满灵性的生命共同体。他认为荒野是永恒的存在,是自然最本质的代表;荒野也是一个旁观者,凝视着人类的所作所为。"边境三部曲"中的格雷迪、罗林斯在南行的路上,见到的除了荒野还是荒野。这些都是具有自然"本底"特色的纯粹的荒野,就像"是一个呈现着美丽、完整与稳定的生命共同体"②。美国早期环保运动领袖约翰·缪尔(John Muir, 1838—1914)曾说:"只要是未经人类染指的处女地,风光景色总是美丽宜人。"③《穿越》第二章描写道,帕勒姆葬狼后在荒野中骑行,一整天也未见到一个人影。那地方不仅荒无人迹,而且连鸟兽都踪影全无,唯一活在那片死寂之中的是阵阵的山风。

在"边境三部曲"中,野马和野狼都是荒野的一部分。这些野生动物生活在自己的世界中,代表未受人类控制的自然生命与荒野世界。格雷迪孤独难眠之时,他所想的是旷野和那些从未与人交往的野马。他认为,最好的马是野马,因为它们不仅是荒野上自由奔跑的生命,而且是荒野价值和生命权利的体现。在被关入监狱后,格雷迪梦见的仍是那些在高原上奔腾的野马。在荒野中,野马自由驰骋,与荒野中的生灵构成一幅和谐的生命图。野马一旦被抓获,就会成为

---

① 贺江:《孤独的狂欢——科马克·麦卡锡的文学世界》,上海:上海三联书店,2016年,第190页。
② 霍尔姆斯·罗尔斯顿:《哲学走向荒野》,刘耳、叶平,译. 长春:吉林人民出版社,2000年,第10页。
③ 约翰·缪尔:《我们的国家公园》,郭名倞,译. 长春:吉林人民出版社,1999年,第5页。

赚钱的工具或人们餐桌上的美食。荒野上的狼是自由、独立与勇敢精神的代表，它们拥有不屈服的性格和顽强的生命意志。野狼就是荒野的象征之一，如果人类失去野狼，也就失去了人与自然和谐共存的生态理念。在《血色子午线》中，狼群一直尾随格兰顿帮，即便他们正面遭遇狼群，这些杀人不眨眼的匪徒也决不敢滥杀一只狼。正如托宾所言，"我不会射杀狼，我知道其他人也是这么想的"[1]。《穿越》中的比利·帕勒姆曾目见狼群追杀羚羊，也曾与狼群正面相遇，但相持一会儿后，狼群就转身离开了。只有在荒野中，狼才能自由地生活，才能保持所具有的灵性。正因如此，帕勒姆才决定护送狼返回它的故乡。帕勒姆的任务虽以失败告终，狼最后死了，但它的灵魂是不灭的。狼之死象征着狼最终以这种方式与自然融为一体，它的灵魂将与自然和荒野永远在一起。狼所代表的荒野和荒野精神也将与人类同在。麦卡锡对自然荒野的描写旨在呼吁人类回归自然、回归荒野、回归人文精神与创造文化的源头。他用文学艺术作品去警醒破坏自然环境的人类中心主义者，这无疑对我们时下建设生态文明与生态文化具有重要的现实意义和有益的启迪。[2]

戴斯·贾丁斯（Des Jardins）曾将美国学者对待荒野的态度总结为三种模式：一是清教徒模式，即荒野代表上帝对选民的考验；二是洛克模式，即荒野是新移民创造幸福未来的资源；三是浪漫模式，即荒野象征着大地的富丽和纯洁，是人类最后的处女地，荒野就是天

---

[1] 科马克·麦卡锡:《血色子午线》,冯伟,译.郑贤清,校. 重庆:重庆出版社,2013年,第 148 页.
[2] 朱新福:《美国文学上荒野描写的生态意义述略》,《外国语文》,2009 年第 3 期,第 1—5 页.

堂。①显然，麦卡锡在《血色子午线》中对待自然荒野的态度并不属于上述三种模式。麦卡锡对自然荒野进行非人格化书写，也是对自然荒野进行赤裸的呈现。就好像是科学家或博物学家在对自然荒野进行观察与介绍，他始终进行一种客观而真实的描写。麦卡锡对自然荒野的这种书写令许多论者产生误解，甚至有些人认为这是他描写自然的败笔。②其实，麦卡锡在《血色子午线》中是以一种类似科学家的细致以及博物学家的敏锐，来记录在荒野中的生机勃勃、物种多样化的生态系统的。他在小说中提及的动植物种类繁多，纲目科属种俱全。

《血色子午线》主要以美国与墨西哥接壤的西部边境地区为背景展开叙事，那里是北美最大也是最炎热的索诺兰沙漠地区（Sonoran Desert）。我们在小说中时常可见到干涸的河床、枯萎的灌木、在烈日下垂死的各种动物。北美的沙漠虽异常干旱，却是一个完整的旱地生态系统，生长着各类耐旱植物，也生存着各种耐旱动物。麦卡锡描写了沙漠中的植物，如芦荟、胭脂仙人掌、乔利亚仙人掌、开花的篱属植物，还有沙漠中的动物。晚上，沙漠上一段燃烧的孤木，吸引了许多小动物：

小猫头鹰一只挨着一只静静蹲坐，鸟蛛、避日蛛、巨鞭蝎、邪恶的狼蛛、嘴巴黑如松狮犬的串珠蜥蜴，无不致命，从眼里喷

---

① 戴斯·贾丁斯：《环境伦理学》，林官明、杨爱民，译. 北京：北京大学出版社，2002年，第178—182页。
② Bell, Vareen M. *The Achievement of Cormac McCarthy*. Baton Rouge: Louisiana State University Press, 1988, pp. 31–41.

射血液的小沙漠皇冠鬣蜥和小沙奎看上去酷似吉达和巴比伦端庄的神祇，与它们一样安静。①

麦卡锡还描写了沙漠夜鹰、沙漠蝙蝠和沙漠小野猪等动物。他也描写了平原上的植物，如千里光、百日菊、深紫龙胆、蓝色牵牛花，以及动物，如野驴、羚羊等。

《血色子午线》还描写了一个残酷的、粗暴的、危机四伏的荒野。在该小说中，少年随格兰顿帮渡过格兰德河进入墨西哥后，他们首先看到的是凄凉的荒原。地上是散落的矮树丛、刺梨和一块块乱草地，座座山丘是光秃秃的。只有秃鹰，没有其他动物。他们看见的是人和骡子的尸骨，干枯发黑得如铁一般。他们在荒漠上时，风刮起一阵又一阵的沙尘；他们在狂野的闪电中穿行，闪电在漆黑的夜空中颤动，而远方的沙漠则如蓝色的白昼一般，忽明忽暗的地平线上的光秃秃的山脉呈现出青黑色，如另一个世界，令人感到恐惧不已。这世界"仿佛某个被召唤的妖魔王国，抑或某块被调包的土地，不在天亮时留下一丝痕迹、一缕轻烟、一点废墟，只余下可怕的梦境"②。格兰顿帮穿行在荒野中，杀人并剥人头皮，"就像荒野上的一支幽灵队伍，一身灰白的尘埃，好似木板上没抹干净的模糊图案"③。他们更是一群在精神上完全荒野化的游魂野鬼。他们在暗淡

---

① 科马克·麦卡锡：《血色子午线》，冯伟，译. 郑贤清，校. 重庆：重庆出版社，2013年，第238页。
② 科马克·麦卡锡：《血色子午线》，冯伟，译. 郑贤清，校. 重庆：重庆出版社，2013年，第54页。
③ 科马克·麦卡锡：《血色子午线》，冯伟，译. 郑贤清，校. 重庆：重庆出版社，2013年，第52页。

的星光下扎营,没有生火,没有面包,如一群猿猴。他们一言不发,嚼着动物的生肉,夜晚就睡在骨头堆里。在这无边无际的西部边疆,没有浪漫,只有荒芜的沙漠、狂暴的风雨、各种夺人性命的疾病,还有致命的野生动物,如吸血蝙蝠、狼蛛、灰熊和野狼等。在这里,荒野是一个充满邪恶之地,更是一个极度危险之地。这个邪恶而危险的荒野消解了自然的神秘性和美国西部曾作为"世界花园"(Garden of the World)的神话。小说中的荒野是暴力和死亡之所在。

《老无所依》中的荒野也充满危险,甚至是死亡。摩斯在荒野狩猎羚羊的过程中,发现了黑帮在荒野上火并。后来,他又在那片荒野上被追杀。天空和荒野虽被月光照得一片明亮,而他像掉入了陷阱一样。

城市荒野是科技与工业发展给人类生活带来的负面影响。它是《沙崔》的主题之一,如对垃圾、废品和尸体的描写是麦卡锡的一种反乌托邦(anti-utopia)书写,表明他对田园主义(pastoralism)的批判态度。20世纪50年代的诺克斯维尔破败、杂乱、肮脏、没落。在现代化大潮的侵袭下,昔日南方田园牧歌式的场景早已不在,取而代之的是一种城市荒原景观。科技发展带来环境污染和生态危机,也使人们的精神变得空虚。自然生态、精神生态和社会生态都处于一种失衡的状态。小说中的城市荒原景观集中体现在麦卡锡对马卡纳尼社区的描写上。小说人物哈罗盖特所探索的诺克斯维尔地下洞穴则让沙崔意识到这个城市的下面全是空洞。这个空洞自然影射了生活于城里的人的空虚的精神状态。在《沙崔》中,麦卡锡讽刺性地将诺克斯维尔称作"山巅之城"(City upon a Hill),这表明了清教徒想在北美大陆建立一个新耶路撒冷的伟大事业的失败。

《上帝之子》所揭示的则是人的精神荒野。工业文明的利刃所到之处，"大地上的万物，以及人的心灵，还有我们头顶上的那方天空"①都受到了伤害。工业化加速了人类精神的荒漠化。美国诗人 T. S. 艾略特（T. S. Eliot, 1888—1965）的《荒原》（*The Waste Land*, 1922）曾描绘了第二次世界大战后西方社会的精神荒野。而《上帝之子》中 27 岁的巴拉德生活于田纳西州阿巴拉契亚山区，他被逼而退居到蛙山的荒野之中，最后堕落成变态的杀人恋尸狂。在世俗社会中，没有人关爱他。巴拉德所处空间的位移体现他从文明到荒野的过程：他从自家的房子搬到破棚屋居住，又进入山洞，最后入住的是地下洞穴。他与文明渐行渐远，一步步进入了越来越荒漠化的荒野，最后在荒野中失却了他自己，也失却了人性。②同样，在《外围黑暗》中，罪孽深重的库拉·霍姆在自然荒野中一次又一次地走向罪孽的深渊，直至小说结束，他仍被困于荒野。其实，"外围黑暗"隐喻的是霍姆心灵的黑暗，而这个自然荒野就是霍姆"心灵的荒野"③。

小说《路》所呈现的荒野则完全是世界末日后的一片荒原景象：自然界及自然万物都被毁灭，人类文明也已坍塌，两者都成了历史，整个世界被灰烬覆盖，昔日的伊甸园已成为但丁笔下的人间炼狱（Inferno），大地变成了一座巨大的坟墓和永恒的废墟，既荒凉静寂，又充满邪恶与死亡。整个世界是黑暗的，笼罩在死亡的阴霾之中，几乎见不到生命的迹象。在父子俩的求生之旅中，陪伴他们的是荒芜的村野、烧焦的树干、漆黑的小溪、翻滚的浓烟、空气中的

---

① 鲁枢元：《荒野的伦理》，《文学教育》，2014 年第 4 期，第 4—7 页。
② 张小平：《从文明到荒野：论科马克·麦卡锡的〈上帝之子〉》，《外国文学》，2012 年第 2 期，第 76—82 页。
③ 李碧芳：《科马克·麦卡锡南方小说研究》，厦门：厦门大学出版社，2018 年，第 75 页。

灰烬以及遍地的尸体。《路》所呈现的荒原景象看似毫无意义，但这正是其意义之所在。阿什利·昆萨（Ashley Kunsa）就认为，该小说是在一个看似毫无意义的世界里对意义进行探索。[1]曾经春意盎然的人间乐园，现在变成了利奥·马克斯笔下之"烬园"（garden of ashes）。[2]如果说有绿色的东西存在，那也只出现在那些幸存者的梦里。这种末日后的自然景象再也不是"边境三部曲"中那充满野性的自然了，再也不是美国人曾梦想的那种"世界花园"了。1972年，联合国人类环境会议将环境与发展联系起来，通过了《联合国人类环境宣言》（United Nations Declaration of the Human Environment），并提出保护环境、控制人口和节约资源。美国著名学者托夫勒在分析人类思想的演变时，得出了如下论断：

  由于地球生物圈发生了根本性的、潜在的危险变化，出现了一场世界范围的环境保护运动。这场运动不仅只是防止污染，反对制造合成食品，反对核反应堆、高速公路及美发的喷雾剂。这场运动完成的事情还要多得多。它还迫使我们去重新考虑关于人类对自然界的依赖问题。结果非但没有使我们相信人们与大自然处于血淋淋的争斗之中，反而使我们产生一种新的观点：强调人与自然和睦共处，可以改变以往对抗的状况。[3]

---

[1] Kunsa, Ashley. "Maps of the World in Its Becoming: Post-apocalyptic Naming in Cormac McCarthy's *The Road*", *Journal of Modern Literature*, 2009（1），pp. 57 – 74.
[2] 利奥·马克斯：《花园里的机器——美国的技术与田园理想》，马海良、雷月梅，译. 北京：北京大学出版社，2011年，第26页。
[3] 阿尔文·托夫勒：《第三次浪潮》，朱志焱、潘琪、张焱，译. 北京：生活·读书·新知三联书店，1984年，第383页。

第三节 麦卡锡小说中的生命价值

20 世纪 70 年代,北美诞生了一门新兴的学科——"生命伦理学"(Bioethics)。该学科将自然科学与人文社会学科融合在一起,其核心是捍卫所有生命的尊严,尊重所有生命;其原则是尊重自主、不伤害、行善和公正。尊重源于敬畏,"只有敬畏生命的信念在其中发挥作用的思想,才能在当今世界开辟和平的时代"[1]。麦卡锡在其小说中书写生命的存在,尊重所有的生命形式。他赋予非人类以主体性与内在价值。在他看来,非人类的生命(动植物的生命)和人类的生命一样,是神圣的,也是唯一的。麦卡锡主张平等对待大自然中所有生命,因为所有生命是客观存在的,所有存在自有其理由。这种人文情怀乃麦卡锡科学人文主义思想的又一体现。本节主要从关爱生命、平等对待生命和尊重生命等三方面论述麦卡锡对生命的敬畏,揭示生命的价值。

一

阿尔贝特·史怀泽(Albert Schweitzer, 1875—1965)生命伦理学的核心是"敬畏生命"(reverence for life)。他的生命伦理学拓宽了伦理学的范围,即从人扩展到所有生命,包括一切动物与植物。史怀泽认为所有生命,包括那些有潜在生命之物,是神圣的,有其内在价值,应该受到尊重。万物神圣、万物平等及敬畏生命乃成史怀泽生

---

[1] 阿尔贝特·史怀泽著,汉斯·瓦尔特·贝尔编:《敬畏生命》,陈泽环,译.上海:上海社会科学院出版社,1995 年,第 10 页。

命伦理思想的核心。史怀泽的生命伦理是世界和平运动与环保运动的思想之源。敬畏生命，指人类对一切生命怀有一种尊崇与畏惧之情，人类因生命的神圣而尊崇，因生命的唯一而畏惧，最终敬畏生命的本体。敬畏生命，包含关爱、平等对待和尊重所有的生命形式，将非人类的生命都视为神圣的和唯一的，它们都有主体性与内在价值。"自然内在价值是自然的、固有的，不需要以人类作为参照"[1]，它们的存在就是自然界中不同个体的生命存在形式。

早在19世纪早期，杰里米·边沁（Jeremy Bentham, 1748—1832）和约翰·穆勒（John Mill, 1806—1873）就已将伦理关怀的范围扩大到了动物。1892年，亨利·萨尔特（Henry Salt, 1851—1939）将动物解放（animal liberation）与人类解放相提并论，并认为动物和人类皆有天赋的权利。1973年，彼得·辛格（Peter Singer, 1946— ）提出了动物解放和动物福利（animal welfare）的观点，还将更多的生命当作目的性的存在。1983年，汤姆·雷根（Tom Regan, 1938—2017）主张非人类动物和人类一样，都是生命的主体，我们应将价值赋予所有人与非人类。保罗·泰勒（Paul Taylor, 1923—2015）则将每个机体、物种群与生命共同体都纳入伦理关怀的范围。奥尔多·利奥波德（Aldo Leopold）则在《沙乡年鉴》（*A Sand County Almanac*, 1949）中提出了生态中心思想，其"大地伦理"将伦理扩展到水、土壤、植物、动物所构成的整体，将人类视为大地共同体中的一员。他还呼吁人类应该尊重共同体中的所有生命。阿伦·奈斯（Arne Naess）的深层生态学则强调，生物圈所有生命形式的内在价值是平等的，有生存与繁荣的平等权利。因此，从这

---

[1] 霍尔姆斯·罗尔斯顿：《哲学走向荒野》，刘耳、叶平，译. 长春：吉林人民出版社，2000年，第189页。

个意义观之，生态（eco-）实际上就等于生命（bio-）。关注生态必然回归生命之源与生存之根，关心生命在大地上的健康发展与持续生存。生态是一种深刻的家园意识（home consciousness），能激发起人们的生态智慧，为人们在科学技术时代建造美好的物质与精神家园；生态也是一种深刻的生命意识（life consciousness），它倡导关爱生命、同情生命并敬畏生命。"自由—平等—博爱"的人文主义信念就会升华为敬畏生命的生态主义道德律。正如史怀泽所言，"善就是保持生命、促进生命，使可发展的生命实现其最高价值。恶则是毁灭生命、伤害生命、压制生命的发展，这就是必然的、普遍的、绝对的伦理原则"。

在麦卡锡的"边境三部曲"中，主人公都是美国西部最后的牛仔。这些人在科学技术和工业文明的进程中面临着传统文化与现代科技的矛盾与冲突。在美国的历史上，牛仔曾被视为西部英雄，是征服西部荒野、开拓西部边疆的排头兵和急先锋。因此，牛仔精神（Cowboy Spirit）——一种崇尚自由和热爱冒险的精神——体现了美利坚民族特有的开拓与进取的性格特征。牛仔文化源于18世纪至19世纪美国的新墨西哥州。在西部广袤的土地上，那些牛仔——"马背上的英雄"——具有独立、自由、粗犷、叛逆、豪迈和洒脱的性格。他们严谨而聪明、果敢而刚毅、有胆识、爱冒险，还具有百折不挠的精神。因此，西部牛仔乃美国人心目中的典范，也成了"西部精神"（Old West Spirit）的代名词。直到今天，牛仔文化仍是都市年轻人所追求的一种精神境界。在美国内战后，在工业化的推动下，开发西部的势头非常强劲。农业、采矿业和畜牧业勃兴，西部拓荒的规模前所未有，不断从中西部（Midwest）[①]向大平原（The

---

[①] 美国中西部，包括俄亥俄州、印第安纳州、密歇根州、伊利诺伊州、威斯康星州、艾奥瓦州、堪萨斯州、密苏里州、明尼苏达州、内布拉斯加州、北达科他州及南达科他州。

Great Plains)①及远西部（Far West）②推进。美国西部原本贫穷而落后，但在西进运动中异常迅速地崛起，在东起密苏里河（Missouri River）、西至落基山脉（Rocky Mountains）、南起格兰德河、北到美加边界的整个大平原地区，兴起了一个"牧牛王国"（Cattle Kingdom）。随之迅速崛起的还有一个"牧羊帝国"（Sheep Empire）。"牧牛王国"和"牧羊帝国"都从东部发展到西部的太平洋沿岸，其兴起与发展的历史，就是美国牛仔与牧羊人的拓荒史和创业史。到19世纪末期，美国开始从农业社会向工业社会过渡，牧牛与牧羊也从巅峰逐渐走向衰落。然而，这并不意味着美国西部牧场完全消失，也不意味着西部牛仔及牛仔文化的消失。在"边境三部曲"中，牧场和牛仔文化直到20世纪中期仍然存在，只是在美国工业文明的进程中，西部的畜牧业逐渐告别发展的历史繁盛时期而已。

在美国西部，马在牛仔的生活中具有不可替代的作用和价值内涵。马是牛仔身份的象征，因此，马就成了西部牛仔文化的重要图腾。《平原上的城市》和《天下骏马》中的约翰·格雷迪爱马、懂马。他爱马有血有肉，爱马所具有的满腔热血的秉性。他将自己的崇敬、钟爱之情都放在这些生性刚烈的生灵身上。他懂得如何驯服不同的野马，因为他了解马的脾气和性格。在驯小野马驹时，他把马脸拉到自己的胸前，当觉察到小马驹的惶恐时，他就用手遮住它的眼睛，轻轻地抚摸它，用手拂掉它的恐惧；他还不停地对马驹说话，用心去安慰它。接着他用布袋在小马驹的周身擦拭：先是马背、马腹，

---

① 美国大平原，包括蒙大拿州、怀俄明州、科罗拉多州、新墨西哥州、北达科他州、南达科他州、内布拉斯加州、堪萨斯州、俄克拉何马州及得克萨斯州。
② 美国远西部，指落基山脉以西到太平洋沿岸地区。

然后是马头、马脸,最后是马腿。他一边擦,一边倚在马身上和它说话。他拎起鞍褥放在马背上,用手捋平,又站在马身边抚摸它、和它说话。在给马系好肚带时,用脚踩上马镫时,他还不停地和马说着话。当马已听使唤时,他一边骑行一边夸奖它。他温柔地对待野马驹,不断给它们信心和勇气,消除它们的恐惧。他将马当作知心的朋友,当马受汽车惊吓时,他不仅低声安抚它,而且边骑边向马吐露心曲,告诉它在这个世界上他最真实的感受,告诉它一些他认为可能真实的事情;他还告诉它为何喜欢它,为何偏偏选择它为自己的坐骑;他还向马表示,决不会让它受到任何伤害。《老无所依》中的贝尔警长也懂马爱马。《穿越》中的帕勒姆也爱马,常与他的坐骑伯德沟通。当伯德害怕狼杀死动物后血腥而悲伤的景象时,帕勒姆拍拍它的脖子,说话安慰它。对这些西部牛仔来说,马就是一个同甘共苦的伙伴,就是一个也有灵魂的同类。

格雷迪爱马,也决不让人打扰马。晚上,他与牧场主马克下完棋后,马克要开马房的灯,他阻止说:"开了灯会打扰马儿的。"[1]他甚至达到了与马融为一体的程度:"他发现自己与马的呼吸节拍同步,仿佛那马的部分身体已经进入他的体内与他一同呼吸着,这时约翰·格雷迪与马之间仿佛产生了深深的、言语难以形容的默契。"[2]牛仔之所以如此关心和爱护马,是因为只有马才能使他们在西部无边无际的草原上自由驰骋。马是牛仔最亲密的朋友或伙伴,更是牛仔的衣食父母。作为"自然之子",马也是通人性的,甚至会和人亲密到寸步不离的程度,如比利·桑切斯驯的马一步都不愿离开他,

---

[1] 科马克·麦卡锡:《平原上的城市》,李笃,译. 重庆:重庆出版社,2011年,第50页。
[2] 科马克·麦卡锡:《天下骏马》,尚玉明、魏铁汉,译. 重庆:重庆出版社,2013年,第339页。

就连他上厕所都跟着去,站在一旁等着。马愿意看到它的主人,也总喜欢听见人的声音。牧场主马克说马是知道对与错的。格雷迪也认为,"一匹好马总能自己知道该做什么,你总能明白它心里是怎么想的"[1]。驯好的马也不会做错事,马心里也有一股正气,也充满了正能量。

在麦卡锡的小说中,美国西部牧场的大部分人都懂马爱马。管家安东尼奥喜欢与马说话,经常向它许诺。他可对人撒谎,却从不对马撒谎。一听到他的脚步声,马就兴奋不已。单腿老人刘易斯也终身爱马,他认为马也是有灵魂的。麦卡锡描写道:

> 老人认为马的灵魂反映出人的灵魂……老人说,他曾经看见过马的灵魂。……他说,这灵魂只在马死的特定时刻才能看到。因为马类共有一个灵魂,而它们各自的生命乃是由全体马使之形成,最终难免一死。他说,如果一个人能认识马的灵魂,那么他就能理解所有的马了。[2]

马能与人的气息和心灵相通,它们是有灵性的造物。老人甚至认为,人与人之间没有马类之间那样共通的灵魂,那么,人类可以相互理解的想法或许只是个错觉。对这些牛仔来说,马就是他们的生活。这世上不可能没有马的存在,恰如老人所言,"要谈论世上没有马的事是毫无意义的,因为上帝不会容忍这种事情发生"[3]。

---

[1] 科马克·麦卡锡:《平原上的城市》,李笃,译. 重庆:重庆出版社,2011年,第64页。
[2] 科马克·麦卡锡:《天下骏马》,尚玉明、魏铁汉,译. 重庆:重庆出版社,2013年,第141页。
[3] 科马克·麦卡锡:《天下骏马》,尚玉明、魏铁汉,译. 重庆:重庆出版社,2013年,第141—142页。

二

麦卡锡深知科学技术体现出人类中心主义的思想,其发展必然对大自然造成破坏性的影响。因此,他从非人类中心主义角度倡导人类平等对待自然万物。在他看来,人类并不比其他存在物高贵或优越,因为自然万物都有其内在价值,即任何存在都有存在的理由。缪尔说:"大自然肯定首先是,而且最重要的也是为了它自己和它的创造者而存在的。"[1]约翰·奥尼尔(John O'Neill, 1932—)和泰勒认为,非人类存在与自然万物都具有内在价值。我国学者余谋昌(1935—)也认为,任何存在物,包括人类与非人类,或者说自然万物,都有其外在价值和内在价值。[2]麦卡锡既描写自然界之于人类或其他生命体的工具价值,也描写自然万物所具有的内在价值。从生态角度观之,他更注重自然的内在价值。他知道自然的内在价值并不依赖于人的意志而存在,内在价值是与生俱来的。就维护生态系统的稳定而言,人类的作用微乎其微,而细菌的作用则远远超过人类。这就解构了数千年来人类在生态系统中的主体性地位,提醒人类要学会尊重自然和自然万物,一缕阳光、一丝清风、一棵小草、一片树叶、一只蚂蚁……[3]生命平等意味着生命圈中的一切都同样拥有生活、繁荣并在更大的自我实现中展现自身与自我实现的权利。生态圈内所有的机体与存在物,作为相互联系的整体的一部分,

---

[1] 约翰·缪尔:《我们的国家公园》,郭名倞,译. 长春:吉林人民出版社,1999 年,第 46 页。
[2] 余谋昌:《生态文明论》,北京:中央编译出版社,2010 年,第 126—127 页。
[3] Rolston, Holmes. *Environmental Ethics*: *Duties to and Values in the Natural World*. Philadelphia: Temple University Press, 1988, p. 73.

都有其内在价值。①既然自然万物都有各自的内在价值，且它们又都是平等的，那么，平等对待自然万物也就是人类应尽的义务与责任。

霍尔姆斯·罗尔斯顿（Holmes Rolston, 1933— ）在《哲学走向荒野》（*Philosophy Gone Wild*；*Environmental Ethics*, 1989）中说："作为生态系统的自然并非不好的意义上的'荒野'，也不是堕落的，更不是没有价值的。相反，她是一个呈现着美丽、完整与稳定的生命共同体。"②整个自然就是一个生命共同体，这是一种基于生态科学的自然观。罗尔斯顿还说：

> 在荒野中，我们可以感受到生命在时间级与数量级上共同产生的奇迹。生物圈中最为重要的元素——森林和天空、阳光和雨露、河流和土壤、绵延的山脉、交替的季节、动物和植物、水文循环、光合作用、土壤肥力、食物链、遗传基因、物种的形成和繁殖、继承和复归、从生到死再到新生——早在人类出现之前就已存在。人类的思维无法创造出生机勃勃又结构紧密的森林，一片野外森林是独立于文明之外的存在，它是永恒的自然规律支撑着万物生息的一种存在或象征。③

平等对待生命包括平等对待其他人。美国《独立宣言》（The Declaration of Independence, 1776）开门见山地指出：人皆生而平

---

① Devall, Bill & George Sessions. *Deep Ecology*. Layton, Utah: Pregrein Smith Books, 1985, p. 65.
② 霍尔姆斯·罗尔斯顿：《哲学走向荒野》，刘耳、叶平，译. 长春：吉林人民出版社，2000年，第10页.
③ 霍尔姆斯·罗尔斯顿：《环境美学在中国：东西方的对话》，谢梦云，译.《鄱阳湖学刊》，2017年第1期，第5—14页.

等,享有造物主赋予他们的不可剥夺的权利,包括生命、自由和追求幸福的权利。"人生而平等"实乃美国立国的基本原则,且成为人们的信念与理想。法国大革命时期颁发的《人权与公民权宣言》(The Declaration of the Rights of Man and of the Citizen, 1789) 第一条也申明:人生来就是且始终是自由的,在权利方面一律平等。在《血色子午线》中出现了一个名叫莎拉·博金妮丝的女性。在血腥、暴力与死亡笼罩的西部,博金妮丝勇救白痴,还把白痴当作常人来平等对待。格兰顿帮来到尤马渡口时,白痴被关在一个笼子里。以博金妮丝为首的女人们将白痴放出来,带他去河里洗澡。博金妮丝还让人将笼子烧了,因为"这些人把这孩子当野兽一样关了起来"[①]。她们给他唱歌和赞美诗。这说明麦卡锡对待残障和智障人士的态度——平等对待所有的人,因为人生而平等。

日月山川、花草树木、飞禽走兽、昆虫鱼类,都是自然的一部分。与许多其他自然物种相比,人类算是后来者。地球诞生于45亿年前,约六七百万年前出现人类。就以麦卡锡小说中的马为例,如格雷迪的坐骑雷德博、布莱文斯的大棕红马、罗林斯的朱尼阿、帕勒姆的伯德、格雷迪驯的野马、格雷迪为爱情而卖掉的那匹马,以及《血色子午线》中印第安人或格兰顿帮骑的那些马,根据已有资料,它们的祖先是约5600万年前就生活于北美洲的始祖马(eohippus),比人的历史长。所有这些自然存在物审视人类的诞生和发展,也审视人类强盛后的中心霸权地位以及由此引发的掠夺与征服。

自然万物的内在价值决定了它们也都有相应的权利,即生命和

[①] 科马克·麦卡锡:《血色子午线》,冯伟,译. 郑贤清,校. 重庆:重庆出版社,2013年,第287页。

自然界"在一种自然状态中持续存在的权利"[1]。人类有持续生存的权利,其他自然存在物亦然。《老无所依》中的荒野中有一种毒性比普通蛇的毒性更强的莫哈维响尾蛇。这种蛇分布于美国得克萨斯州西部和墨西哥,是北美沙漠中的一种剧毒蛇。它常在夜里捕食蜥蜴与小型啮齿动物。在所有响尾蛇中,其毒性最大,也最恐怖,一口毒液便可杀死九个成年人。其毒包含神经毒素和血液毒素:前者毒害神经,导致受害者瘫痪窒息而死;后者溶解和破坏受害者的血液组织。从人类的视角观之,莫哈维响尾蛇危害人类的生命,人人应见而诛之。然而,蛇也是自然之子。它们也有和人类一样的生存权利与存在理由。生态学家巴里·康芒纳就说:"自然界所懂得的是最好的。"[2]地心有引力,雨水会降落,树木花草也会繁殖,大自然的演替周而复始。在荒野附近的漫滩上,还生长着各种植物,如以灌木蒿和滨藜为代表性的植物,还有荆棘丛生的灌木(牧豆树、假紫荆属树木、铁木、黄栌和猫爪树)和多种靠湿气维生的肉质植物。在温度和湿度适宜的环境中,植物及其伴生的藻类、地衣、苔藓和昆虫也同样会繁衍生息。蜥蜴、毒蛇和其他爬虫类依靠植物汁液,以小动物和昆虫为食,如鼠类、兔子和蝙蝠等。当然,食物链再往上则是诸如丛林狼、红猫、狐狸和北美臭鼬之类的食肉动物。这就是自然和自然万物,它们都生活在大自然的怀抱中,它们是和人类平等的自然存在物。

麦卡锡注意到,人们在追求科学技术的发展及它所创造的物质财富时,忽视了大自然的存在。在《穿越》中,阿努尔弗老人说:

---

[1] 余谋昌:《生态文明论》,北京:中央编译出版社,2010年,第13页。
[2] 巴里·康芒纳:《封闭的循环——自然、人和技术》,侯文蕙,译.长春:吉林人民出版社,1997年,第32页。

第三章 麦卡锡小说自然书写的科学人文主义　　　123

在这个世界里，风暴在吹刮，树木在风中摇摆，上帝创造的所有的动物在来回奔跑。然而这么大的一个世界，人们视而不见。他们只看见他们自己手上的行为，或者他们只看见被他们命名的东西，并互相指点着、呼叫着这些东西。但是这之间的一个大世界他们看不见。①

风暴、树木和动物都是造化的产物，如同人类一样，而人类对它们的存在视而不见，或者说，人类只看见自然万物的工具价值，而罔顾其内在价值。大自然是一种自组织的生态系统（self-organizing ecosystem），自然万物有权生存与繁衍，人类应学会尊重和敬畏它们的内在价值。在麦卡锡的笔下，"造物无言却有情"（〔清〕张维屏《新雷》），花草树木都是有灵性的；所有动物是有智慧的，也是有思想的；山川河流、森林沼泽都是神圣的。保持并促进生命，即为善；损害和毁灭生命，即为恶。阻碍生命的发展，也是恶的一种表现。梭罗曾回归自然，认为人真正崇拜树桩与石头就是人新生的开始。人类有灵性，狼也如此。"狼是一种极有悟性的生灵，它懂得人类所不懂的事情，它懂得这个世界本无秩序，只有死亡才给它带来了永恒的秩序。"②狼的生命与人类一样，也是上帝的造物。"上帝造狼和上帝创世是同样道理。你无法去侵犯这个世界，你无法将它握在你的手中，因为它是气息凝聚而成的。"③马不仅有灵魂，而且马的灵魂还反映出人的灵魂。人类要以大自然一员的身份去平等对待

---

① 科马克·麦卡锡:《穿越》，尚玉明，译. 重庆:重庆出版社，2011年，第52页。
② 科马克·麦卡锡:《穿越》，尚玉明，译. 重庆:重庆出版社，2011年，第51—52页。
③ 科马克·麦卡锡:《穿越》，尚玉明，译. 重庆:重庆出版社，2011年，第52页。

其他自然存在物，与自然万物同生共处。斯奈德在其诗集《龟岛》(Turtle Island, 1974) 中说，天地山川、风霜雨雪、草木禽兽，对人类而言，都是一家。植物是所有生命形态的支持者与维持者，因此，它们也应被视为一种"人类"。[1]如果大自然中一个物种的权利受损或该物种灭绝，那么，其他物种也会受到相应的损失，甚至面临灭绝的危险。

宇宙是一个整体，地球也自成一个整体。宇宙是主体之间的交流，而非客体的堆积，地球亦然。自然万物都有目的性、能动性与创造性。可以说，它们都是知性的，也是智性的，有价值选择与价值评判的能力。人类是自己的主体，不同的动物或植物也是各自的主体。人类并非唯一的主体，亦非最高的主体。动植物也有目的地选择它们认识的结果与实践的对象。《平原上的城市》中的土狼、格雷迪与罗林斯等在夜间捕猎的山狮、他们带猎狗去猎杀的野狗以及多次出现的天鹅，都有主体性与目的性。它们为自己而活，也成为大自然的一部分。缺少了它们，美国西部的荒野、山林就缺少了物种的多样性。阿卡迪亚式的自然是传统自然文学中理想的自然，露珠、泉水、鲜花、山谷、黎明、森林、夜莺等都是自然文学歌咏和赞美的对象。南非作家约翰·马克斯韦尔·库切（John Maxwell Coetzee, 1940— ）曾说，从生态角度看，大马哈鱼、水苔草……皆与地球、气候共舞，自然界中的每个有机体都在这个复杂的群舞中发挥着自己独特的作用。[2]自然万物是宇宙之美的展示者。

植物也懂"为争夺阳光和空间悄悄地竞争，它们合成复杂的抑

---

[1] Snyder, Gary. *Turtle Island*. New York: New Directions, 1974, p. 109.
[2] Coetzee, John Maxwell. *The Lives of Animals*. Princeton: Princeton University Press, 1999, pp. 53 - 54.

制物质，毒害相邻植物的根，或杀死、阻止吃它们的动物"[1]。分辨好坏利害与趋利避害，充分说明了动植物都有各自的内在价值。因此，动植物与人并无本质之别，仅程度不同而已。在智慧方面，人类有智慧，动植物亦然。在许多方面，动物都超过了人类，如猎豹的速度、鹰隼的视觉、猿猴的敏捷。人类必须向自然万物学习，如仿生学和仿圈学等都是人类向其他物种学习的成果。即便人类研究出抗生素类的化学药物，病毒仍然能存活。这就是病毒的生存智慧。它们适应化学药物，进而形成抗体来对抗药物。病毒在发展的过程中，还随时都可发生变异，主动适应新的环境和新的药物。其实，在病毒面前，人类的智慧与科学技术永远是落后的。再如语言问题，人类中心主义者认为，只有人类发明了语言并用语言进行交流。其实，自然界中几乎所有动物皆有自己的语言，只不过它们的语言符号与人类的不同罢了，人类不懂它们的语言系统，就好比其他动物不懂人类的语言符号或意义一样。不懂英语，并不能说明英语非语言或英语不存在。

在麦卡锡看来，人类与动植物和无机物是平等的。麦卡锡用了一个特别的表述："怪异的平等"。

> 在这片严重中立的土地上，所有的现象被馈赠了一种怪异的平等，没有一种事物（一只蜘蛛、一块石头、一片草叶等）可以要求优先权。这些物件的清晰掩盖了它们之间的亲密关系，因为眼总是见微知著，而此处所有事物一样照亮于光下，一样笼罩于阴影之中，在这样光学条件均等的地界中，所有的偏爱

---

[1] 范跃进：《生态文化研究》（第1辑），北京：文化艺术出版社，2004年，第64页。

会让人觉得匪夷所思,而人和岩石也被赋予了难以预料的亲密关系。①

现代科学将生命形式分为两种,即动物与植物。佛教则以有情众生与无情众生来划分:前者指能感受八苦、有喜怒哀乐的觉受众生,包括人类与动物;后者指植物以及自然界中的无机物。麦卡锡此处表现的是众生平等,人和蜘蛛代表有情众生,草叶和石头代表无情众生。自然界中的任何存在物都是平等的生命个体,谁也没有优先权。普天之下,万物都沐浴在阳光之中,也都笼罩在阴影之下。天地同等对待万物,没有偏私,任由自然万物去发展去变化。也如唐代大诗人杜甫(712—770)《春夜喜雨》所言:"随风潜入夜,润物细无声。"

三

麦卡锡平等对待自然万物是建立在尊重生命的基础上的。尊重生命也是敬畏生命的重要组成部分。在"边境三部曲"中,所有生命,包括人类、动物和植物,都是值得赞美、欣赏和爱护的生命。牛仔生活离不开马,因此马乃小说中不可或缺的存在,人与马的故事也成为麦卡锡书写的主题之一。在《天下骏马》中,格雷迪驯野马的场景体现出他对马和马的生命的尊重。最能表现麦卡锡尊重生命的莫过于《穿越》的第一章。小说虽无章节标题,但我们可给它添加一个,就叫"与狼同行"吧。这一章与福克纳的《熊》(*The Bear*,

---

① 科马克·麦卡锡:《血色子午线》,冯伟,译. 郑贤清,校. 重庆:重庆出版社,2013年,第275页。

1942）、麦尔维尔的《白鲸》(*Moby Dick*，1851）有异曲同工之妙。帕勒姆护狼回家是出于对生命的尊重，也是他为人类承担的保护动物的义务与责任。狼是一种有灵性的动物，有与人类同等的生存权利。狼的存在是神圣的，它的生命也是神圣不可侵犯的。帕勒姆与狼同行恰似一首动人的生命乐章，散发出史诗般的人文气质。

如果说马是牛仔的伙伴，容易让人产生信任感，那么，在人类的视界中，狼似乎一直就是人类的天敌。不同文化演绎出各种狼吃人的童话故事或传说，比如德国的雅可布·格林（Jacob Grimm,1785—1863）和威廉·格林（Wilhelm Grimm, 1786—1859）兄弟的民间文学《格林童话》(*Grimm's Fairy Tales*) 中的《小红帽》(*Little Red Riding Hood*）以及中国的《狼外婆》。然而，在《穿越》中，人与狼的关系颠覆了人们的固有看法。麦卡锡在《穿越》中对狼的理解与解读，让我们再一次深切体会到他关爱生命、尊重生命和敬畏生命的生态人文主义情怀。帕勒姆与父亲多次埋设捕兽夹，希望捉住那头来自墨西哥的狼。然而，狼有悟性，也有智慧。狼跑到埋捕兽夹的地点，围着这个地点转圈，分辨出各种气味，再综合归纳和推理，重塑在此地所发生过的事情。因此，每次狼都能发现他们埋设的捕兽夹，还将它们都刨了出来。他们想尽方法去捕捉狼，但"狼也是个猎人"[①]。捕兽夹被刨出，还被弄翻，弹簧也跳了出来。在与人类的斗争中，狼也学会了如何与人类周旋，也能轻易拆掉捕兽夹。从维持生物存在的角度观之，人类所具有的一切，就如同长颈鹿的脖子、鸟的翅膀，是等价的，是没有高低好坏之分的。因此，人类必须摒弃人类中心主义思想，尊重人以外的世界万物。人、生

[①] 科马克·麦卡锡:《穿越》,尚玉明,译. 重庆:重庆出版社,2011年,第51页。

物和自然界"既有自身存在的权利,又具有利于他方存在的'义务'"①。人类应当培养自己对大自然的责任和义务。

帕勒姆曾在旷野上看见狼群追杀羚羊的激烈景象,感受到狼群充满原始而自然的生命活力。人类用语言交流,而狼群则"聚到一堆,用鼻子互相蹭擦,用舌头彼此舔舐,好像是在传递着什么信息"②。它们也表现出在雪地上跑步的欢娱,大步慢跑,8形交叉跑,扭动身躯,边跑边舞。它们时而停下,用鼻子在雪地里刨着什么;它们时而慢跑几步,又停下,立起后腿,挥动前肢,两两一组,相对而舞。舞了一会儿后,它们又继续跑步前行。在抓捕狼的过程中,帕勒姆想象着看见狼——"这些狼和狼的精灵在茫茫的雪山上奔跑,它们行动的功能是那么完美无缺,好像造物主在设计它们的时候,就充分满足了它们的一种要求"③。帕勒姆竭力想看狼所看见的世界,想象狼月夜在山峦上奔跑的情景。

再狡猾的狼也斗不过好的猎手。帕勒姆终于抓住了那头狼,狼的右前腿被夹子夹住而无法逃遁。可在抓住狼后,帕勒姆对狼的生命产生了敬畏之心。若将狼带回并交给父亲,狼势必遭遇被杀的厄运。于是,他暗自下定决心,欲将狼送回它的故乡墨西哥,因为它是从那里跑过来的。于是,帕勒姆用绳圈套住狼的脖子,再用一个活结圈套在狼的口鼻突出部,最后将捕兽夹取下。此时,帕勒姆看见狼的右前腿血淋淋的,露出了白骨。当狼在挣扎中精疲力竭之时,帕勒姆走过去对它说话,就如同对待他自己的马,他还用手去

---

① 余谋昌:《生态伦理学——从理论走向实践》,北京:首都师范大学出版社,1999年,第70—71页。
② 科马克·麦卡锡:《穿越》,尚玉明,译.重庆:重庆出版社,2011年,第3页。
③ 科马克·麦卡锡:《穿越》,尚玉明,译.重庆:重庆出版社,2011年,第35页。

抚摸狼的头。此后,他们"在路上迎着风艰难跋涉"①,朝狼的家乡而去。

狼的生命和帕勒姆的生命是同等的,也是一样美丽的。在护送狼回墨西哥家乡的途中,帕勒姆一路关心照顾着狼。他从马鞍上取下挂着的水壶,抓住狼的脖圈,慢慢将水灌进狼的嘴里。帕勒姆还与狼分享食物。他将打来的野兔剥皮、开膛后,将内脏和肉块喂给狼吃,自己则生一堆火,再烧烤兔肉。当发现捆绑狼口鼻的绳带不见时,他并未惊慌,而是挖了一个坑,倒入壶中的水,狼便顺从地低头而饮。狼喝完水后,帕勒姆找出绷带布和花冠药膏,给狼的伤腿清洗和敷药,并重新包扎好。帕勒姆不仅将狼视为一个同行的伙伴,而且将它视作一个知心的朋友。他触摸着狼的皮毛,像对马一样对狼讲述自己的生活经历。后来,他索性对狼唱起了歌。

在寒夜里,帕勒姆生火后,先给狼喂足了水,再给马卸鞍。狼就一直注视着他与火堆。每当火焰升起时,狼眼睛里的火也在燃烧,"像两盏通往天国极乐世界的门灯"②。早晨醒来,帕勒姆也给狼喂水。他用手托住狼的下颌,不让水流到地上。帕勒姆与狼一路南行,狼像一条忠实的家犬一样跟随着他。帕勒姆与狼越来越亲近,狼也更通人性。当帕勒姆提水壶给狼喂水时,狼就静静地侧卧地上。帕勒姆一边喂水,一边对它讲话。在没有生火的晚上,他与狼并排坐在黑暗中。当有人想买这头狼时,帕勒姆说这狼是有人托他照管的,是非卖品。帕勒姆承担起了他应有的责任和义务,他要将狼送回它生长和栖息的地方。

渡河南下后,狼被一名墨西哥警官扣下。但帕勒姆一定要把狼

---

① 科马克·麦卡锡:《穿越》,尚玉明,译. 重庆:重庆出版社,2011年,第71页。
② 科马克·麦卡锡:《穿越》,尚玉明,译. 重庆:重庆出版社,2011年,第84页。

带回深山，去找寻它的同伴。后来，当狼被迫与一批又一批的恶犬搏斗时，帕勒姆于心不忍。为了不再让狼受到更多的屈辱和伤害，也为了保护狼的尊严，帕勒姆被迫开枪杀死了它。尊重世间万物的生命，也意味着给它们以生的尊严，远离磨难与痛苦。狼死后，帕勒姆用自己的枪换了狼的遗骸，他决不让狼那已无生命气息的身体再度受到伤害。帕勒姆"跪下身，把狼那柔软的身体抱在臂中。……狼的脑袋在他的臂弯里低垂着，残血一丝丝地滴落在他走过的地方"①。最后，帕勒姆带着狼，骑向西边的皮拉雷斯山。在那里，狼终于回到了它"生于斯，长于斯"（〔战国〕屈原《渔父》）的地方。此时，"大地山河俱失色。金风体露，叶落归根，只堪惆怅不堪陈"（〔宋〕释法薰《偈倾一百三十三首其一》）。狼之死虽令人惆怅而悲伤，但帕勒姆仿佛看见了狼在群山间、在星光下奔跑。那里有小鹿、野兔、鸽子和田鼠，这些生命都是神创造的，都是自然中的生灵。这头狼虽死，但它的灵魂是不灭的。帕勒姆虽能抱起狼的躯体，却永远也不能抱起它的灵魂。麦卡锡以饱蘸同情之笔书写了悲壮的狼的葬礼的一幕，也让我们深刻地体会到他对动物不幸命运的哀婉与同情。

麦卡锡在《穿越》中浓墨重彩地书写帕勒姆"与狼同行"的故事，旨在传递出他尊重生命和敬畏自然万物的伦理思想：人类应像敬畏自己的生命一样敬畏其他物种的生命，认识到自己同它们休戚与共。人一旦失去这种敬畏之心，就会变得肆无忌惮，人性中的贪婪与自私就会极大地增长。在麦卡锡的小说中，动物总占据重要的地位，这些被赋予神秘色彩的动物也折射出人与自然的关系以及人

---

① 科马克·麦卡锡：《穿越》，尚玉明，译. 重庆：重庆出版社，2011年，第135—136页。

性之善和恶。①

在人类文明发展的历史长河中，人类经历了从畏惧自然到征服自然的变化过程。时下，在环境破坏和生态危机日益严重的背景下，人类已经认识到回归自然并敬畏不同生命形态的重要意义。保护生态和尊重其他生命形式，是人类得以生存的前提，也是保护自己的不可或缺的条件。当然，麦卡锡笔下的主人公有时也会为了生存的需要而猎杀动物，但这只能说明他们的行为顺应了生物链上适者生存的自然法则。麦卡锡是兼具科学与人文两种文化素养的作家，其笔下的主人公不滥杀动物，大多关心爱护动物，表现出对生命的敬畏之心，并与自然和平共处。"谁习惯于把随便哪种生命看作没有价值的，谁就会陷于认为人的生命也是没有价值的危险之中。"②人类必须重新审视自己与自然之间的关系，重建自己的意义世界，即构建科学与人文相统一的文化模式——生态文化，以形成人与自然和谐相处的理念与文化价值观念，确定新的消费模式、生产方式、生活方式和社会政治机制。唯有如此，人类才能与其他物种共同繁荣。

---

① Hage, Erik. *Cormac McCarthy: A Literary Companion*. Jefferson N. C.: McFarland & Company, Inc., 2010, p. 36.
② 奥雷利奥·佩西:《未来的一百页》，汪帼君，译. 北京:中国展望出版社,1984年，第237页。

第四章　麦卡锡小说人性书写的科学人文主义

麦卡锡是一位极具悲悯情怀的科学人文主义作家，始终关注人性，既歌颂人性之善，又挞伐人性之恶。然而，人性是复杂的，他笔下人物兼具善恶的本性。悲悯情怀是一种对世间万物的博爱。悲，即慈悲，对人间的苦难感同身受；悯，同情苦难中的人。其悲悯情怀颇似佛家所谓"无缘大慈，同体大悲"。在史怀泽看来，当悲悯之心能超越人类，进而扩大到一切生命之时，才能显现最恢宏最深邃的人性光辉。学界将人性分为四种，即性善论、性恶论、性无善恶论及性有善恶论。第一，性善论。孟子推崇人性向善说，"人性之善也，犹水之就下也。"（《孟子·告子上》）法国的卢梭认为人的天性是良善的，只是后天的习惯或文明使人性之善淹没不显而已。古罗马的奥古斯丁（Augustine of Hippo, 354—430）则认为，至善的上帝创造了人类和万物，因此，世间一切造物也是善的。人是善的，人的本性也是善的，虽然人可能变得非常邪恶。第二，性恶论。西方因原罪说而倾向于性恶论。托马斯·霍布斯（Thomas Hobbes, 1588—1679）、尼可罗·马基雅维利（Niccolò Machiavelli, 1469—1527）与叔本华等都洞悉人性之恶，因此他们皆力主性恶论。孟德斯鸠的《论法的精神》（The Spirit of the Laws, 1748）则在深刻洞烛人性之恶后，提出"三权分立"学说（Separation of Three Powers）来控制人心之恶和人性之恶。韩非（公元前280—公元前233）也认为人性本恶。第三，性无善恶论。中国的告子主张"无善无恶论"。他说:"人性之无分于善不善,犹水之无分于东西也。"(《孟子·告子上》)西方则有约翰·洛克(John Locke, 1632—1704)的人心白纸说,威廉·詹姆斯(William James, 1842—1910)与约翰·杜威(John Dewey, 1859—1952)也持此观点。第四,性有善恶论。中国战国早期的世硕认为人生有善恶本性,后天养之善则善,养之恶则恶。(〔东汉〕王充《论衡·本性》)董仲舒(公元前179—公元前104)、扬雄(公元前53—公元18)、王充(27—97)与韩愈(768—824)等也都持此种观点。西方则有柏拉图(Plato,公元前427—公元前347)、亚里士多德(Aristotle,公元前384—公元前322)与康德等。康德提出"人性中根本恶"的命题,认为人作为有限的理性存在者有"善的禀赋"也有"恶的倾向"①。

麦卡锡在其小说中对人性之善之恶、至善至恶、善恶一体以及从恶向善等进行了全方位、立体式的描写,揭示人性的复杂性。他书写人性之善如爱情、友情、同情和怜悯等情感,彰显人性中爱的伟大力量;他刻画人性之恶如贪婪、暴力与死亡,揭露人性中最为黑暗的角落。从麦卡锡对人性的深刻洞察中,我们可以发现其科学人文主义情怀以及他通过对科学技术的书写所揭示出的人性善恶。

第一节 麦卡锡小说中的人性之善

在麦卡锡看来,人性并不是非善即恶或非恶即善,而是善与恶的混合体。在他的笔下,人性之恶中也能洞见善的光辉,这是他寄寓

---

① 康德:《单纯理性限度内的宗教》,李秋零,译. 北京:中国人民大学出版社,2003年,第17页。

人类的希望之光，正所谓"人性本善，混混源泉"（〔宋〕袁甫《和惠宰修县学韵》）。虽受科学技术与工业文明的诸多诱惑，但麦卡锡小说中的许多主人公是善良的。其实，在人类文明的进步与发展过程中，人类在抑制人性之恶的同时，就一直在弘扬人性之善。

爱可谓人类心灵中最具驱动力、最富诗意的情感。几乎所有文学作品都离不开爱这个永恒的主题。基督教因倡导博爱（universal love）而被称作"爱的宗教"（religion of love）。如果说上帝是第一推动力（The First Cause），那么，奥古斯丁则把爱视为能使人接近于神的推动力。可见爱所具有的伟大力量了。没有爱，人类就无法繁衍；没有爱，动物将会灭绝。墨子（公元前476/480—公元前390/420）也提倡博爱。儒家始祖孔子（公元前551—公元前479）所倡导的仁，也可解释为博爱。柏拉图在《会饮篇》（*Symposium*）中则提到两种爱——世俗之爱与天上之爱，其《斐德若篇》（*Phaedrus*）则认为世俗之爱具有超越性，当世俗之爱上升至理念的绝对之美时，可称为圣爱或美善之爱。奥古斯丁则将爱比喻为引力，爱意味着渴望拥有并指向未来，但拥有后又怕失去，于是爱就变成了一种恐惧。精神分析学派创始人弗洛伊德认为，性爱驱力力比多（libido）是人类全部心理活动的根源之所在。爱是为了追求幸福，但唯有至善的永恒圣爱，方能使人幸福。人有灵魂与肉身，故可向上升腾，亦可向下堕落。

一

爱情无疑是人性的高光点，即人性中最亮丽的部分。"边境三部曲"中的每一部小说都有一个凄婉动人的爱情故事，如《天下骏马》中格雷迪与阿莱詹德拉的爱情、《穿越》中博伊德与墨西哥女孩的爱情、《平原上的城市》中格雷迪和玛格达莱娜的爱情，这些爱情皆纯美而动人，尤其是《平原上的城市》中的那段爱情。

在《天下骏马》中，格雷迪和罗林斯为逃避得克萨斯的工业文明，南下墨西哥的普利西玛圣母玛利亚牧场去做牛仔。这个牧场美丽而富足，青草长得高及马镫，平顶山上有许多马，包括牧场培育的一种混血的夸脱马（American Quarter Horse）①。在这里，格雷迪得到了他梦寐以求的工作，还收获了人生中至美的爱情。牧场主罗查先生有一个女儿，名为阿莱詹德拉。此女子在墨西哥城读书，周末和节假日才回牧场。一次，在一个浅水湖边，阿莱詹德拉风姿绰约地骑着一匹阿拉伯骏马，从格雷迪身旁经过时回眸一笑，尔后便飘然而去。"怎当她临去秋波那一转！休道是小生，便是铁石人也意惹情牵。"（〔元〕王实甫《西厢记》）这惊鸿一瞥给格雷迪留下了难以忘怀的印象。后来，二人便"心有灵犀一点通"（〔唐〕李商隐《无题》），相约一起跳舞、一起骑马。两人都喜欢夜骑，按辔徐行直至天亮。他们或骑到山上看流星陨落，或兴之所至，并不在意去往何处。他们享受的是爱情带来的美好与甜蜜。"一切都因为偷来的时间和肉体而变得更甜美，一切都因为背叛而变得更甜蜜。"②然而，好景不长，可谓"世态浮云易变，时光飞箭难留"（〔南宋〕赵鼎《西江月·过福唐留别故人》）。为了阻止他们的爱情，罗查先生陷害格雷迪，将他送进了大狱。在阿莱詹德拉答应与格雷迪断绝关系后，姑婆阿方莎才花钱将格雷迪赎了出来。格雷迪本欲"执子之手，与子偕

---

① 夸脱马是美国夸脱马的简称。这种马擅短距离冲刺，在四分之一英里或更短距离的赛马中，能远超其他马种，故又名"四分之一英里马"。夸脱马乃当今美国最流行的马种，也是美国牛仔最喜爱的马。
② 科马克·麦卡锡：《天下骏马》，尚玉明、魏铁汉，译. 重庆：重庆出版社，2013 年，第 179 页。

老"（〔春秋〕《诗经·邶风·击鼓》），然而，天不遂人愿，出狱后，他与阿莱詹德拉见了一面，二人的情缘便终止了。格雷迪的恋情之所以受挫，是因为他坚信人皆是亚当，不受记忆的拖累，不受外界的限制，能按照自己选择的方式去塑造自我。①经历牢狱之灾后，格雷迪意识到，他在墨西哥也未能重新发现或开拓出新的边疆，这个国家也不能给他更多的机会。②"此情可待成追忆"（〔唐〕李商隐《锦瑟》），他们的爱情故事推动了故事情节的发展，也跨越了时空而成为永恒美好的回忆。

与格雷迪之爱阿莱詹德拉相比，《平原上的城市》中的格雷迪与妓女玛格达莱娜的爱情则颇为惊世骇俗了。格雷迪在华雷斯城的一家妓院时，偶然之间目见16岁的玛格达莱娜，却因羞怯而与她失之交臂。随后，格雷迪饱受了"日日思君不见君"（〔宋〕李之仪《卜算子·我住长江头》）的痛苦。他跑遍华雷斯城，终于在白湖妓院找到了心仪之人。二人一见，可谓"相逢情便深，恨不相逢早"（〔宋〕施酒监《卜算子·赠乐婉，杭妓》）。爱情唤醒了格雷迪对新生活的向往，也使他找到了人生的目标。"在天愿作比翼鸟，在地愿为连理枝。"（〔唐〕白居易《长恨歌》）在获悉玛格达莱娜的悲惨身世后，格雷迪的人性之善更加激发了他救人于水火的信念。玛格达莱娜是墨西哥人，格雷迪打算用2000美金将她从火坑中赎出来，再将她带到得克萨斯埃尔帕索他所在的牧场，娶她为妻。白湖妓院的老板爱德华多阴狠毒辣，他将玛格达莱娜当作摇钱树，还将她当作泄欲的工具。格雷迪的赎人计划因此而失败，正如小说中的盲人乐

---

① Pilkington, Tom. "Fate and Free Will on the American Frontier: Cormac McCarthy's Western Fiction", *Western American Literature*, 1993 (4), pp. 311–322.
② Jarrett, Robert. *Cormac McCarthy*. New York: Twayne, 1997, p. 101.

师所言:"我们的打算都是针对未来的,而世界却在随时随地改变着,我们想把握它,哪里可能呢?"①在为情人赎身失败后,格雷迪又心生一计,他计划营救玛格达莱娜,让她偷越国境,进入美国。不幸的是,他们被人出卖了,玛格达莱娜在即将进入美国之时,就在格兰德河边被残忍地杀害了。对格雷迪而言,"一切都完了,一切的一切,永远地完了"②。他失去了爱情,失去了爱人,也失去了生活的希望。在绝望中,格雷迪决定为爱人报仇。他带着父亲留给他的猎刀来到白湖妓院,在与爱德华多的殊死搏斗中杀死了那个恶魔,然而,他自己也身受重伤,不治而亡。格雷迪死了,他为爱情而死。"这个人死了。……他解脱了,他在尘世间的痛苦和磨难,终于永远结束了。"③格雷迪和玛格达莱娜的爱情故事颇似莎士比亚笔下的罗密欧与朱丽叶的爱情故事,也酷肖梁山伯与祝英台的爱情故事。唯有真爱,方能做到至死不渝。这正是麦卡锡所弘扬的人性最光辉之所在。

在《穿越》中,博伊德与墨西哥女孩的爱情则多了几分传奇色彩。博伊德被墨西哥人称为"金发少年"④,他与墨西哥女孩一起行侠仗义,惩奸除恶,大有我国古代侠士仗剑走天下的英雄气概,也有西方佐罗(Zorro)的豪侠风姿,可谓"济贫拔苦慈悲福,功德无边"(〔元〕马钰《战掉丑奴儿》)。由于用尽了弹药,最后金发少年和他的心上人死在彼此的怀抱里。后来,人们将金发少年及其女友运到一个秘密的地方安葬了。虽付出了生命的代价,但他们的故事成了传唱的民谣而永刻人心,浪漫而凄美。这民歌"唱出了使这故事流传的全部生活,这民歌是穷苦人的历史。它不需要忠实于历史学家的

---

① 科马克·麦卡锡:《平原上的城市》,李笃,译. 重庆:重庆出版社,2011年,第246页。
② 科马克·麦卡锡:《平原上的城市》,李笃,译. 重庆:重庆出版社,2011年,第286页。
③ 科马克·麦卡锡:《平原上的城市》,李笃,译. 重庆:重庆出版社,2011年,第325页。
④ 科马克·麦卡锡:《穿越》,尚玉明,译. 重庆:重庆出版社,2011年,第297页。

真理,而是要效忠于人民的真理。它讲了那个孤独的人的故事,他也代表了所有的人"①。

人类有人类的爱情,或凄美哀婉,或感天动地。其他动物之间的爱情也是可歌可泣的。《穿越》中的那只母狼在西经约108度30分处穿越墨西哥与美国的国境线,进入美国境内。它穿过了圣路易斯山脉、阿尼马斯山脉和阿尼马斯山谷,最后到了佩伦西洛山。母狼的臀部有一块很大的疤痕,这疤痕就是狼的爱情的见证。就在两周前,公狼在索诺拉山被捕兽夹夹住,一只前脚血迹斑斑。无论如何挣扎,它都难以脱身。母狼虽在公狼身旁,却心有余而力不足。公狼"已知泉路近"(〔明〕夏完淳《别云间》),大限将至,时日无多。于是,它嗥叫着欲赶走母狼,以保全母狼及其腹中之子的性命。但母狼用情太深,不忍离公狼而去。"问世间,情为何物,直教生死相许?"(〔元〕元好问《摸鱼儿·雁丘词》)她就这样一直守候着,公狼迫不得已便在母狼的臀部咬了一口,迫使它离开。被夹的公狼和被咬的母狼又僵持了一夜,各自带着伤、淌着血。次日清晨,母狼见远处猎人的身影渐近,只好一瘸一拐地跑开了。它跑到百里之外的山坡上,停下,又转身深情地看着"自己的同伴去迎接黎明的死亡"②。公狼之于母狼的爱至深,情到深处的不是孤独,而是自己走向死亡,将生存与新生留给自己的所爱。对于母狼而言,真可谓"天长地久有时尽,此恨绵绵无绝期"(〔唐〕白居易《长恨歌》)。

二

"边境三部曲"浓墨重彩地描写了友爱和关爱,呼吁人与人之间

---

① 科马克·麦卡锡:《穿越》,尚玉明,译. 重庆:重庆出版社,2011年,第417页。
② 科马克·麦卡锡:《穿越》,尚玉明,译. 重庆:重庆出版社,2011年,第27页。

和谐相处。三部曲中那些普通的墨西哥人,尤其是农民、工人和医生,无私地帮助身处困境的美国牛仔,热情地款待他们,使这些在现代大工业的发展中失去了牧场的牛仔仍能感受到人间的温情与温暖。

麦卡锡在小说中歌颂了牛仔之间的深厚友情。牛仔们凭借友爱,克服了生活中的艰辛与磨难。他们共同劳作、相互鼓励,他们之间毫无猜疑或嫉妒,亦无愤恨或贪欲。格雷迪和罗林斯可谓发小,在工业文明侵蚀美国西部牧场后,他们毅然南下墨西哥。人与人交往在于相知,"结交在相知,骨肉何必亲"(〔汉〕《箜篌谣》)。他们在途中相互支持、相互信任、共同进退、共同担当。身处逆境之时,他们也不放弃或背叛彼此。他们在监狱中背靠背地与人搏斗,决不向邪恶势力低头。在《平原上的城市》中,格雷迪与帕勒姆的友情也弥足珍贵,这是人世间的一抹温情。帕勒姆虽不赞成格雷迪娶墨西哥妓女玛格达莱娜为妻,但当劝说无效后,他一如既往地帮助格雷迪。他替格雷迪去与妓院老板谈赎玛格达莱娜之事。妓院老板拒绝后,帕勒姆曾暗示格雷迪会因此而惹上麻烦。玛格达莱娜被杀后,帕勒姆来到白湖妓院,将管事蒂武西奥痛打了一顿。后来,他又去妓院老板办公室,质问格雷迪的下落。格雷迪伤重而亡后,帕勒姆将他的尸体抱回牧场。数日后,帕勒姆带着格雷迪收养的那只小狗悄然离开了马克牧场。

在"边境三部曲"中,美国牛仔穿梭于美墨边境,不时遇到素昧平生却友好善良的墨西哥人、印第安人、吉卜赛人。这些牛仔身处险境或遭遇不测之时,总能得到好心人无私的帮助,从而化险为夷。这些普通人所表现的真善美,正是人际关系和谐的写照。在《天下骏马》中,格雷迪与罗林斯进入墨西哥后不久就遇到一户善良的人家,男女主人盛情款待他们,招待他们吃菜豆、玉米饼和羊肉辣酱,用锡胎搪瓷杯喝咖啡。晚饭后，这家人还留他们过夜。男主人告诉他们，在400多公里远的地方有一个他们梦寐以求的牧场，那里有湖泊也有河流，有青山也有青草。次日晨，他们吃了丰盛的早餐，女主人还用布给他们包上了午饭。他们执意要付饭钱时，男主人挥手叫他们上路。随后在南行的路上，墨西哥商队和牧人都冲他们点头微笑。格雷迪从监狱出来后返回牧场的路上，遇见了五名农场工人，他们向他点头致意，态度谦恭有礼，当获悉格雷迪前去探望女友时，他们为他高兴不已。如此温馨的场面，给格雷迪留下了难以磨灭的印象。许久之后，他仍能想起当时的动人情景：

  格雷迪的眼前仍经常浮现这些人亲切的笑脸。他经常缅怀那种来自这些善良心灵的友好情意。他想到正是这种友好情意有力量保护人们的安全和利益，赋予人们荣誉并增强人们的意志。人们历尽艰辛而感到智穷力竭之时，这种友好情意便具有治愈创伤、给人们带来安全感的强大力量。①

《穿越》中帕勒姆的旅途充满了对人生的探求和对时空的思考。这也表现了麦卡锡对人生和人性的哲思。墨西哥的科技、经济等虽落后于美国许多，但"热情待客是他们这个国家的风俗"②。帕勒姆护送狼进入墨西哥时就遇见一户好人家。这家人招待他吃晚饭，女主人见狼伤得厉害，便找来一个墨西哥老人给狼治伤。老人用专治炎症、瘀伤的金缕梅树皮汁为狼清洗伤口，用针将狼腿上剥落的皮

---

① 科马克·麦卡锡：《天下骏马》，尚玉明、魏铁汉，译. 重庆：重庆出版社，2013年，第279页。
② 科马克·麦卡锡：《穿越》，尚玉明，译. 重庆：重庆出版社，2011年，第104页。

肤缝合起来，再涂上消炎药膏。帕勒姆临走时，女主人用布包了丰盛的饭食给他，还让他将给狼做手术剩下的干净被单布、一罐花冠药膏和一床旧的毛毯一块带上。在帕勒姆前行的路上，还遇到许多好人。孟诺派教徒（Mennonite）给帕勒姆玉米饼卷斑豆；印第安人请他吃菜豆和玉米饼，印第安妇女还为他洗涤、缝补衣服以及修靴子。他们还告诫帕勒姆要避开西边雅基人的住地，因为他们很不友善。临走时，妇女还给帕勒姆包好干皮似的肉、烘熟的玉米以及沾着炭灰的玉米饼，让他在路上吃。在圣迭戈庄园，帕勒姆和弟弟吃完晚饭后，还和庄园内的工人一起去看演出。在那里，有钱人为穷人付费看演出，人人必去，根本不能有人落下，因为大家不允许这种事情发生。①翌日清晨，他们离开时，庄园的人带来了各种各样的食品：玉米饼、红番椒、五香肉干、活鸡和奶酪。女主人还给了帕勒姆一串硬币。最感人的情景发生在小说的第三章。帕勒姆和弟弟博伊德遭亡命之徒的追杀，博伊德被子弹打中，生命垂危。公路上路过的一卡车工人毫不犹豫地加入抢救博伊德的行动之中。没有医生，他们就请来巫师为博伊德疗伤，巫师用一种草药膏给他包扎伤口，还让他喝药茶。他们送博伊德许多礼物，衷心为他祈祷，盼望他早日康复。后来，帕勒姆去找医生救治博伊德，医生明知帕勒姆无钱付医药费，但仍毫不犹豫地救治了博伊德。这些人身上闪烁的是人性的光辉。这光辉也在不断的接力之中。帕勒姆和弟弟也曾从两个图谋不轨的骑士手中救出了一个小女孩，这女孩后来与博伊德一起成为民谣中歌颂的少年游侠。在《平原上的城市》中，一天晚上，帕勒姆与特洛伊开车在山里穿行时，遇见一满卡车的墨西哥人。他们卡车的前轮胎全瘪了。帕勒姆拿出千斤顶、手电筒和压力表，帮助将扎了洞的车胎

---

① 科马克·麦卡锡：《穿越》，尚玉明，译.重庆：重庆出版社，2011年，第237页。

补好。特洛伊对此事抱怨不已。帕勒姆解释说："(之前救我弟弟的)那些老墨没什么理由非要停车救我们不可，但他们就是停了下来，救了我们。我猜他们根本连想也没想为什么，就做了。就是这么回事。"①

《穿越》中的男人失去双眼后，不知去哪里，只好沿路而行。他一路上都得到好人的臂助。当他走进河中轻生之时，有人救了他，救他的人还说："轻生是一种罪孽，不管你怎么做，这世界还是一如既往，这些都是不可否认的。"②有许多善良的女人关心他、给他东西。她们一边搀着他走，一边给他讲述村庄和庄稼的收成，讲述经过的房子的住户的姓名，讲述这些人家中的陈设或家中老人的病况。她们也讲述她们生活中的伤心事，比如朋友之死、情人的变化无常、丈夫的不忠，还表示对勾引她们丈夫的淫妇的憎恶。"没有人要求他保密，也没有人问他的名字。世界在他的面前以过去从未有过的面目展开着。"③后来，一个女人将他领回家，这女人的父亲和兄弟都被政府军杀害了。"同病相怜，冻吟谁伴，温怀举案齐眉。"(〔宋〕洪适《满庭芳》)二人因同病相怜而成为眷属。虽然遭遇不幸，但只要有人性之善的存在，人就有了生活的勇气和希望。

《沙崔》描写的则是人类所能拥有的如友谊、怜悯和宽恕等最美好的品质。④主人公沙崔自愿离开富有的家庭，到港口以打鱼为生，与社会底层的各色小人物为伍。他深知"四海皆兄弟，谁为行路人"(〔汉〕佚名《旧题苏武诗/别诗四首·其一》)。沙崔同情流浪汉哈

---

① 科马克·麦卡锡：《平原上的城市》，李笃，译．重庆：重庆出版社，2011年，第43页。
② 科马克·麦卡锡：《穿越》，尚玉明，译．重庆：重庆出版社，2011年，第308页。
③ 科马克·麦卡锡：《穿越》，尚玉明，译．重庆：重庆出版社，2011年，第311页。
④ Frye, Steven. *The Cambridge Companion to Cormac McCarthy*. Cambridge: Cambridge University Press, 2013, p. 48.

罗盖特，对之关照有加；他将印第安人迈克尔视为真正的精神导师；他将黑人琼斯视作父亲般的人物，并与之患难与共。他的所作所为突破了贫富、等级、种族的界限。他与那些社会边缘人物建立了一种极富意义的关系，即真诚的友谊与淳朴的爱。①

即便在最暴力血腥的《血色子午线》中，也有人性光辉的闪现。少年独自游荡时，遇见一群牧人。晚上，他坐在牧人的营地里，吃着豆子和硬饼干，听他们讲路上的故事。他们对少年一无所知，也没有问少年任何问题。在牧人离开后，少年找到他丢失的骡子时，发现缰绳上绑着一个小粗布口袋，里面是一满杯干豆子、一些胡椒和一把绿河刀②。显然，这些东西是那些牧人留下的。少年与前牧师托宾从尤马渡战役中幸存后，又逃过霍尔顿法官的追杀，他们遇见了迪戈奴人（属尤马族印第安人，居住在圣地亚哥河畔）。这些印第安人用葫芦给两位旅人喂水，将他们带到自己的营地，给他们吃炖蜥蜴和小囊鼠，还有蝗虫做的炒玉米粉。③小说中最凸显人性之善的当是莎拉·博金妮丝在尤马渡勇救白痴之事了。前文已有详述，故在此就不赘述了。

纵观麦卡锡的文学创作，他虽相信科学，却并不盲目崇拜科学。在他的内心深处，他更相信人文的精神力量。他深信人类通过善行与善言，完全可获得一种超验性。④这种超验性是超越任何界限的。

---

① 陈爱华：《传承与创新：科马克·麦卡锡小说旅程叙事研究》，北京：中国社会科学出版社，2015年，第111页。
② 绿河刀，一种野外用刀，1832年产于美国马萨诸塞州的格林菲尔德，很受山民和毛皮贩子欢迎，主要用于剥皮。
③ 科马克·麦卡锡：《血色子午线》，冯伟，译. 郑贤清，校. 重庆：重庆出版社，2013年，第334页。
④ Frye, Steven. *Understanding Cormac McCarthy*. Columbia: University of South Carolina Press, 2009, p. 79.

超验标志人类思想的开放，也是人类文明的起点。人性之善是超越科学技术的畛域的。人与人之间的友情与善良则可帮助人们渡过难关，提升人们的幸福指数。

三

如果说中国的宽恕是对人的局限性的无知，那么，西方的宽恕则是对人的局限性的自知。中国文化传统持这样一种观点：人之初，性本善。西方文化传统则相反。因此，从《圣经》开始，西方人便坚持"原罪说"（Original Sin）。亚当和夏娃从天真状态坠入原罪，且他们所犯之罪是永远难以洗刷的。这就是人的伟大之处，也是人全部罪责之所在。这就是所谓原罪意识（Original Sin Awareness）。原罪意识，指人自身的绝对权利、尊严与责任的意识。人类也由此走向对绝对尊严、权利与责任的自觉确认与担当。也就是说，原罪意识绝对化和先天化，也使人的尊严、权利和责任绝对化与先天化了。既然人类生而有罪，那么人类就必须面对现实、勇于担当。人的自由意志既可为善亦可作恶，而人类的第一次自由意志便是从伊甸园堕入原罪之中。这就要求有死之人必须有信仰的维度，即认识到生命的有限性而追求精神的无限性，认识到肉身的局限性而追求灵魂的超越性。如此，人类的自由意志便可由恶转善。既然善恶源于自由意志，接受和容纳恶性就是善恶本体的一种存在。善恶本是一对矛盾，原罪说表明人的罪性是不可避免的。西方文明中的性恶并非指不完善或不好之恶，而是指为不完善或不好而承担罪责之恶；性恶并非指现实生活中具体之罪，而是指原罪。因此，人类的历史就被视为赎罪史或救赎史。生而有罪的思想，也使人懂得宽恕对于人类生活与文明的重要性。

第四章 麦卡锡小说人性书写的科学人文主义　　　　　　　　　　　　145

麦卡锡的小说创作也深受原罪说的影响。在《看果园的人》中，希尔德自卫杀人后，将尸体拉到奥恩比大叔的果园中埋葬。麦卡锡描写了月夜中人与自然和谐的画面：在东边的天空中，一轮弦月正穿过云层冉冉升起，露出弯弯的笑脸，银光若隐若现，好似挂在吉卜赛人耳上的耳环。他吹响号角，号角声在山坡上回荡。夜晚的鸟儿一听见号角声，便停止了歌唱。此时，峡谷中那些雀跃好动的青蛙也安静了下来。①高悬之月定是见证了希尔德所做之事，而它露出了笑容。夜是静谧的，也是美好的。天地间一切运转如常，并不因一人之死而有所改变。麦卡锡对大自然的冷静而客观的描写，体现了希尔德平静而淡然的心态，反映了麦卡锡对希尔德因正当防卫而杀人的宽容，为小说中故事情节的发展做了铺垫。

在《路》中，末日后的世界上仍有宽恕存在。父亲在沙滩上看见靴印，随后便发现他和儿子的毯子、水瓶、食物和鞋都不见了，他们的购物车也不见了。这是父子俩在末日荒原上的仅有之物，这些东西被偷等于要了他们的命。父亲循着购物车留下的车辙与靴印寻找，到黄昏时分，他们终于追上了那贼人。一番对峙后，那贼在手枪的威胁之下，扔下了手中的刀。父亲取回自己的东西后，并未开枪。人非圣贤，孰能无过，更何况，他们是在末日后的荒原世界上。他有同情心，也有同理心，"得饶人处且饶人"（〔宋〕善棋道人《绝句》），于是，他只让那贼脱下衣服与鞋。若将这个场景放在当下的生活环境中，似无关乎生死。然而，在末日后的核冬天，气温极低，幸存者若无衣服，很快就会被冻死。这购物车中之物是父子俩的一切，尤其是食物。在这刀与枪的对决中，小偷手中的刀原始而落后，

---

① McCarthy, Cormac. *The Orchard Keeper*. New York: Random House, 1993, p. 46.

而父亲手中的枪则象征科学技术。科技的主体是人，科技成果的使用也由人决定。大卫·休谟（David Hume, 1711—1776）曾说："一切科学对于人性总是或多或少地有些关系，任何科学不论似乎与人性离得多远，它们总是会通过这样或那样的途径回到人性，即使数学、自然哲学和自然宗教，也都是在某种程度上依靠人的科学。"[①]开枪与否，关键在于父亲。父亲命令小偷脱下衣服和鞋子后，却又返回去寻找他，希望帮助他。寻找小偷未果后，他们又留下其衣服和鞋子，希望那人能活下去。可见，父亲宽恕了那小偷。

曾被纳尔逊·曼德拉（Nelson Mandela, 1918—2013）总统提名担任南非真相与和解委员会主席的德斯蒙德·M.图图（Desmond M. Tutu, 1931—2021）大主教疾呼："没有宽恕，真的就没有未来！"[②]在《天下骏马》中，格雷迪因爱上牧场主之女阿莱詹德拉而被投入监狱。当阿莱詹德拉答应与格雷迪断绝关系后，姑婆阿方莎宽恕了格雷迪。宽容是一种美德，是智者的行为。正所谓"海纳百川，有容则大"。有些人的胸怀比海洋和天空都更加宽阔，宽恕所折射出的是人性的光芒。比如在返回美国前，格雷迪抓住了枪杀布莱文斯并没收他们的马的劳尔上尉。他押着上尉，找回了他、罗林斯和布莱文斯的马。格雷迪本可杀了这名上尉，然而，他并未这么做。他对上尉说："我不会杀死你的，我可不像你那样。"[③]人之为人，且立于世上，应有一颗宽容之心，"以大度兼容，则万事兼济"（〔宋〕李攸《宋朝事实》）。

---

① 大卫·休谟：《人性论》，关文运，译. 郑之骧，校. 北京：商务印书馆，1980年，第6页。
② 德斯蒙德·图图：《没有宽恕就没有未来》，江红，译. 阎克文，校. 上海：上海文艺出版社，2002年，第2页。
③ 科马克·麦卡锡：《天下骏马》，尚玉明、魏铁汉，译. 重庆：重庆出版社，2013年，第353页。

第二节 麦卡锡小说中的人性之恶

"子曰:'德之不修,学之不讲,闻义不能徙,不善不能改,是吾忧也。'"(《论语·述而》)西方的人性之恶论源于《圣经》:亚当、夏娃违抗上帝命令而偷吃禁果,便犯下了原罪,他们所犯之罪传给后世子孙。按照《圣经》的说法,人类有七宗原罪(Seven Deadly Sins),即饕餮(gluttony)、贪婪(greed)、懒惰(sloth)、淫欲(lust)、傲慢(pride)、嫉妒(envy)和暴怒(wrath)。原罪易生邪恶与罪恶,原罪或直接或间接导致人类一切的不幸与死亡,因此,原罪是人世间一切罪恶之渊薮。

长久以来,科学主义文化盛行,科学逐渐取代了万能的上帝。人类中心主义观念泛滥成灾,人们以为自己是宇宙的中心、万物的主宰,凭借科学技术便能超越上帝。人的主体能动性过分膨胀。人们过分注重技术理性与工具理性,而排斥和否定价值理性,忽视人生的意义与价值的判断。技术理性贬黜了人的主体地位,消解了人性的应有之义和人的应有之为。"技术理性和人类的价值在争夺现代人的灵魂。"[1]科学技术改变了人与自然、人与社会以及人的生活世界与精神世界之间的关系。科学技术发展了,人的精神家园却丧失了。科学技术的发展并未促进人性的发展或使人性变得更加完美。马克思曾说:

> 随着人类日益控制自然,个人却似乎日益成为别人的奴隶

---

[1] 安德鲁·芬伯格:《技术批判理论》,韩连庆、曹观法,译,北京:北京大学出版社,2005年,第1页。

或自身的卑劣行为的奴隶。甚至科学的纯洁光辉仿佛也只能在愚昧无知的黑暗背景上闪耀。我们的一切发现和进步，似乎结果是使物质力量具有理智生命，而人的生命则化为愚钝的物质力量。①

人类文明被人性中的兽性和非理性——人性之恶——破坏，甚至被毁灭。麦卡锡颂扬人性之善，但他更多描写的是人性之恶，如贪婪、淫乱、恐怖、暴力、猎杀和食人等，触及人类灵魂深处最黑暗的角落，揭开了潜藏于悲伤与恐惧之下永恒的黑色河床。

以基督教的观点来看，既然人性本恶，那么，人类就只有通过忏悔和行善来赎罪，最后实现精神的提升。而在世俗社会之中，要控制人类之恶的本性，必须有一种普遍的、强制的外部力量来规范和约束个人的行为，这就是法律。从这一点来看，法治乃社会发展之必然结果。恶是社会发展的主要动力。也可以说，人性之恶乃西方社会、文化、法律、体制等发展的基础，也是西方文明发展进步的基石。

一

随着科学技术的发展，人们的贪欲无限膨胀。对财富的贪婪、对权力的欲求成为人们惯常的价值观念，甚至成为消费社会正常运行的基础。一切都可以被商业化，就连人也可成为商品，人与人之间的关系也就被异化成一种交易。在商业化的社会中，一切以金钱为唯一动机和衡量价值的标尺。

麦卡锡的小说表现出了人的贪婪与欲望，正所谓"人苦不知足，

---

① 马克思、恩格斯:《马克思恩格斯选集(第 2 卷)》,北京:人民出版社,1972 年,第 78—79 页。

贪欲浩无穷"（〔宋〕陆游《对食》）。在《天下骏马》中，格雷迪的母亲宁愿将牧场卖掉，也不愿意租给儿子。"这里根本没有钱。这个地方二十年来的一点儿收入刚够开销的。"[1]格雷迪为争取自己的权益去见律师富兰克林时，律师也告诉他西得克萨斯的牧场不是一个能获利的好生意。在《穿越》中，与帕勒姆毗邻的牧场也快要关门了。在《平原上的城市》中，新墨西哥州阿拉莫戈多的克罗斯弗斯牧场也将被军队征用。牧业衰退，牧场凋敝，而与之形成鲜明对比的是，西部到处都在开采矿产资源，"油井就是个大钱眼"[2]，开采其他的矿藏也是赚钱的生意。在美国西部，科学技术和军事工业不断侵袭牧场，致使许多牧场倒闭。尚存的牧场，也将被卖作他用，如帕勒姆从墨西哥返回美国后曾在哈什奈夫牧场干活，不过这已不是原先的牧场了，因为这牧场卖给了一个牧羊主，而有些牧场则被政府收购，或被军队征用。

　　由于工业文明的侵蚀，人们传统的价值观也发生了根本性的变化，他们的欲望也越来越大。如果说科学技术的发展激发出人们更大的欲望尚情有可原，那么《老无所依》中的摩斯的贪婪则有些令人不齿了。摩斯对金钱的贪婪不仅断送了自己的小命，还连累了他年轻的妻子，使她香消玉殒。哲学家艾瑞克·弗洛姆（Erich Fromm，1900—1980）认为，人类的历史就是人不断发展与不断异化的历史。摩斯的异化，在于他对金钱的贪婪，在于他的占有欲。美国西部粗犷而荒凉，在这荒原中却隐藏着一个个鲜活的灵魂，或为金钱而活，或为名气而生。在荒芜的大地上，天真的时代已然随风而逝；在平静的

---

[1] 科马克·麦卡锡:《天下骏马》,尚玉明、魏铁汉,译.重庆:重庆出版社,2013年,第17页。
[2] 科马克·麦卡锡:《天下骏马》,尚玉明、魏铁汉,译.重庆:重庆出版社,2013年,第12页。

荒野中，贪欲横流，滋养出遍地的恶之花。这里毒品泛滥、枪械横行，暴力与死亡成为人们最常见的生活形式和事件。1980年夏，越战老兵摩斯在得克萨斯西部的荒野中打猎时，无意中进入了黑帮火并的现场。他发现了毒品，还有一只装满240万美元钞票的皮革公文箱。麦卡锡描写道："他接下来的整个生活就竖在眼前。日复一日，从早到晚，直至他离开人世。所有这一切，全交给皮箱里这堆重达四十磅的纸了。"①"贪财是万恶之根。有人贪恋钱财，就被引诱离了真道，用许多愁苦把自己刺透了。"（《圣经·旧约》提摩太前书6：10）妻子卡拉·琼根本不想要那些钱，她只希望与丈夫回到原来平静的生活。她说："钱就是一个恶魔。"②其实，钱财本无罪，罪在人心，在人性之恶。摩斯见钱眼开，源于他人性中的恶，或者说兽性因子占据上风，才使他恶向胆边生，将公文箱带回家，欲据为己有。令他始料未及的是，公文箱中安装了跟踪器，黑帮派杀手齐格一路循着信号追踪而来。若摩斯放弃贪婪之心，视金钱如粪土，那么，他的命运则可能被改写。妻子对他说："如果你得到了某种对你来说意味着一切的东西，就更有可能会失去它。"③但摩斯的贪欲更胜，对妻子的劝说充耳不闻。他最终命丧黄泉。七情六欲，实乃人之常情，无可厚非。从行为科学角度观之，欲望是一把双刃剑，合理有度的欲望是推动社会经济发展的基本心理动因，恣肆无度的私欲邪念则使人丧失真善美而沦为物欲的囚徒，甚至成为罪恶的根源。

---

① 科马克·麦卡锡:《老无所依》,曹元勇,译. 上海:上海译文出版社,2012年,第17页。
② 科马克·麦卡锡:《老无所依》,曹元勇,译. 上海:上海译文出版社,2012年,第190页。
③ 科马克·麦卡锡:《老无所依》,曹元勇,译. 上海:上海译文出版社,2012年,第138页。

二

麦卡锡描写了淫欲、乱伦和奸尸这些人性之恶，这正是人们内心深处最黑暗的角落。

妓院是一个充满淫欲的丑陋场所。在《血色子午线》中，格兰顿帮向州长献上头皮和人头，州长副官举办晚宴招待了他们，并用黄金作为酬劳。格兰顿帮便和妓女夜夜笙歌。浴室成了妓院，广场上挤满了赤身裸体的酒鬼。他们行凶作恶，人人畏惧，夜里街上空无一人，城里的少女不敢外出。后来，格兰顿帮骑马进入了索诺拉州首府乌雷斯城，"把节日的气氛和世界这一隅集会中惯常滋生的丑恶汇集成一种狂欢"①。墨西哥如此，美国得克萨斯亦然。得克萨斯有"最大的罪恶城市"②。那里到处都是妓女。在小说结尾处，男人从妓女房间出来，随即被霍尔顿法官所杀。妓女成了格兰顿帮在杀人之余的消遣，成了他们释放丑恶灵魂的对象。在《平原上的城市》中，墨西哥华雷斯城的妓院成了美国西部牛仔经常光顾的地方，只是他们要文明些。小说伊始就描写了他们逛妓院的情景。

乱伦有悖伦理与道德，更是人性沦丧的体现。美国南方传统文化虽有其精华之处，但乱伦是其糟粕之一。福克纳曾屡次描写乱伦。麦卡锡在其南方小说《外围黑暗》中也对乱伦进行了书写。该书的标题源于《圣经·新约·马太福音》："唯有本国的子民，竟被赶到外边黑暗里去。在那里必要哀哭切齿了。"（8：12）小说没有明确的时

---

① 科马克·麦卡锡：《血色子午线》，冯伟，译. 郑贤清，校. 重庆：重庆出版社，2013年，第224页。
② 科马克·麦卡锡：《血色子午线》，冯伟，译. 郑贤清，校. 重庆：重庆出版社，2013年，第355页。

间,地点设在田纳西州东部的约翰逊县。那里仍保留着南方传统,几乎未受工业文明的冲击。然而,该小说写尽了人间的黑暗——乱伦、杀婴与食人。哥哥库拉和妹妹瑞茜与社会隔绝,也远离文明世界。约翰·班扬(John Bunyan,1628—1688)的《天路历程》(The Pilgrim's Progress)是与但丁的《神曲》、埃德蒙·斯宾塞(Edmund Spenser,1552—1599)的《仙后》(The Faerie Queene,1590—1596)被列为世界文学中的三大讽喻体作品。麦卡锡的《外围黑暗》既在情节、背景和结构等方面与《天路历程》存在诸多相似之处,又是对《天路历程》讽喻之颠覆。[1]兄妹乱伦后生下一男婴。库拉称婴儿已死,将他弃于森林。乱伦又弃婴,可见库拉是一个没有灵魂之人。[2]乱伦出于某种目的或心理变态,如《押沙龙,押沙龙!》中的邦德娶同父异母的妹妹,目的是报复其父亲。库拉乱伦后还将婴儿丢弃荒野。麦卡锡并未直接评判或说教,而是客观地描写库拉此后的一系列遭遇,引导读者去评判。婴儿被弃后,补锅匠发现婴儿,将之带去城里找护士。妹妹瑞茜获悉真相后,便踏上找寻婴儿之路,库拉踏上找寻妹妹之旅。库拉曾数次遇见歹徒。第一次,他渡河落水时被歹徒所救。第二次,库拉在丛林与歹徒相遇,他们邀请他一起吃人肉。小说最后,库拉又遇见三个歹徒,此时,补锅匠已被歹徒吊死,他们当着库拉的面将他的孩子杀死。[3]这样的情节看似匪夷所思,或许"正

---

[1] Hillier, Russell M. "'In a Dark Parody' of John Bunyan's *The Pilgrim's Progress*: The Presence of Subversive Allegory in Cormac McCarthy's *Outer Dark*", *ANQ: A Quarterly Journal of Short Articles, Notes and Reviews*, 2006 (4), pp. 52 - 59.

[2] Walsh, Christopher J. *In the Wake of the Sun: Navigating the Southern Works of Cormac McCarthy*. Knoxville: Newfound Press, 2009, p. 109.

[3] McCarthy, Cormac. *Outer Dark*. New York: Vintage Books, 1993, p. 231.

是科马克·麦卡锡的妙笔所在"①,更是其用意所在。库拉犯了乱伦、弃婴、偷窃和食人等不可饶恕之罪,歹徒却并未充当法官或审判员的角色,而是让库拉置身于永恒的罪恶之中,以犯罪来加重库拉的罪孽,使他坠入永久的黑暗之中。②

《上帝之子》的主人公巴拉德生活在田纳西州东部的塞维尔,在他小时候,他母亲和人私奔,父亲自杀。小说伊始,巴拉德因未交房产税,他的房产被政府拍卖。巴拉德试图阻止自家的房子被拍卖而被打,从此他便成了歪脖。此后,巴拉德搬到一个废弃的房子里,房子被烧后,他又退居到山洞里。在被人类文明放逐的过程中,他逐渐堕落成变态的杀人恋尸狂。小说结尾令人不寒而栗,人们在他居住的洞中竟然发现 7 具女尸,她们都被摆成了安睡的姿势。巴拉德的杀人奸尸有诸多原因,有家庭的、社会的原因,也有他自身精神的和心理的原因,更有工业文明、商业化和资本主义社会的原因。"工业文明带来的现代文明一方面冲击了传统的农耕文明,另一方面造成了人的异化……白乐德(巴拉德)……他被文明所吞噬,再也走不出来。"③美国南方社会受工业文明、商品经济和消费文化的冲击,其结构和价值观念都发生了巨变,那些难以适应急剧变化的个体如巴拉德等便逐渐被边缘化,被排斥在工业文明之外,最后成为工业文明的牺牲品。

"善不积,不足以成名;恶不积,不足以灭身。"(〔周〕《周

---

① 李碧芳:《科马克·麦卡锡南方小说研究》,厦门:厦门大学出版社,2018 年,第 19 页。
② Cooper, Lydia R. "McCarthy, Tennessee and Southern Gothic", Steven Frye, ed. *The Cambridge Companion to Cormac McCarthy*. Cambridge: Cambridge University Press, 2013, pp. 45-46.
③ 贺江:《孤独的狂欢——科马克·麦卡锡的文学世界》,上海:上海三联书店,2016 年,第 48 页。

易·系辞下》)因此,格兰顿帮最终几乎全军覆没,巴拉德以死亡告终。而库拉则如我国诗人臧克家(1905—2004)《有的人》一诗所言:"有的人活着,他已经死了。"

三

暴力成为麦卡锡的一种书写模式或言说方式。就暴力书写而言,维里恩·贝尔(Vareen Bell)认为,麦卡锡作品渲染暴力与血腥,既缺道德取向也乏价值取向,体现出一种虚无主义。[①]美国得克萨斯州有老师向学生推荐麦卡锡的书,遭到家长投诉,教师执照被吊销。[②]埃德温·阿诺德则持相反的观点,他认为,麦卡锡的作品蕴含道德寓意,他笔下的暴力并非为了渲染,而是旨在探索人性和解释宇宙秩序的真相,表达对终极价值的追寻。[③]

暴力是麦卡锡作品中最重要的主题之一。麦卡锡通过对暴力的书写,揭示暴力与美国文明和传统之间、科技进步与传统价值之间的关系。丹尼尔·韦斯(Daniel Weiss)在其博士论文《科马克·麦卡锡、暴力和美国传统》(Cormac McCarthy, Violence, and the American Tradition, 2009)的摘要中指出,暴力是理解麦卡锡小说的核心。在麦卡锡的每一部作品中,暴力都是故事情节发展的一条

---

① Bell, Vareen. *The Achievement of Cormac McCarthy*. Baton Rouge: Louisiana State University Press, 1988, p. 5.
② 科马克·麦卡锡:《上帝之子》,杨逸,译.郑州:河南文艺出版社,2020 年,第 209 页。
③ Arnold, Edwin T. "Naming, Knowing and Nothingness: McCarthy's Moral Parables", Edwin T. Arnold & Dane Luce, eds. *Perspectives on Cormac McCarthy*. Jackson: University Press of Mississippi, 1999, p. 44.

主线。麦卡锡通过暴力来探索个人与社会现实之间的关系。一般来说，美国传统文学将景观描写成一个充满希望、宁静和乌托邦理想主义（utopian idealism）的地方，麦卡锡则将景观描写为一个充满暴力的场所和一个反映社会暴力的空间。[1]在麦卡锡的作品中，暴力无处不在，血腥场景触目惊心，堪称文学史上描述野蛮行径的集大成者。《外围黑暗》中的杀婴和食人、《上帝之子》中的杀人、《血色子午线》中的猎杀和割头皮、《老无所依》中的抛硬币杀人游戏、《路》中的猎杀与食人……他将"上帝的花园"（Garden of God）变成了血淋淋的屠宰场，在血腥、暴力与杀戮中触及人类的心灵，揭示生命的本相与人性的本质。麦卡锡早期作品中的暴力多是个人或群体所为，且充满对死亡的恐惧，而后期作品《路》中的暴力蔓延至整个人类，使人类回到最原始和最野蛮的生存状态。

《老无所依》中的齐格是一名冷酷无情的杀手，就像歌德《浮士德》中的靡菲斯特（Mephostophiles），代表绝对之恶与死亡。齐格嗜血成性却又坚持原则，狂妄自大却又相信宿命。他勒死副警长后，不慌不忙地处理好手腕上的伤口，掏出副警长的钱，带着副警长的左轮手枪，最后拎起气罐和致晕枪开警车离开。从此，他踏上了杀人之路。他来到州际公路上，打开警灯，让一辆车靠边停下。他在车里那人的前额上打了个圆洞，然后将那辆新款福特轿车开走。接着，他又杀了一名30多岁的白人男子，死者前额有一个似点四五口径手枪打的枪眼。这样的杀人手法，贝尔警长也闻所未闻。数日内，就有10余人被齐格所杀，大多是被他用气压枪在脑门上打一个洞而死。这颇似屠宰场宰牛，屠夫用一种气压枪，顶在牛的两眼之间，扣动扳

---

[1] Weiss, Daniel. "Cormac McCarthy, Violence, and the American Tradition", Detroit, MI: Wayne State University, 2009.

机,牛便倒下,一命呜呼。齐格到底是谁呢?此人是魔鬼是撒旦,他极度暴力且无处不在。正如贝尔警长所言,"那个家伙绝对是个幽灵,可他又确实存在"①。齐格是一部冷血无情的杀人机器。黑帮老大认为齐格是无敌的,无人知其外貌,因为凡见过他的人,没有一个能活下来。"在这个星球上,甚至连跟他玩过交叉填字游戏的人都没有一个活下来。他们全都死了。"②面对这样一个我行我素的家伙,黑帮老大又派卡森·威尔斯去除掉他。最后,齐格杀死了追杀他的威尔斯。不可思议的是,齐格杀人有自己的一套不可理喻的原则,他杀人像抛硬币一样随便,他也的确多次抛硬币杀人。他在一个加油站加满油,换了些零钱。他问店老板:"在你见过的抛硬币打赌中,输得最多的赌注是什么?"③他掏出一枚两毛五的硬币,手指一弹,然后接住。他说这硬币的年份是1958年,漫游了22年才来到这里。他要老板猜朝上的一面是人头还是数字。老板无奈,便猜人头朝上。齐格本欲杀之,然而,老板猜中了。齐格便将这枚幸运硬币给了他,还说这枚硬币虽微不足道,但"它能决定今天这件事的结果,就像篡改历史的进程,让本来已成定局的事情变成另外一种样子"④。

如果说加油站老板是幸运的,那么,摩斯之妻卡拉·琼就是不幸的了。齐格要杀死摩斯,取回他手中的毒资。琼与这笔钱毫无关系,按理说齐格不应伤害她。然而,齐格自有一套杀人逻辑:他说他曾向摩斯发誓要杀琼。摩斯虽死,但自己还活着,因此承诺仍然有效。于是,齐格又玩起了抛硬币杀人的游戏,他掏出几枚硬币,选了其中的一个,举了起来。他在琼面前转了转,好让她看到他做得很公

---

① 科马克·麦卡锡:《老无所依》,曹元勇,译.上海:上海译文出版社,2012年,第260页。
② 科马克·麦卡锡:《老无所依》,曹元勇,译.上海:上海译文出版社,2012年,第160页。
③ 科马克·麦卡锡:《老无所依》,曹元勇,译.上海:上海译文出版社,2012年,第54页。
④ 科马克·麦卡锡:《老无所依》,曹元勇,译.上海:上海译文出版社,2012年,第57页。

第四章 麦卡锡小说人性书写的科学人文主义

正。接着,他用拇指和食指捏住那枚硬币,掂量了一下,往上旋转着一抛,然后接住,啪地压在手腕上。他要琼猜正面还是反面朝上。琼猜正面,但硬币是背面朝上。齐格说:"一旦我进入了你的生活,你的生活也就算结束了。有开始,有过程,也有结尾。现在就是结尾。"[①]随后,齐格就向琼开了枪。

《血色子午线》也有大量血腥暴力描写,曾有论者称该小说是自《伊利亚特》以来最为血腥之作。小说就是各种暴力的展示馆:猎杀、屠杀、枪战以及割头皮。尸体、废墟,到处是流血和杀戮的场面。该小说的暴力书写虽招致批评,却为麦卡锡赢得了诸多赞誉。麦卡锡书写美国西部血腥的历史事件,重构美国历史与西部传说。正因如此,《血色子午线》被《纽约时报》书评选作25年中最优秀小说的第三名。《血色子午线》以19世纪中期美墨战争后的西进运动为背景,以头皮猎人屠杀印第安人为主要事件,以一个无名少年的流浪轨迹为线索,时间跨度为1833年到1878年,地点是美国的得克萨斯州与墨西哥。暴力决定了人对自我、历史、社会和上帝的认知。[②]麦卡锡分析了暴力在美国历史、民族身份以及民族意识等方面起到的作用。一般而言,暴力并非目的,而是达到目的之手段。然而,在麦卡锡的作品中,许多暴力似乎是盲目的,也是无所指向的。它比有目的的暴力更为可怕,因为这种暴力可能指向任何人,无人能幸免,也就是说,这种暴力就是人性的恶性循环。这在麦卡锡小说中表现为"怪诞暴力"(grotesque violence),指极端又反常的血腥与恐怖行为。有些暴力既无原因也无动机,那就是纯粹的暴力。因此,有论者

[①] 科马克·麦卡锡:《老无所依》,曹元勇,译.上海:上海译文出版社,2012年,第273页。
[②] Stadt, Kevin. "Blood and Truth: Violence and Postmodern Epistemology in Morrison, McCarthy, and Palaniuk", De Kalb: Northern Illinois University, 2009, p. 9.

认为麦卡锡小说中的暴力书写似不能提供可理解的意图。①

小说中的少年14岁时就离家出走，踏上西进之路。他时常卷入各种盲目的血腥与暴力，比如夜晚，他如野兽般与水手打架；在旅馆争斗时，他与素不相识的托德文以命相搏，随后，他又与托德文一起火烧了旅馆；在与酒保争执时，他将酒瓶砸向酒保的脑袋，鲜血和酒精四溅。少年这种"死的本能"使他漠视他人的生命，凸显了他本能中兽性的一面。此后，少年加入了怀特上尉的军事阻挠队。不幸的是，他们刚一出征墨西哥，就遭遇科曼奇人的血腥袭击。科曼奇人策马杀向他们。众多科曼奇人或半裸身子，或穿着古希腊神话或疯狂的梦境里的服装。他们披着兽皮、穿着还沾着前主人血液的破烂制服或被杀戮的骑兵的外套，穿着白长袜或戴着血染的婚礼面纱，所有骑手的脸涂得花里胡哨，酷似一群因死亡而欢腾的小丑。科曼奇人举着长矛和弓箭从两翼冲杀而来。上尉军队中的许多人中箭倒地，或身中长矛而亡。这一支武装到牙齿的美国部队被科曼奇人的弓箭和长矛所打败，最后上尉也被杀死。

后来，少年加入了格兰顿帮。格兰顿帮以格兰顿为首领，是一群来自美国的赏金猎人。他们受雇于墨西哥政府去屠杀阿帕契人，标价为每张头皮100美元。小说描写了一幅暴力与死亡的全景图。他们一方面为钱而屠杀，另一方面他们的暴力表现出毫无目的的怪诞性。最初，他们只猎杀墨西哥政府悬赏的阿帕契人。渐渐他们便不顾一切，见人就杀。一天下午，格兰顿帮来到哈诺斯。他们骑过教堂，来到广场上。两名特拉华人和开路的韦伯斯特正与一名老妪说话。

---

① Shaviro, Steven. "The Very Life of the Darkness: A Reading of *Blood Meridian*", Edwin T. Arnold & Diane C. Luce, eds. *Perspectives on Cormac McCarthy*, Jackson: University Press of Mississippi, 1999, p. 147.

格兰顿把枪对准老妪的头,就开了火。他们烧杀抢掠,老人、妇女与孩子无一幸免,甚至连墨西哥人和美国人都成为他们猎杀的目标。即便遇见热爱和平的踢格人(居住于格兰德河岸边的普埃洛印第安部落),他们也一律格杀勿论。他们高高在上,掌握着生杀掠夺的特权,他们

> 瓜分他们所经过的世界,把既成之物和未成之物一并抹杀在身后。……这支随意、原始、临时、无序的队伍凌驾于一切之上。他们就像从绝对的岩石中跑出的不明生物,无声地行动,一刻不离开自己的蜃景,贪婪、命中注定、一言不发,犹如万物尚未命名、一切均是整体时在冈瓦纳大陆残酷的荒漠中蹒跚而行的蛇发女妖兽。①

暴力总是与欲望如影随形,暴力就是终极欲望的能指。②暴力在不受制约的情况下就会日益膨胀,形成一种恶性循环。格兰顿帮的暴力行为不断升级,到最后,他们所到之处都实行"三光政策",他们经行的路上几乎寸草不留。他们走到哪里,哪里就变成暴力和死亡的荒野。然而,在暴力的循环中,原始的、最终无法控制的暴力使个人失去之前的文化和社会身份,进而形成一个新的、群体的暴力环境。③暴力的循环也必然会发生在格兰顿帮的身上,他们因屠杀墨西哥平民而被墨西哥地方政府军队追杀,后又惨遭尤马人的袭击。

---

① 科马克·麦卡锡:《血色子午线》,冯伟,译. 郑贤清,校. 重庆:重庆出版社,2013年,第193—194页。
② Girard, René. *Violence and the Sacred*. Trans. Patrick Gregory. Baltimore and London: The Johns Hopkins University Press, 1977, p. 148.
③ Jarrett, Robert L. *Cormac McCarthy*. New York: Twayne, 1997, p. 88.

格兰顿帮奉行的是暴力与屠杀，成员生病或受伤，不是被弃就是被同伴杀害。如迪克·谢尔比的屁股被子弹打碎，头脑很清醒，但所有人弃之而去；又如在屠杀奇拉阿帕契人时，麦克·吉尔被一根矛刺穿，格兰顿毫不犹豫地用手枪射穿了他的脑袋；白人杰克逊醉酒后枪逼黑人杰克逊从营火旁给他让位，黑人手起刀落，砍下了他的脑袋。这种时候，其他成员视而不见，还悄然离开杀人的现场。同样，科曼奇人既是受害者，也是施暴者。如在怀特上尉的部队遭遇袭击后，科曼奇人对他们实行了同样的残杀。[1]最后，格兰顿帮大多数人被杀死。格兰顿帮的暴力最终也被暴力吞噬，他们自身也成了受害者。这些暴力行径超越了界限，如同瘟疫般传染。这种暴力见证了美国西部大开发的历史，反映了美国 19 世纪西进运动中的暴力、屠杀，以及种族和社会等各方面的矛盾与冲突。麦卡锡将他对暴力的书写上升到一种具有普适性的高度。

理查德·斯洛特金（Richard Slotkin）指出，通过暴力以获新生乃美国边疆的结构性隐喻。[2]在美国的传统中，暴力征服美国西部边疆是一种获得新生的手段。《血色子午线》中的主人公无名少年从童年到少年再到成年经历了各种暴力，最终在暴力的循环中死于霍尔顿法官之手。"他的西部之旅只是'暴力再生'的一个虚构的经验，颠覆了美国浪漫化的边疆理想。"[3]

《血色子午线》所描写的历史事件发生在美墨战争后，即 19 世

---

[1] 科马克·麦卡锡：《血色子午线》，冯伟，译. 郑贤清，校. 重庆：重庆出版社，2013 年，第 61 页。
[2] Slotkin, Richard. *Regeneration through Violence: The Mythology of the American Frontier, 1600-1860*. New York: Harper & Row, 1996, p. 5.
[3] 单建国：《科马克·麦卡锡小说的伦理思想研究》，北京：人民出版社，2019 年，第 31 页。

纪中期。此时，美国的西进运动与工业革命在同时推进之中。西进运动乃美国特有的历史现象，也是美国向西部移民、领土扩张与开发大西部的过程。这一过程几乎贯串美国的整个工业化进程，并使美国的工业化独具特色。西进运动也完成了美国东西部之间政治与经济的一体化，加速了工业文明的发展。美国第一次工业革命初步形成城市体系，第二次工业革命基本实现了城市化。两次工业革命极大地推动了美国城市化的进程，促进了美国社会生产力以空前的规模与速度向前发展。伴随这些发展而来的，就是麦卡锡小说中所描写的西部的血腥、暴力与死亡。因此，西进运动与工业革命是一个相互发展和相互促进的过程。1835年，亚历西斯·德·托克维尔（Alexis de Tocqueville, 1805—1859）曾如此精辟地论述了工业革命：

> 从这污浊的排水沟里流出的人类工业的洪流浇肥了整个世界；从肮脏的下水道里流出了黄灿灿的金子。在这里，人性得到了最完整也是最残暴的发展；在这里，人类文明奇迹显现，几乎将文明人变成了野蛮人。[1]

工业文明是印第安人被屠杀的直接原因，也是许多野生动物如野牛和狼等消失的直接原因。美国政府和墨西哥地方政府曾用金钱购买印第安人的头皮，激活了那些贪婪的军人和匪徒的兽性因子。因此，美国的西进运动就成了美国人屠杀印第安人的暴力运动。麦卡锡对暴力的描写翻开了美国西进运动中人性中最黑暗的一页。

---

[1] 阿伦·布洛克：《西方人文主义传统》，董乐山，译. 北京：群言出版社，2012年，第96页。

同样,"边境三部曲"中也充满了暴力描写。格雷迪和罗林斯被投入监狱后,每日都面临暴力或死亡的威胁,"他们生活在那个什么事都可能发生的世界里"①。监狱中的一切"建立在堕落和暴力的基础之上,衡量每个人的绝对平等的标准只有一条,那就是他是否乐意去杀人"②。罗林斯被刺伤,格雷迪虽刺死了杀手,但他自己也身受重伤。《穿越》中的帕勒姆第一次从墨西哥回家后,发现父母被印第安人用猎枪打死,家中的6匹马也被抢走。他与弟弟在墨西哥时也时常与人发生枪战。约翰逊老爹在墨西哥华雷斯城的酒馆里曾目睹杀人场面:一人在吧台喝酒,另一人掏出点四五手枪,冲他后脑勺就是一枪。③

《路》因描写末日后的人性变异而被称为残酷的诗学。小说延续了《血色子午线》的暴力主题,将19世纪的血腥位移至21世纪。④小说中的现代文明已随末日劫难远去,猎杀和食人等恶之花在末日后的荒原上衍生。人类的一切灰飞烟灭了。在末日后的世界里,幸存者或恐惧绝望而自杀,如男孩的母亲宁愿选择死亡,也不愿继续活下去。在人类的精神荒原里,生存比死亡更恐怖。90岁的老人伊里虽苟延残喘,却似僵尸般行走在荒芜的大地上。这一切是变形暴力的结果,这就体现出了深层的人性变异与人性之恶。末日毁灭并不可怕,可怕的是人类丧失了信念与希望,丧失了人性之善与爱,丧失

---

① 科马克·麦卡锡:《天下骏马》,尚玉明、魏铁汉,译. 重庆:重庆出版社,2013年,第239页。
② 科马克·麦卡锡:《天下骏马》,尚玉明、魏铁汉,译. 重庆:重庆出版社,2013年,第231页。
③ 科马克·麦卡锡:《平原上的城市》,李笃,译. 重庆:重庆出版社,2011年,第231页。
④ Cunnningham, Mark Allen. "The Art of Reading Cormac McCarthy", *Poets and Writers*, 2007 (5), pp. 33–37.

第四章　麦卡锡小说人性书写的科学人文主义　　　163

了人之良知。麦卡锡对暴力的书写揭示出人性之恶，其目的却是表达对人性之善的渴望。末日后的世界遍布死亡的恐怖，死亡虽不可抗拒，但人类可通过死亡走向救赎之路。

　　食人场景是麦卡锡所有小说中最令人恐怖的场景之一，《外围黑暗》中三个歹徒食婴成为《路》中食人的前奏。麦卡锡从第二部小说《外围黑暗》开始书写暴力，思考暴力的本性。此后，暴力乃其小说的一大主题。《外围黑暗》的主题颇似福克纳的《八月之光》(*Light in August*, 1932)。麦卡锡在《外围黑暗》中描写了社会禁忌如乱伦，也描写了暴力如杀婴和食人，旨在探讨人性之恶。在麦卡锡看来，罪恶源于人性之恶。小说伊始，三个歹徒就沿河流一路向西而去。他们似跟随库拉·霍姆一路杀人而行。霍姆问地主找活干被训后，地主被三个歹徒用镰刀杀死。后来，霍姆接触的乡绅和一位老人也被三人所杀。其实，霍姆曾与歹徒两度遭遇。第一次，库拉落水而被歹徒所救。第二次是在小说结尾处，此时补锅匠已被吊死，库拉丢弃的婴儿还活着。三个歹徒杀婴和吸婴儿的血完成了霍姆弃子的初衷，这二者之间只有程度之别，而无实质之异。[①]三个歹徒既是霍姆心里阴影的映射，他们的罪行也是霍姆心魔的反映。[②]

　　赤裸裸的猎杀和食人场景是人性变异的最大悲剧，是人性之恶最极端的体现。《路》中，作者描写道："所有食物储备已枯竭，大地上到处是谋杀。这世界忽地兴起一大帮眼睁睁当着你面就能吃掉你儿子、女儿的人。"[③]在末日后的绝境中，人性之恶被无限放大，为

[①] Bell, Vereen M. *The Achievement of Cormac McCarthy*. Baton Rouge and London: Louisiana State University Press, 1988, p. 41.
[②] Hage, Eric. *Cormac McCarthy: A Literary Companion*. Jefferson N. C.: McFarland & Company, Inc., 2010, p. 93.
[③] 科马克·麦卡锡：《路》，杨博，译. 重庆：重庆出版社，2012年，第149页。

了果腹,一些幸存者手持棍棒或长枪,一路捕捉手无寸铁的幸存者,将他们作为食物吃掉,或使他们沦为奴隶。这些猎食者完全变成受兽性支配的动物,像恐怖电影里的活僵尸。在父子俩的奥德赛之旅中,他们不时遭遇猎食者,每次都因父亲手中的手枪而幸免于难。他们在一座小城遇见了三名男子从卡车后冒出,这三人手持长棍。父亲举枪指着三人,将他们逼退,最终和儿子得以逃生。在另一次与猎食者的遭遇中,一人劫持了父亲,父亲开枪杀之,父子俩才成功逃走。

当科学技术高速发展之时,人类的文明成了梦幻泡影,人类应有的道德观和价值观訇然崩塌,人性愈发堕落、扭曲,甚至泯灭殆尽。人成为吃同类的禽兽。人性全面异化就是工业文明和科学技术所开的"恶之花",也是人的"黑暗之心"的现实映射。麦卡锡书写极端的血腥与暴力,质疑美国工业文明的发展;他目见工业文明中的流血与暴力,也看见人性之恶给人类带来的悲剧。工业文明创造了大量的财富,却使人类迷失在功名利禄之中,从而也失去了人性之善。

第三节 麦卡锡小说中的善恶书写

人性到底是善还是恶,历来有不同的观点。东方文化大多坚持性善之说,西方则倾向于性恶之说。黑格尔曾说:"人们以为,当他们说人性是善的这句话的时候,他们就说出了一种很伟大的思想;但是他们忘记了,当人们说人性是恶的这句话时,是说出了一种伟大得多的思想。"[1]人性本就很复杂,绝对的善与绝对的恶或许存

---

[1] 魏颖超:《英国荒岛文学》,北京:外语教学与研究出版社,2001年,第12页。

在，但在人世间应是极为罕见的。人性有善，则必有恶；人性有恶，则必有善。善恶是一对不可分割的矛盾，二者并存而构成人性的整体。人皆有罪，人无完人。德尼·狄德罗（Denis Diderot）曾感慨地说："人的一半是天使，另一半则是恶魔。因此，我们应在谴责中蕴含悲悯，在控诉时共同忏悔。"亚里士多德认为，人是理性的动物，也是兽性的动物。人就如狮身人面像，一半是人，一半是兽。善与恶往往此消彼长，或善或恶，或恶或善。善则彰显人性的光明与伟大，而恶则凸显人性的阴暗和渺小。善恶也具有相对性，对一个人或一个群体是善，而对另一个人或另一个群体则是恶。"要了解人生的意义与价值，首先必须从了解人性入手，必须深入'心的深处'才行。"①"心的深处"有善也有恶。在麦卡锡的小说中，有善的存在也有恶的存在。善恶冲突对于文学作品是不可或缺的。善恶冲突不仅推动其小说故事情节的发展，而且在许多情况下有助于对小说人物的刻画，从而使人物成为有血有肉的"圆形人物"（round figure），而非徒具其形的"扁平人物"（flat figure）。如果说人性是哲学的出发点和根基，那么人性就是作家创作所要揭示的深层问题。

一

一般而言，绝对的善与绝对的恶不太可能在一个正常的社会中出现。然而，在现实生活的某些特殊情境中或在文学作品里，的确有至善至恶的存在。纵观麦卡锡的作品，从《血色子午线》到《老无所依》再到《路》，其中有对至善和至恶的描写，对至恶的描写分为个

---

① 池田大作、奥锐里欧·贝恰：《二十一世纪的警钟》，卞立强，译．北京：中国国际广播出版社，1988 年，第 508 页。

人行为和群体行为两种。

以利己与利他来判断善恶,这体现作家的价值观与道德伦理观。[1]利他即为善,因为它更符合道德与法律规范的行为;反之,即为恶。《路》中的男孩出生于末日之后,他从未见过此前的人类文明。在这个末日后的世界中,他就是一张白纸、一块白板(tabula rasa)。"tabula rasa"一语源自拉丁文,本指未用刀或笔刻写过的白蜡板,后来指尚未受外界事物影响或刺激的心灵,即儿童心灵洁白无瑕的状态。哲学家约翰·洛克对白板说加以发挥,论证了认识源于经验的基本原则。哲学家阿兰·巴迪乌(Alain Badiou, 1937—)认为,只有在善的对照下方有可能认识恶。[2]在此,我们看看《路》中男孩的至善。在末日后的求生路上,父子俩随时都面临各种危险,或被猎食,或饥饿而死,或因病而亡。男孩不知世道人心,因为除了父母外,他之前几乎没有见过其他人。何况,在这样一个世界上,见到其他人或许是最可怕的事情。他所见的就是这个灰色而荒芜的世界,到处都是废墟、尸骨;他所知的是饥饿、寒冷和求生。他不知到底发生过什么,也不知何为人性之恶。但在他白板般的心灵中,他不断地追问:"我们是好人吗?"他和父亲仍保持纯良之善。"作善,降之百祥;作不善,降之百殃。"(〔周〕《尚书·伊训》)他们坚持做人的底线——决不吃人。父亲一再告诫儿子:"我们是好人,永远都是好人。"[3]在末日后的险恶环境中,男孩之善至纯至真,没有一点儿作秀的成分。当看见一名被雷劈的男子瘫坐于路边时,男孩很想救

---

[1] 吴先伍:《超越善恶对立的两极——科学价值中立论申论》,《自然辩证法通讯》,2005年第1期,第16—18页。
[2] 肯尼斯·沃马克:《伦理批评》,朱利安·沃尔夫雷斯:《21世纪批评述介》,南京:南京大学出版社,2009年,第157页。
[3] 科马克·麦卡锡:《路》,杨博,译. 重庆:重庆出版社,2012年,第60页。

他，但他有心而无力，毕竟他只是一个心智尚未成熟的小孩。当遇见90岁的老人伊里因饥饿而跌坐在路上的灰烬中时，男孩拿出一个罐头给老人。之后，男孩坚持让老人跟他们一块儿吃饭，一起过夜。次日晨，与老人分别时，男孩还给老人几个蔬菜和水果罐头。当见到另一个男孩时，男孩担心他没人照顾怎么办、他没有爸爸怎么办，他愿将自己的食物分一半给那男孩，并带他一起走。"善者，吾善之；不善者，吾亦善之。德善。"（〔春秋〕老子《道德经》）小偷偷走了他和父亲所有的东西，可当他们追上小偷后，男孩恳求父亲不要杀他，父亲也原谅了那个小偷。男孩就是那个至善的人。有了好人，末日后荒原上的人们也有了生存的勇气与生活的希望。"积善之家，必有余庆；积不善之家，必有余殃。"（〔战国〕《易传·文言传·坤文言》）父亲病故后，男孩跟随了一家好人。

马克·吐温曾说，善良乃一种世界通用语，它可使盲人感到，亦可使聋人听到。《路》中这种至纯至真至善的男孩毕竟太少，可谓末日后那个荒原上开出的一朵奇葩。正所谓大千世界无奇不有，有至善之人，也有至恶之人。文明世界或许更能开出"恶之花"，因为科技理性将人性逼仄到了一个变异甚至变态的环境之中，于是，人类的兽性因子遍地开花，结出了非理性的奇异之果。至邪至恶至毒之人在这样一种环境中就有了更多的生存空间，他们将人性中的兽性因子发挥到极致。在《平原上的城市》中，白湖妓院老板爱德华多就是一个典型。此人买卖人口，阴狠毒辣、冷血无情。他不仅将玛格达莱娜当作摇钱树，还霸占这个可怜的姑娘。他拒绝了格雷迪为她赎身的要求，最后，他还命人杀害了玛格达莱娜。另外，小说中警察的所作所为也是极端之恶的体现。在这个肮脏邪恶的轮回中，是那些警察之恶使这个可怜的姑娘再次陷入了火坑。

麦卡锡的《老无所依》不再表现以青年为隐喻的边疆精神，而是呈现出一个老龄化、灰色、病态的美国西部①。小说中有一个 19 岁的男孩，曾杀了一个 14 岁的女孩。报上说他因冲动而犯罪，但男孩说事实并非如此，他说差不多从记事时开始，他就一直盘算着杀人。如果他被放出去，他还会杀更多的人。这种人的骨子里就充满邪恶，以至于贝尔警长都怀疑这男孩是属于"某类全新的物种"②。在美国西部的许多地方，法律只存在于文本之中。"对于法律，他们根本不会放在眼里。法律似乎跟他们毫无关系。"③《老无所依》也描写了许多其他绝对之恶的案例。那些邪恶之人用霰弹枪朝贝尔警长射击，将他的警车打成马蜂窝。为何人们邪恶到毫无人性的地步？"也许这些案子跟这个国家有关。……这个国家拥有的似乎是一段不可思议的历史，同时也是一段血腥的历史。"④

小说中，齐格是美国西部的一个活生生的撒旦。他是黑帮派出的冷血杀手，他的出现就代表死神的来临。凡他所到之处，就有暴力与死亡。他将杀人当儿戏，用抛硬币的方式决定他人的生死。齐格出现的数日内，就连杀 10 余人。这在贝尔从警的 41 年中是绝无仅有的。随后，齐格在追杀摩斯的路上，又杀人无数。就连越战老兵摩斯和越战军官威尔斯都被他所杀。如果说齐格追杀摩斯是他必须完成的任务，杀死追杀他的威尔斯是为了自保，那么，他杀害摩斯之妻琼的行为则比撒旦还要邪恶了。

如果说《老无所依》所描写的绝对之恶是个体所为的话，那么

---

① Raigadas, David R. "Facing Old Age and Searching for Regeneration in a Dying American West: Gregory Martin's 'Mountain City'", *Atlantis*, 2016 (1), pp. 149 - 164.
② 科马克·麦卡锡：《老无所依》，曹元勇，译. 上海：上海译文出版社,2012 年,第 1 页。
③ 科马克·麦卡锡：《老无所依》，曹元勇，译. 上海：上海译文出版社,2012 年,第225页。
④ 科马克·麦卡锡：《老无所依》，曹元勇，译. 上海：上海译文出版社,2012 年,第301页。

第四章 麦卡锡小说人性书写的科学人文主义

《血色子午线》和《路》中的绝对之恶是群体所为。《血色子午线》源于历史。19世纪中期,美国的西进运动如火如荼,土地及资源成为美国政府、墨西哥政府与印第安人争夺的焦点。为消灭印第安人,美墨政府都使用雇佣军,高价收购印第安人的头皮。小说中的格兰顿帮就是这样一群臭名昭著的赏金猎人,其原型来自约书亚·张伯伦(Joshua Chamberlain, 1828—1914)的自传《我的忏悔》(*My Confession*, 1956)和约翰·伯克(John Bourke, 1846—1896)的《与克鲁克将军在边境上:乔治·克鲁克将军、美国印第安人战争,以及美国边疆生活》(*On the Border with Crook: General George Crook, the American Indian Wars, and Life on the American Frontier*, 1980)。张伯伦是美国内战中北方的将军,其自传记录了他在格兰顿队伍中做头皮猎人的经历;《与克鲁克将军在边境上》描写了19世纪七八十年代的印第安战争,其中提及格兰顿死于尤马渡口之事。[①]在小说《血色子午线》中,格兰顿帮与墨西哥政府签订了一个合同:剥一个印第安人的头皮,赏金为100美元;割下戈麦斯的人头,赏金高达1000美元。最初,他们按约定猎杀阿帕契人。与阿帕契人的遭遇战中,阿帕契人用的是弓箭,而格兰顿帮用左轮手枪、短火枪和来复枪。从武器配备来说,格兰顿帮占绝对优势。一次,他们冲入驻扎在湖边的阿帕契人的营地,用棍棒和刀乱砍乱杀,又用枪远距离地射杀。那些印第安人尖叫着跑出,却被骑手用大刀砍倒。格兰顿帮在美墨边境游荡,寻找阿帕契人的下落。他们"瓜分他们所经过的世界,把既成之物和未成之物一并抹杀在身后"[②]。逐渐地,凡他们遇

[①] Cant, John. *Cormac McCarthy and the Myth of American Exceptionalism*. New York: Routledge, 2008, p. 167.
[②] 科马克·麦卡锡:《血色子午线》,冯伟,译. 郑贤清,校. 重庆:重庆出版社,2013年,第193页。

见的人都被杀掉。他们伏击雇农而杀之,屠杀纳科萨里河边一个村庄的印第安人。他们在广场上,在酒馆里,在任何地方都随意杀人,没有任何理由,也没有任何目的。他们连墨西哥骑兵也杀,然后挖一个坑将他们合葬在一起。

同样,《路》中的食人族也是一种绝对的恶。这些食人族拖着脚走过满是灰尘的道路,有人戴着防毒面具,也有人穿着生物防护服。他们手拿棍子,佝偻前行,嘴里还叼着烟斗。卡车车顶上的一群男子则手持来复枪,四处观望。父子俩前行的路上,到处都是屠杀和猎食的场面。食人族的行进很有层次感。首先,由4人组成一支脚穿网球鞋的队伍,并肩徒步;他们手持棍子,手腕上系着绳索。接着,扛着枪或长矛的大部队出现了。随后,套了枷的奴隶拉着数辆车,车上是作战所需的物资。这种声势浩大的景观在末日后的荒原世界上着实有些罕见,"这帮人走了两百多英尺远了,地仍在轻轻颤动"[1]。最令人胆战心惊的莫过于父子俩误入食人窟所见到的惨状了。与格兰顿帮的极端恶相比,《路》中食人族之恶发生在末日后的世界上,此时大多数人已死,人类文明也已分崩离析。

二

在文学作品中和现实生活中,麦卡锡所描述的那种人性极端之恶毕竟少之又少。康德认为人既有善的禀赋也有恶的倾向:"善的禀赋与恶的倾向共居于人的本性之中……"[2]恶的倾向有三个层次:第

---

[1] 科马克·麦卡锡:《路》,杨博,译.重庆:重庆出版社,2012年,第73页。
[2] 康德:《单纯理性限度内的宗教》,李秋零,译.北京:中国人民大学出版社,2003年,第17页。

一,人的本性是脆弱的;第二,非道德动机与道德动机不纯正;第三,人的本性或人心是恶的。人的本性中就存在恶的倾向,即便最好的人也有恶的倾向,"也就是说,趋恶的倾向在人们中间是具有普遍性的"[①]。人性中的根本恶,并不意味着人性本恶,而是承认人有善的禀赋,也有恶的倾向。麦卡锡笔下的人物更多是既有善的一面也有恶的一面,即善恶一体。每一个人之为善或作恶只是程度不同而已。无论小说中的人物还是现实中的黎庶,大多既善且恶,善恶兼备,善恶一体。此所谓"金无足赤,人无完人"。

《天下骏马》中的牧场主罗查先生心地善良,不仅让约翰·格雷迪和莱西·罗林斯在他的牧场工作,而且善待所有牧场工人。他们生活在一个和谐美满的大家庭之中。然而,罗查先生在获悉17岁的女儿阿莱詹德拉爱上格雷迪后,竟买通墨西哥警察,让他们将格雷迪秘密抓走,罗林斯也遭受池鱼之殃。二人被投入监狱,经历了生死考验。最后,阿莱詹德拉许诺不再与格雷迪交往,格雷迪与罗林斯方才死里逃生。

作为一部典型的后启示录小说,《老无所依》中两条线索交织而行:一是贝尔警长的心灵之旅,二是从贝尔警长追捕齐格到齐格追杀摩斯再到摩斯的逃亡之旅。这两条线索构成了贝尔警长与齐格的善恶交锋之战。警长代表正义与善,齐格则代表邪恶与非正义。二者推动小说情节的戏剧性发展。摩斯也是一个集善恶于一身的典型人物。他从越南战争归来,本可过平淡的生活。然而,命运弄人,他打猎之际意外发现了黑帮火并的现场,又由于贪婪而将240万美金拿走。就贪婪之心而言,这是一种恶。在与齐格的较量中,警长每一次

[①] 康德:《单纯理性限度内的宗教》,李秋零,译. 北京:中国人民大学出版社,2003年,第15页。

的追捕都晚了一步。当他到达黑帮火并的现场时,一切已发生;当他到达枪战现场时,同样如此。作为警长,贝尔关心摩斯的案件。他说:"如果他遇害了,我就得一辈子活在这件事的阴影里。"①当他追到摩斯住的宾馆时,齐格已杀害了威尔斯,随后又杀了摩斯。警长本欲保护摩斯之妻卡拉·琼,然而未能如愿。在他与齐格的较量中,警长最终一败涂地。从故事情节观之,齐格追杀摩斯,而贝尔警长追捕齐格既是故事情节发展的主线,又是善恶冲突的关键之所在。

作为警长,贝尔代表着善与正义,但他也隐藏了自己人性之恶。他曾是战斗英雄,获得过战斗勋章。然而,事实很有些戏剧性。"二战"时,贝尔所在的一个班在前沿阵地监听敌方的无线电信号,他们躲在一座石头房里,待了两天,外面下着大雨。第二天,贝尔晕倒了,等苏醒过来后,他发现自己和战友们正躺在外面的雨里,又湿又冷,他的耳朵嗡嗡作响,那座石头房也不见了。原来,一发炮弹将房子炸飞了。他听不见雨声,也听不见别的任何声音。他发现德国步兵正从约200米外的树林走出,向他们逼近。此时,他看见了华莱士点三〇枪管,于是,他打完了约0.6米长的子弹带,压制住了德国士兵。然而,天黑以后,他丢下自己那些躺在地上呻吟的兄弟,独自逃走了。假如他留下,德国士兵趁天黑会向他投掷手榴弹,或撤回林子,再呼叫发射一发炮弹。即便选择留下,他也帮不了自己的兄弟。他跟着北斗七星,朝正西方不停地走。天亮后,他就躺在烧焦的树林中。次日夜里,他走到了一个美军阵地。他因此被授予了铜星奖章(Bronze Star Medal)。②提议授给他奖章的是一位上校,贝尔将实际情况全部告诉了上校,并说他不想要那个奖章,但上校警告他说,若

---

① 科马克·麦卡锡:《老无所依》,曹元勇,译. 上海:上海译文出版社,2012年,第138页。
② 铜星奖章于1944年设立,用于表彰在战斗中表现英勇的美军士兵。

他瞎讲,他就得下地狱。他为此背负了愧疚。正因如此,他一直在弥补他所犯之罪。这也成了他一直朝着正义努力前行的动力。

《穿越》中的牛仔帕勒姆四年中三次穿越美墨边境,就是他的善恶之旅,其中充满了他对人生的探索、对时空的思考以及对意义的追问。帕勒姆之所以决定独自将狼送回墨西哥放掉,是"因为它就是从那里跑过来的"[①],那里才是它的家。帕勒姆之善却遭遇了黑暗的灵魂。狼被一名墨西哥警官扣留,警官还将狼卖给了一个庄园主。庄园主为了赚钱,将狼拉进斗场与一批批恶犬搏斗。帕勒姆不忍心让狼再受凌辱,开枪杀了狼。最后,他将狼葬于墨西哥的深山之中,让狼回归它的家园。帕勒姆护送狼回归家园是一种善,他善待动物,善待自然;而将狼作为赚钱工具是一种恶。狼之死也说明在善恶冲突之中,善终将战胜恶。

人类从动物进化而来,这一事实决定了人类永远也摆脱不了其动物性。在有限的个体生命中,人既有向善的愿望,也有一种黑暗的冲动,于是,善恶就在人的心灵中摩擦、冲突与斗争。在《看果园的人》中,希尔德和奥恩比也是善恶一体的。希尔德为了自卫杀死了约翰·韦斯利的父亲,然后将尸体埋于奥恩比的果园内。奥恩比知道此事后,并未报警,而是帮他伪装现场,包庇希尔德的杀人罪。后来,14岁的韦斯利跟随希尔德,他们不仅成了好朋友,而且希尔德关心照顾韦斯利的程度超过其亲生父亲。按理说,希尔德是韦斯利的杀父仇人,是有罪之人,然而,他与韦斯利如同父子一般。1920年美国政府颁布禁酒令,1933年被废止。希尔德在这段时间内因贩卖私酒而被监禁3年,但他并不悔罪,他认为那是因为政府禁酒,他才做了一些不合时宜的事情而已。韦斯利欲为之报仇,但希尔德告

[①] 科马克·麦卡锡:《穿越》,尚玉明,译.重庆:重庆出版社,2011年,第78页.

诉他，警长抓违法之人，乃其工作和职责。他关心韦斯利，希望他成为一个了不起的人。希尔德是一个寓言式的人物，其经历反映了美国 20 世纪初的历史与文化，也是现代人对美国历史的反思。《沙崔》中的哈罗盖特是一个流浪汉，因偷西瓜而被关进劳动营。他在此结识了沙崔，出来后，他就跟随沙崔来到了诺克斯维尔，穴居涵洞，过上了"城市老鼠"的生活。他想挣快钱，如用药毒死蝙蝠以获取政府奖金、挖地道去盗窃银行，可每次都以失败告终。善恶时刻博弈，善恶随时都处于矛盾与冲突之中。善恶博弈有助于人的本性的社会显现。①对立统一的善与恶贯串麦卡锡的小说。善恶，形影相随、相反相成、相生相克。善恶是人性的两个方面，恶中有善，善中有恶，善恶互相依存、互相转化，由此构成了丰富多彩的人生与悲喜交织的人间万象。正如维克多·雨果（Victor Hugo, 1802—1885）在《〈克伦威尔〉序言》(Preface to Cromwell, 1827) 中所言：

  生活有两种：一种是暂时的，一种是不朽的，一种是尘世的，一种是天国的。它还向人指出，就像他的命运一样，人也是二元的，在他身上，有兽性，也有人性，有灵魂，也有肉体；总而言之，人就像两根线的交叉点，像连接两条锁链的一环，这两条锁链包罗万象，一条是有形物质的系统，一条是无形存在的系统，前者由石头一直到人，后者由人开始到上帝。②

---

① Delgado, Jose M. *Physical Control of the Mind: Toward a Psychocivilized Society*. New York: Harper and Row, 1969, p. 97.
② 维克多·雨果：《〈克伦威尔〉序言》，柳鸣九，译，《雨果论文学》，北京：人民文学出版社，1980 年，第 26—27 页。

三

善恶虽是一体的,但也可以相互转化。恶可催生善花。恶中有善,指在作恶的过程中有善或有利他的元素,这不仅可减轻作恶的程度,也可使作恶之人向善的方向发展。恶的行为虽然引发人们的痛恨,却可能引起人们的怜悯与同情。[1]在麦卡锡的笔下,绝大多数人物都是善恶一体的,许多人物在行恶之时,也有向善之举或向善之心。

人性并不像人们传统上认为的那样非善即恶,而是善与恶的混合体。也就是说,人都是既善亦恶、善恶并存的。人类文明要进步和发展,就必须抑制人性之恶,而弘扬人性之善。这也如佛家所言,生而为人,当心存善念。人从动物进化而来,人的动物性决定了人有恶的倾向;然而,人也具有向善性,不断追求善与完善自我。善与恶冲突,善最终战胜恶,于是,人便可摆脱恶而走向善。

在《血色子午线》中,那个从孩子到少年再到男人的主人公,无名无姓,大字不识。他从小丧母,14岁离家闯荡,常与人打架。少年骨子里养成了对盲目暴力的嗜好。动拳头、抢瓶子、使刀子,"他感到自己维护了人类的力量"[2]。他加入美国军事阻挠队后,前往墨西哥。首次出师便遭受科曼奇人致命的袭击。随后,他又加入了头皮猎人队伍——格兰顿帮。这支队伍由罪犯、老兵、墨西哥人和印第安

---

[1] Roe, Fremstedal. *Kierkegaard and Kant on Radical Evil and the Highest Good: Virtue, Happiness, and the Kingdom of God*. New York: Palgrave Macmillan, 2014, p. 45.

[2] 科马克·麦卡锡:《血色子午线》,冯伟,译. 郑贤清,校. 重庆:重庆出版社,2013年,第2页。

人组成。他们与州长达成协议，猎杀印第安人，以头皮换取黄金。协议终止后，在占领尤马渡口时，他们遭到重创，或死或伤，少年逃脱后就离开了格兰顿帮。在小说最后，28年后，已成男人的主人公在蜂巢酒馆被霍尔顿法官所杀。至此，除法官外，格兰顿帮中的所有成员被暴力吞噬。正所谓"祸福无门，唯人自召。善恶之报，如影随形。"（〔宋〕李昌龄《太上感应篇》）波德莱尔（Charles Pierre Baudelaire，1821—1867）曾以独特的视角来看待恶，他认为恶具有双重性，要得到真正的善，必须从恶中进行挖掘，采撷恶之花就是在恶中挖掘出善的希望。

少年参加了格兰顿帮几乎所有的暴行。从法律观点言之，他不是主犯，只是从犯而已。细读文本，我们便发现少年在恶背后的另一面。最初，少年视暴力为生存的手段，打架伤人，杀人放火，冷漠无情，不知善恶。然而，加入格兰顿帮后，少年在人生的道路上逐渐地成长了起来。格兰顿帮杀人，他们内部也自相残杀。与格兰顿帮其他成员的相互敌视与冷酷无情相比，少年还留存一点儿善心。在屠杀阿帕契人的战役中，同伙大卫·布朗大腿上扎了一支箭，连翎带杆，医生不愿帮他，霍尔顿法官、格兰顿以及帮中其他人都不肯帮助他。他们要么看往别处，充耳不闻；要么看着布朗，不置可否。此时，少年自告奋勇地帮布朗将箭头和箭杆拔了出来。同伴迪克·谢尔比受伤后，格兰顿命少年杀之。少年不忍而将他挪到树丛下，还将谢尔比的水壶灌满，然后才骑马而去。尤马渡口战役后，在逃亡路上，泰特的马受了伤，马蹄叉裂开，流着血，马走不动了。于是，少年建议两人轮流骑一匹马，一同前行。前牧师一再鼓动少年开枪杀了法官，因为法官没有任何武器。然而，少年不愿杀之。后来，法官杀了其他同伴，得到了两支来复枪。法官一路追踪而来，少年还有数次机会射杀法官，但他都不忍心开枪杀人。正如法官对少年所言，"你没有寻常杀手的心。我一个小时内两次从你的准星前经过,还会有第三次。……你不是杀手……你的内心构造中有一处缺陷。……唯独你一人在灵魂的某个角落对异教徒心存慈悲"①。少年之恶固然存在,但他对同伴的同情与怜悯就是一种向善的力量,他的不忍之心也将他从恶中超拔出来,使他最终得到了救赎。

少年长大成人后,放弃了血腥和暴力。他仍在美国西部游荡,从事各种行当。他从一处旅行到另一处,偶尔也与人同行。他年纪不大,但一般人对他都有敬重之心。他已有一匹马、一支左轮手枪、一套基本装备。他还随身带着一本《圣经》,虽然他一个字也不认识。他身着简装,有人将他当作一个布道者。然而,美国西部的暴力一如既往地发生。在旅途中,他仍时常见到有人被枪打死、被刀砍死、被绳索勒死,他还看见有人为女人争风吃醋而决斗身亡。他28岁那年春天,一队忏悔者被砍死在岩石中,随后,他环顾这凄凉而悲惨之地,在岩石中间的小壁龛中目见了一个老妪,她身披褪色的长围巾,独自直直地跪在地上。他过去对她低声说话,告诉她他是美国人,已远离了自己的出生地,没有家人,游历过许多地方,见过许多事物,参加过战争,也受过诸多磨难与艰辛。他还告诉老妪,他要送她到一个安全之处,送她回到自己同胞的住处,因为他不能把她丢下,否则她会死的。主人公从少年到男人的成长过程就是他从恶向善的过程,在经历了诸多血雨腥风之后,他逐渐相信道德、秩序、意义、伦理、仁慈的转换力量。②他对老妪的态度说明他早已忏悔,愿以有罪之身去赎罪,去帮助那些需要之人。在他的倾诉中,也有一种

---

① 科马克·麦卡锡:《血色子午线》,冯伟,译. 郑贤清,校. 重庆:重庆出版社,2013年,第333页。
② Frye, Steven. *Understanding Cormac McCarthy*. Columbia: University of South Carolina Press, 2009, p. 87.

对家的渴望。在美国西部，暴力是与男性相联系的，而与基督教文化相关联的女性则象征和平、怜悯、自在与善良。①然而，在西部这片土地上，他注定是无家可归的，因为老姬只是一个干枯的空壳，已死亡多年。他最终被霍尔顿法官杀死，以死来对抗法官所宣扬的暴力学说。其死也反映了他人生中的一种选择，即他放弃暴力与邪恶，而选择善良与悲悯。他这种可被毁灭却不能被打败的勇气以及他的向善之心，使他完成了人生的蜕变，从邪恶走上了向善之路。这正是麦卡锡所弘扬的人性精髓之所在。

在《日落号列车》中，主人公黑人因小事而与另一个黑人发生口角，进而暴力相向。他的内脏被刺出，缝了280针；而另一人则失掉了一只眼睛，只能歪着脑袋走路。在这个剧本小说中，主人公对此事本不愿提及，但因为在救白人教授后，白人教授数次欲离开房间而去，为了挽留之，黑人才道出他被捕入狱这段不堪回首的往事。黑人之救人乃其从恶向善的一种初心。《上帝之子》有一种荒凉的、神话般的特质②，也有一种深刻的悲剧感。麦卡锡描绘人类生活中最污秽的阴暗角落，旨在探究罪恶的本质，探讨人性堕落的根本原因。巴拉德偷窥、杀人、恋尸、奸尸等，他的所作所为挑战了人类社会的底线。然而，他的犯罪是在他被文明社会拒斥之后，即在他家的土地与房产被政府拍卖之后。同时，教堂的大门也将他拒于千里之外。巴拉德走进六英里镇的教堂，人群中迅速响起了一片窃窃私语，牧师也停止了布道。巴拉德感觉自己也被上帝抛弃了。加里·M. 克拉巴（Gary M. Cluba）在《现代南方小说中的欲望、暴力和神性》

---

① Slotkin, Richard. *Regeneration through Violence*: *The Mythology of the American Frontier, 1600—1860*. New York: Harper & Row, 1996, p. 874.

② Cant, John. *Cormac McCarthy and the Myth of American Exceptionalism*. New York: Routledge, 2008, p. 22.

(*Desire, Violence & Divinity in Modern Southern Fiction*, 2007) 中较为透彻地分析了巴拉德犯罪的三大原因。一是家庭原因。巴拉德 9 岁时母亲弃家出走，13 岁时父亲上吊自杀。他从此成了孤儿。他因缺乏母爱而仇恨女人，进而进行报复，母亲离家出走使他难以与女性正常交往，因此，他将女性杀死后摆放在家中。因父亲自杀而亡，巴拉德杀人以获得自我愉悦。二是社会原因。政府将巴拉德的土地与家产拍卖，使他无立足之地。在拍卖现场，他被人用斧头打成歪脖，又被人诬告强奸而入狱 9 天。当他进入教堂时，牧师和教徒都视他为异类和怪物。三是美国南方的性别文化。在传统的南方文化中，男性掌握话语权，而女性成为被凝视的对象。然而，作为男性的巴拉德由于家庭和社会等原因而成了弱者。他被视为疯子，处处遭人讽刺与嘲笑，他的心理逐渐变态。他或将女人作为他凝视的雕塑来崇拜，或将女人作为可强奸的尸体来亵渎。[①]他本身就是一个被文明和社会抛弃之人，是值得同情和悲悯之人。在他的内心也有柔软之处：

> 他走到一片空地，一只知更鸟飞过。跟着又有一只。它们高举翅膀，轻快地从雪地上掠过。巴拉德看得更仔细了。一棵雪松下一群知更鸟正挤在一起。见他靠近，它们三三两两地夺路而走，耷拉着翅膀在雪壳上蹦蹦跳跳，蹒跚而行。巴拉德追着它们跑，它们鼓动着翅膀，纷纷躲避。他跌倒在地，爬起来又继续追着跑，嘴里还哈哈大笑。他逮到了一只，将它捧在手心里，羽翼

---

① Cluba, Gary M. *Desire, Violence & Divinity in Modern Southern Fiction*. Louisiana: Louisiana State University Press, 2007, p. 179.

丰满的身躯透着温暖，一颗心脏就在那里面跳动。①

知更鸟是美丽与善良的象征，且这些知更鸟所在的背景是洁白的雪地。知更鸟的象征意味就更浓了。巴拉德被迫从文明走向荒野，从人变成兽，这种"逆向进化"是美国南方工业文明、商业化和城市化所造成的结果。此时，当面对雀跃的知更鸟时，巴拉德心中应是美好而善良的。他追赶它们，跟着它们跑来跑去。这种场景体现出天地间人与自然的一派和谐融洽。他跌倒了，爬起来继续追赶，还大笑不已。他就像儿童般嬉戏，开心而快乐。他抓住一只知更鸟，他感受到了那颗心脏的跳动，这是生命的律动，如同人类的心一样。此时，巴拉德不再是人们眼中那个坏人，而是一个天真无邪的人，颇有些"复归于婴儿"（〔春秋〕老子《道德经》）的状态。

在麦卡锡的许多小说中，主人公都逃离家庭，如《看果园的人》中的韦斯利、《沙崔》中的沙崔、《血色子午线》中的少年、《天下骏马》中的格雷迪和罗林斯、《平原上的城市》中的帕勒姆等，他们都竭力摆脱工业文明对其生活的影响，然而，《上帝之子》中的巴拉德迫切地要回归家庭，融入文明社会。他偷窥年轻男女，以满足自己的情感需要；他偷窥买下他家的格里尔老人，以满足获得一个家的愿望。他将那些女尸摆放成家中的生活场景，制造出一种家的幻象。虽被社会拒斥和驱逐，但他希望回归社会，向往社会秩序。他一次又一次失去自己的"家"，却又不断地重建自己的家园。具有讽刺意味的是，巴拉德"从未遭到任何罪名的指控"②。他死后被送往医学院进

---

① 科马克·麦卡锡：《上帝之子》，杨逸，译. 郑州：河南文艺出版社，2020年，第79—80页。
② 科马克·麦卡锡：《上帝之子》，杨逸，译. 郑州：河南文艺出版社，2020年，第201页。

行解剖，最后被葬在城外的公墓。他终于有了一个属于自己的永恒之家。毕竟，巴拉德也是"一个上帝的孩子，多半和你一样"①。

马克斯·韦伯（Max Weber，1864—1920）发现，世界上有两种文明，即悲剧文明与非悲剧文明。悲剧文明面对两个世界，即彼岸世界与此岸世界。前者为上帝所创，十全十美；后者则充满罪恶，并不完美。人们以彼岸世界来否定甚至超越此岸世界，因此，他们不断改进和完善，走向崇高与美好。而非悲剧文明只有此岸世界，这世界充满罪恶，于是，人们只有在罪恶的泥沼里打滚。出人意表的是，悲剧文明的发展却并非悲剧，而非悲剧文明成了彻底的悲剧。显然，美国西部的工业文明属于韦伯所谓的悲剧文明。在这场悲剧之中，有火光照亮世界，人类就有了光明和希望。《血色子午线》的结尾甚是神秘，却也极富启示性：

> 黎明中，一个人在平原上行进，一边行进一边在地上凿出洞来。他把有两个把手的工具插到洞中，用钢铁点燃洞中的石头，一个接一个，把上帝放在岩石中的火击打出来。他身后的平原上是寻找骨头的漫游者和不寻找骨头的人……他在洞中击打出火花，取出钢铁工具。然后他们全部继续前进。②

在洞中击打出的火花，就如《路》中男孩所携带的火种一样，给人类带来的是光明和希望。能击打出火花之人，能携带火种之人，就是普罗米修斯般的天人。在人类薪火相传的历史之中，星星之火可

---

① 科马克·麦卡锡：《上帝之子》，杨逸，译. 郑州：河南文艺出版社，2020 年，第 2 页。
② 科马克·麦卡锡：《血色子午线》，冯伟，译. 郑贤清，校. 重庆：重庆出版社，2013 年，第 374 页。

以燎原，这星火点燃的就是人类的希望之火与生命之火。雨果曾说："最后他还要指出人类的尊严，让大家看到不论人是如何绝望和堕落，上帝还是在他的深处埋下了火种，从天上吹来一口灵气总能使它复燃，灰烬总不能把它埋藏，污泥总不能使它窒息——这就是灵魂。"[1]

---

[1] 维克多·雨果：《〈光与影集〉序》，柳鸣九，译.《雨果论文学》，北京：人民文学出版社，1980年，第121页。

第五章 麦卡锡小说死亡书写的科学人文主义

死亡是哲学之源,也是文学书写最重要的主题。如果说没有死亡则没有哲学,那么没有死亡也就没有文学。文学中的死亡主题,是对人生的价值、生命的意义以及人性尊严的终极探寻。很多知名作家都关心死亡或与死亡相关的主题,莎士比亚、弗兰兹·卡夫卡(Franz Kafka, 1883—1924)、海明威、托尔斯泰、索尔·贝娄(Saul Bellow, 1915—2005)、阿瑟·米勒(Arthur Miller, 1915—2005)、约瑟夫·海勒(Joseph Heller, 1923—1999)、爱德华·阿尔比(Edward Albee, 1928—2016)、托妮·莫里森(Toni Morrison, 1931—2019)和西尔维亚·普拉斯(Sylvia Plath, 1932—1963)等无一不书写死亡;伟大的作品也无一不对死亡进行深刻的哲思。普拉斯说,死是一种艺术;菲茨杰拉德(Francis Scott Fitzgerald, 1896—1940)说,所有生命是一个毁灭的过程。死亡于人类而言,就是一个斯芬克斯之谜(Riddle of Sphinx)。如果说哲学追问人为何会死,那么,文学则既追问死亡之因,又探索死亡之美。有论者说:"文学真正的诞生地是死亡,没有死亡,就没有文学。"[①]

[①] 殷国明:《艺术家与死》,广州:花城出版社,1990年,第8页。

第一节　麦卡锡的死亡意识及死亡书写

麦卡锡是一个极具死亡意识的作家，其小说主题多与死亡相关。他对死亡的描写表现出他独特的死亡观以及他对死亡的哲思。他受到西方死亡哲学的影响，尤其是弗洛伊德、怀特海和罗素等从科学立场去思考死亡的哲学。可以说，死亡是麦卡锡小说中最重要的主题。他在小说中对各种暴力导致的死亡的描写，就是对死的本能的文学书写，也是他用文学的形式对死亡进行的深刻思考。他通过书写死亡而直面死亡，也通过对死的本能的书写来揭示人生与人性，探索人生的价值和生命的意义。

一

若将死亡意识视为一种能指（signifier），那么，它指的是人对死亡的认识与体验。这是每一个生命个体皆有的意识。若将死亡意识作为一种所指（signified），那么，它具有不同的主体性，也就是说，不同个体的死亡意识是各不相同的。死亡意识本是心理学术语，而在作为人类精神领域的文学中，死亡意识始终是最为永恒的主题之一。麦卡锡不喜欢那些不论及生死的作家，甚至认为他们的作品算不上是文学。"他主要书写的是普通人如何摆脱死亡的恐惧去寻找生命的意义，因此他对死亡的书写也具有现实的真实性，是对人生的一种思考方式。"①

---

① 李碧芳:《科马克·麦卡锡南方小说研究》,厦门:厦门大学出版社,2018年,第136页。

第五章 麦卡锡小说死亡书写的科学人文主义

从人类的历史观之，死亡意识贯串人的整个生命过程，因此，海德格尔认为人是向死而生的存在。死亡意味着认识有限的存在，正是由于人的生命有限，死亡才不断威胁甚至毁灭人类的价值，这些威胁与毁灭才使生命的价值弥足珍贵。死亡意识源于生命意识，人皆能感知自己的死亡，也能无限切近自己之死。因此，死亡是可知的。西方人的死亡意识的形成始自中世纪。基督教的"原罪—赎罪—死亡—永生"观念渗入他们的生命意识，灾难与不幸导致死亡，此乃人们进入来世的幸福天堂或得到精神永生的必由之路。这种死亡观一直影响西方人。自古以来，文学作品便描写各种各样的死亡以及死亡的心态。比如，莎士比亚悲剧以主人公之死告终，主人公最终获得精神的升华与永生。死亡一直是困扰麦卡锡的一个重大问题。他喜欢麦尔维尔、陀思妥耶夫斯基、乔伊斯和福克纳这些有着强烈死亡意识的作家，而不理解亨利·詹姆斯（Henry James, 1843—1916）和马塞尔·普鲁斯特（Marcel Proust, 1871—1922），甚至认为这些作家很是奇怪，因为他们不关注生死。

在文学史上，许多极具死亡意识或死亡情结的作家都亲身经历过诸多死亡事件。海明威亲历战争的死亡威胁，其笔下唯一的主题就是死亡，最后，他也以自杀作别了人世。艾米丽·狄金森（Emily Dickinson, 1830—1886）从小经历至亲之死、挚爱之亡，其1800首诗歌中有三分之一都关乎死亡。爱伦·坡以其独特人生经历形成独特的死亡美学——美人之死。麦卡锡的死亡意识源自他所生活的时代。他生于1936年，见证了第二次世界大战、朝鲜战争（Korean War, 1950—1953）、越南战争、海湾战争（Gulf War, 1990—1991）、科索沃战争（Kosovo War, 1999）、阿富汗战争（Afghanistan War, 2001—2014）、伊拉克战争（Iraq War, 2003—2011）、利比亚战争（Libyan War, 2011）等。他本人家庭幸福，并未经历过刻骨铭心的死亡，因此，他的死亡意识更多来自他所生活的时代和社会，尤其是上述战争中有关死亡的惨烈景象，激发了他强烈的创作欲望。

死亡意识使麦卡锡努力探索生命的终极意义和灵魂的永生。受基督教观念的影响，他将人类救赎的希望寄托于彼岸世界。死亡是现世生命的终结，又标志着生命在彼岸世界的新生与永恒，此乃麦卡锡的小说中与死亡主题相呼应的救赎主题。麦卡锡描写死亡，实际上是他在对现世的绝望中探寻生命永生的希望。T. S. 艾略特的《荒原》(*The Waste Land*, 1922)借用繁殖神的神话与渔王故事表达生命如何经由死亡走向新生。福克纳的《喧哗与骚动》(*The Sound and the Fury*, 1929)通过描写昆丁的自杀，表达对死亡的超越，使死亡转化为精神永生的愿望。波德莱尔的《恶之花》(*Les Fleurs du mal*, 1857)描写死亡却在探寻灵魂的永生。

《天下骏马》中的格雷迪曾梦见被枪杀的布莱文斯来到他身旁坐下，他们谈论死亡来临时是何种光景，布莱文斯说死亡根本没有感觉。格雷迪想若布莱文斯的幽魂常入梦，他就会永远消失，成为死者中的一员。死亡并不只是生命的终结，人生始终笼罩在死亡的阴影之中，格雷迪在这里感受到的是死亡带来的恐惧与焦虑。《穿越》中的帕勒姆遇见一个认识的人。当获知帕勒姆弟弟和女孩都已死时，那人说："对于死神选择的每一个人来说，另一个人只是一种缓刑。"[①]死亡是存在的主要状态，生命只是死亡的分支而已。麦卡锡借小说人物说出了他的死亡意识及死亡观：

人们认为死亡的选择是不可思议的，但是我们所做的每一

---

① 科马克·麦卡锡：《穿越》，尚玉明，译. 重庆：重庆出版社，2011年，第409页。

第五章　麦卡锡小说死亡书写的科学人文主义　　　187

件事都导致了一种结果，因而引起了新的选择。所以人类促成了自身的死亡，正如他们促成了命运的一切一样。……当人降生之时，他的结局已经注定，别无可能。终了之时，人会努力越过所有的障碍向死亡迈进。……人类是在寻求自己的死亡，不管这条路是多么曲折和隐秘。①

这与西方哲学家对于死亡的思考与论述相似。叔本华说人生是被拦阻了的未即死亡②；卡尔·雅斯贝尔斯（Karl Jaspers, 1883—1969）曰，我们是处于死刑缓期执行时期的人③；海德格尔云，"作为向其死亡的存在者，此在实际上死着"④；让-保罗·萨特则说，我们是要死的自由的人⑤。

《穿越》中吉卜赛头领的故事也体现了生与死的关系。吉卜赛头领还是孩子时就跟着父亲在美国西部城市的街道上穿行，捡拾垃圾。有时他们发现一些旧照片，既无人认领也无人购买。他从这些照片上的面孔去探寻某种秘密——关于他们的死亡。宋朝的赵蕃（1143—1229）《悼亡》："死别生难见，生离死会逢。"那些肖像只是对还记得他们的人有价值。死者的力量很大，尤其是对相信他们的人而言。"那些死者所退出的是他们自己，不是这世界，但也仅仅是

---

① 科马克·麦卡锡:《穿越》,尚玉明,译. 重庆:重庆出版社,2011 年,第 409 页。
② 叔本华:《作为意志和表象的世界》,石冲白,译. 北京:商务印书馆,1982 年,第 426 页。
③ 中国科学院哲学所西哲史组编译:《存在主义哲学》,北京:商务印书馆,1963 年,第 191 页。
④ 马丁·海德格尔:《存在与时间》,陈嘉映、王庆节,译. 北京:生活·读书·新知三联书店,1987 年,第 310 页。
⑤ 让-保罗·萨特:《存在与虚无》,陈宣良等,译. 北京:生活·读书·新知三联书店,1987 年,第 701 页。

这世界在人们心中的写照。……这世界是不可能被解除的,因为不论以何种形态它都是永恒的,就像是所有存在于其中的事物一样。"①文化人类学家卢西恩·列维-布留尔(Lucien Lvy-Bruhl, 1857—1939)曾说:"人尽管死了,也以某种方式活着。死人与活人的生命互渗,同时又是死人群中的一员。"②

死亡虽是残忍的,但《老无所依》中卡拉·琼之死自有一种美丽。英国意识流作家弗吉尼亚·伍尔夫(Virginia Woolf, 1882—1941)曾说,死亡是一种挑战,也是一种拥抱。可见,在文学世界中,主人公之死或作家之死,已不仅是现实层面上的生命终结,而且是生命在超越现世的形而上意义上的不朽与永恒。因此,文学中的死亡意识欲探究的终极意义,不是人在现实世界中的绝望、颓废和沉沦,而是如何超越西方文明世界的罪恶,经由死亡实现生命意义的永恒。正如拉宾德拉纳特·泰戈尔(Rabindranath Tagore, 1861—1941)所说,"我将死了又死,以明白生是无穷无竭的"。(《飞鸟集》第281首)

二

明朝袁凯的《短歌行》曰:"海水不复回,日月肯相待?日月不相待,自古皆死亡。死亡不能免,安有却老方。"死亡作为生命无法逃避的必然归宿,既是哲学家苦思冥想的斯芬克斯之谜,也是古今中外文学作品试图表达的永恒主题。人类文学史上有诸多文学家都对死亡表现出浓厚的艺术兴趣,赋予死亡诗意的反思,探索死亡所呈

---

① 科马克·麦卡锡:《穿越》,尚玉明,译. 重庆:重庆出版社,2011年,第444页。
② 列维-布留尔:《原始思维》,丁由,译. 北京:商务印书馆,1981年,第298页。

现出的形上的哲学意蕴。死亡意识通过文学作品中一个又一个的死亡意境来表现，逐步拓展和深化。古希腊的埃斯库罗斯（Aeschylus，约公元前525—公元前456）、索福克勒斯（Sophocles，约公元前496—公元前406）、欧里庇得斯（Euripides，公元前480—公元前406），德国的歌德（Johann Wolfgang von Goethe，1749—1832），中国的屈原（约公元前340—公元前278）、汤显祖（1550—1616）、曹雪芹（约1715—约1763）等无不是利用死亡叙事使其作品成为永恒的经典。德国作家亨利希·T.伯尔（Heinrich T. Böll，1917—1985）曾说，死亡与艺术家如影随形。约翰·多恩（John Donne，1572—1631）的诗歌蕴含深刻的死亡主题，仅其《歌和十四行诗》（Songs and Sonnets，1601）中的55首爱情诗中就有一半以上与死亡有关，更不用说其宗教诗、祷告和布道文中对死亡的描写了。19世纪末英国唯美主义大师王尔德的童话集《快乐王子及其他》（The Happy Prince and Other Tales，1888）和《石榴之家》（A House of Pomegranates，1891）弥漫着死亡的气息，有着对死亡异乎寻常的关注，但死亡在他的童话中丝毫不见血腥与残暴，反而成了表现美的最佳形式。对王尔德的童话进行细致梳理，我们发现他将死亡审美化的倾向源自他对唯美主义理想的追逐和对永生的渴求。因此，王尔德死亡美学的本质是生存美学，是以自由精神对抗理想的陨落与侵蚀、超越死亡带来的恐惧和困顿。在萧红（1911—1942）的《生死场》和《呼兰河传》中，人物一个接一个死去。迟子建（1964— ）作品的常见主题也是死亡。"四卷本《迟子建文集》收小说39篇，直接写到死亡的竟有29篇之多。"[①]仅《树下》一篇作品，以死亡做结束的就有15人之多。从迟子建创作之初到当下，从《沉睡的大固其

[①] 方守金：《北国的精灵——迟子建论》，哈尔滨：黑龙江人民出版社，2002年，第65页。

固》到《额尔古纳河右岸》《白雪乌鸦》,死神始终在其作品中留下足迹。

在书写死亡主题方面,麦卡锡曾被学界公认为海明威唯一的继承者。海明威在《死在午后》(*Death in the Afternoon*, 1930) 中说:"所有的故事,要深入到一定程度,都以死为结局,要是谁不把这一点向你说明,他便不是一个讲真实故事的人。"①海明威的短篇小说集《我们的时代》(*In Our Time*, 1925) 中有枪毙、绞刑、自杀、打斗致死、斗牛致死等;其长篇小说《永别了,武器》(*A Farewell to Arms*, 1929)、《太阳照样升起》(*The Sun Also Rises*, 1926) 和《丧钟为谁而鸣》(*For Whom the Bell Tolls*, 1940) 中有战争致死、难产致死等。在麦卡锡的阿巴拉契亚系列小说中,《外围黑暗》从一开始就笼罩在死亡的阴影之中:三个歹徒穿行于丛林之中,随时都可能给他人带来死亡。小说中,他们似乎紧跟在库拉身后,因为凡是库拉接触过的人都被他们杀死,如用镰刀杀死训斥库拉的地主、用刀刺死农场主等。《上帝之子》中的死亡则是巴拉德的来复枪造成的。他枪杀车中男女和拉尔夫的女儿,最后,人们在巴拉德曾住的洞穴中发现了七具女尸。死亡也是《沙崔》的主题,整部小说都弥漫着死亡的气息。沙崔在田纳西河上捕鱼时,一男子跳河而死。随后是几乎溺水而死的婴儿、沙崔儿子之死、被藏匿家中的老人之尸、沙崔屋中不明来历之尸、沙崔女友旺达之死、沙崔在大烟山所见的儿童坟墓、沙崔诸多好友之死以及他自己所经历的数次死里逃生等等。沙崔迷恋"时空和死亡之谜"②,因此,他常游走于知识的边缘,也迥异于世

---

① 欧内斯特·海明威:《死在午后》,金绍禹,译.上海:上海译文出版社,1999 年,第 122 页。
② McCarthy, Cormac. *Suttree*. London: Picador, 1989, p. 376.

俗之人。正是死亡意识，才使沙崔思考人生的意义，追求生命的价值。最后，他从死亡中顿悟，从而摆脱了死亡的阴影，走向了新的生活。

在麦卡锡的西部小说和边疆小说中，《血色子午线》的死亡主题可谓前无古人，后无来者了。美国文学批评家哈罗德·布鲁姆虽推崇《血色子午线》，但他前两次也无法卒读，因为该小说中的血腥、杀戮和死亡确实恐怖至极。[1]因此，可以说死亡就是这部小说唯一的主题。《血色子午线》以少年的人生历程为主线，以他所经历的杀人或死亡见证为主题展开。主人公无名亦无姓，在从孩子到少年再到男人的短暂人生中，他加入美国军事阻挠队后，随即前往墨西哥。他们行进在墨西哥的荒野和沙漠上，"死亡是这片土地最显著的特征"[2]。不久，他们遭遇了科曼奇人的袭击。他们全副武装，人手一支来复枪，很多人还有五发的柯尔特小口径左轮手枪。军队首领是一个上尉，他还有一对龙骑兵手枪[3]。科曼奇人只有弓箭、长矛之类的冷兵器。美国军事阻挠队虽有先进的枪械，却难以招架科曼奇人的死亡攻击。结果这支军事阻挠队反被印第安人阻挠而宣告失败。与怀特部队和科曼奇人之战相比，格兰顿帮对奇拉阿帕契人的屠杀则更加血腥、更加残酷。格兰顿帮也见人就杀，凡他们经过之处，都变成废墟。如果说格兰顿帮屠杀奇拉阿帕契人是一场巨大的胜利，那么，他们与尤马人之战则以惨败而告终。在尤马渡口战役的第一

---

[1] Bloom, Harold. *Modern Critical Views*: *Cormac McCarthy*. Philadelphia: Chelsea, 2009, p. 99.
[2] 科马克·麦卡锡：《血色子午线》，冯伟，译. 郑贤清，校. 重庆：重庆出版社，2013年，第 54—55 页。
[3] 塞缪尔·柯尔特曾发明许多型号的转轮手枪，1848 年他研制的柯尔特 M1848 龙骑兵型转轮手枪乃其中之一。这款手枪火力强、威力大，当时被尊为"猛龙手枪"。此乃美国西部文化的经典符号之一，曾助美国开拓西部边疆。

个回合中，尤马人惨遭失败。他们向渡口发起进攻，而格兰顿帮居高临下，向他们发射榴弹炮。顿时，许多尤马人被杀。后来，尤马人再次袭击渡口。他们完胜格兰顿帮，也终结了格兰顿帮猎杀的历史。尤马人杀向美国人的防御工事，进入营房，挨个地杀。霍尔顿法官见势不妙，带着白痴赶紧逃窜而去。"天作孽，犹可恕；自作孽，不可活。"（〔周〕《尚书·太甲》）在这场战役中，格兰顿帮几乎全军覆没。在美国西进运动中，约有100万印第安人被杀，其中许多印第安人死在头皮猎人的刀枪之下。小说结尾处，即28年后，少年成长为男人，最终在酒店被霍尔顿法官所杀。至此，格兰顿帮唯一存活的只有霍尔顿法官一人。

《天下骏马》以格雷迪外祖父的葬礼开篇，以老用人阿布艾拉的葬礼做结束。这颇似《安娜·卡列尼娜》（*Anna Karenina*, 1877）中的死亡描写：小说开始时，安娜在圣彼得堡火车站遇见沃伦斯基，当时一名铁路员工卧轨自杀；结尾时，安娜扑向一列火车，了结其绝望的生命。首尾遥相呼应的死亡似乎有些偶然，但正是这种死亡呈现出一种艺术之美，从而使人掩卷遐思。在《天下骏马》中，格雷迪的外祖父开创了自家的牧场，其死意味着西部牧场的终结。在文学作品中，葬礼极具文化意蕴，逐渐演化为一种意象、一种符号或一个转折点。在基督教、佛教抑或伊斯兰教中，葬礼都赋予逝者生存结构的转换，即从现世到彼岸的转换。葬礼意味着逝者现实生活的完结，是其另一个世界之始。小说首尾的两次葬礼形成一个死亡循环：外祖父的葬礼既标志着牧场生活的结束，也标志着格雷迪远走他乡之始；阿布艾拉的葬礼是格雷迪首次逐梦行动的结束。在格雷迪追逐梦想的过程中，爱情破碎，朋友被杀，兄弟退出。暴力肆虐、罪恶横行，与旖旎的自然风光形成强烈反差，这更是对他内心美好西部的彻底颠覆。这也是格雷迪新一轮远行的开始。这种循环使格雷迪的求索之路仿佛进入了一个无限循环的迷宫。

死亡这一主题贯串了《穿越》,如猎杀动物、仇杀等。麦卡锡描写了埃科尔斯瓶中盛着风干的动物内脏:

> 这些瓶子罩着蜘蛛网伫立在尘灰里,而从窗户上送进来的天光,把这间小室连同它的化学器皿一道制造成恍如一座奇异教堂的感觉。①

麦卡锡声讨人类屠杀动物的罪行,批判人性的贪婪与残酷。同时他又富含哲理地指出,死亡是所有生命和整个自然的终结,也是另一个世界的开始。

《平原上的城市》的主题是一对有情人因爱而亡的故事。格雷迪对墨西哥妓女玛格达莱娜一见钟情。在为她赎身遇阻后,格雷迪计划让玛格达莱娜偷越国境,进入美国。不幸的是,玛格达莱娜被杀害了。格雷迪虽为爱人报了仇,杀死了仇人,但自己也身受重伤而亡。

《老无所依》从头至尾都笼罩在死亡的阴影之中。冷血杀手齐格、老警长贝尔和越战老兵摩斯之间展开了一场又一场的生死较量。在黑帮的毒品交易现场,只见数具尸体横陈。摩斯在拿走黑帮的毒资后,被迫踏上了逃亡之路。杀手齐格追杀摩斯,而贝尔警长则在追捕齐格。在这种旅程叙事中进行,齐格杀人无数后,又将追杀他的杀手卡森·威尔斯杀死。最后,齐格不仅杀了摩斯,还杀了摩斯无辜的妻子卡拉·琼。警长一路追踪,但齐格仍逃之夭夭。齐格代表死神,他有一套不可理喻的杀人逻辑——抛硬币杀人。人的生死似乎就是一场游戏,生与死全靠一枚硬币来决定。判定生死并非权威,亦非

---

① 科马克·麦卡锡:《穿越》,尚玉明,译.重庆:重庆出版社,2011年,第18页。

因果逻辑,而是一个游戏的结果。齐格手中硬币的正反面决定了一切,硬币乃成游戏的规则。这颇似奥利弗·斯通（Oliver Stone, 1946— ）执导的电影《天生杀人狂》（*Natural Born Killers*, 1994)中的女主人公麦勒丽·科诺斯以杀人取乐,用点兵点将的方式选择猎杀的目标。齐格是一个幽灵,他所到之处意味着死亡的来临。警长贝尔和其他主要人物都谈论生死。魔鬼似的人物齐格也将生与死上升到人生哲学的层面,还经常发表其高见。赏金杀手齐格行事的动机是反伦理的,也是非理性的,然而,他的行为方式表现出一种机械化的绝对理性。[1]他利用技术手段对追踪的目标进行定位,且在杀人之时冷酷无情。他抛硬币决定一个人的生死,或大谈一通生死的哲理后,再一枪毙命。

《日落号列车》是麦卡锡的一部探讨生命与死亡的剧作,其中可见荒诞派戏剧代表贝克特的影子。剧中的虚构人物塞西（Cecil）颇似《等待戈多》中的戈多（Godot）。小说《路》则缘于麦卡锡一次真实的生死之问。麦卡锡与儿子约翰曾住在埃尔帕索的一家酒店,凌晨时分,他独立窗前,眼望灯火灿烂的城市。此时,儿子安睡其旁。当听见火车急速驶过的声音时,他不禁想问数十年后这城市会变成怎样的光景。大火肆虐,一切荒废……他更想到孩子的未来。于是,他创作了这部后启示录小说。以此观之,该小说应是麦卡锡对儿子的关爱,进而升华到对人类未来生死命运的终极思考。正因如此,约翰·霍尔特（John Holt）认为《路》是后启示录小说中写得最好的一部。[2]死亡是《路》最重要的主题,其中的死亡主题令人恐怖,更

---

[1] 胡碧媛:《〈老无所依〉与〈基列家书〉的老年模态与西部精神重构》,《湖南科技大学学报》(社会科学版),2020年第3期,第62—67页。
[2] 贺江:《孤独的狂欢——科马克·麦卡锡的文学世界》,上海:上海三联书店,2016年,第140页。

有一种令人窒息之感。在这个灾难后的末日景象中，一切似乎已死亡。这个世界是黑暗、荒芜、绝望的，昏暗阴冷的世界只剩下废墟与残骸，人类已几乎灭绝，动物也已绝迹，自然也不复存在。死亡渗入所有人的生命过程之中，既意味着生命的终结，又意味着生命的开始。

三

对麦卡锡来说，死亡是生命的一部分。他在《日落号列车》中通过白人教授之口说，"每条路的尽头都是死亡"①。他客观而冷静地描写各种各样的死亡，好像死亡与他无关似的。麦卡锡早期的作品充满暴力和血腥，在表现人性中邪恶残忍一面时令人震惊。他在接受《纽约时报》的采访时表明他对待死亡的态度，他认为死亡就是尘世中的主要问题。他认为，不流血的生活并不存在，只有那些直面生死的作家才值得严肃对待。②麦卡锡曾用响尾蛇为比喻，说明大自然的神秘与威力，也暗喻他之于死亡的独特哲思。

生是偶然，死是必然。人不能回避生，更不能逃避死，对生死的沉思是哲学的终极思考，也是科学面对的人生命题，更是文学书写的严肃主题。儒家强调入世，故孔子曰："未知生，焉知死。"（〔战国〕《论语·先进篇》）佛家仰慕终极性的彼岸世界，故而回避现实人生中死亡的困境。道家"生即死，死即生"（〔战国〕《庄子·齐物论》）的生死两忘观，是一种忽略个体之于死亡的悲剧性体验。在

---

① McCarthy, Cormac. *The Sunset Limited: A Novel in Dramatic Form*. New York: Vintage Books, 2006, p. 137.
② Hage, Eric. *Cormac McCarthy: A Literary Companion*. Jefferson N. C.: McFarland & Company, Inc., 2010, p. 165.

西方，死亡是实体性的存在。《圣经》的四福音书——《马太福音》（Gospel of Matthew）、《马可福音》（Gospel of Mark）、《路加福音》（Gospel of Luke）和《约翰福音》（Gospel of John）——讲述耶稣从生到死、死而复活之事，其浓墨重彩之处正是耶稣之死。赫拉克利特（Herakleitos，约前544—前483）曾说："当他们诞生的时候，他们就期待着活下去，并期待着死去或安息。"[1]马丁·海德格尔认为"终有一死者乃是人"[2]，死亡是一种重要的存在方式，人只有意识到自己终有一死，才会真正明白人生的意义。文学作为人类意识的结晶，折射出人对死亡的诗意思考。纵观世界文学史，所有伟大的作家无不在其创作中呈现出对死亡命题的冥思玄想。

麦卡锡在小说中也不厌其烦地描写各种各样的死亡。其小说创作呈现出不同类型和不同原因的死亡景观。麦卡锡描写最多的是非正常死亡和强迫性死亡。所谓非正常死亡，指某种超限制或外部作用导致的死亡，如雷击、火灾、溺水等自然灾难，或自杀、他杀等各种人为事故所致的死亡。所谓强迫性死亡，则指战争、革命和冲突等导致的大量人员死亡。在文学作品中，死亡的角色常被描写成荒谬、令人生厌的：要么抗拒死亡，走向悲剧性结局；要么听天由命，将死亡视为人类存在的不可逆转的事实。麦卡锡在其作品中描写生死的激烈碰撞，试图寻找一个真正的精神家园。

在阿巴拉契亚系列小说中，麦卡锡描写的死亡大多是非自然死亡。在《看果园的人》中，希尔德自卫而勒死拉特纳·韦斯利，并埋尸于荒废的果园之中。《外围黑暗》中的三个歹徒用镰刀杀死农夫，

---

[1]《古希腊罗马哲学》，北京大学哲学系外国哲学史教研室，编译. 北京：生活·读书·新知三联书店，1957年，第20页。
[2] 马丁·海德格尔：《筑·居·思》，《海德格尔选集·下卷》，孙周兴，编译. 上海：上海三联书店，1996年，第1193页。

用刀刺死地主，吊死补锅匠，还杀死婴儿。在《上帝之子》中，巴拉德用来复枪杀死拉尔夫的女儿及其他 6 个女人，还火烧了白痴。巴拉德死于肺病则属自然死亡。《沙崔》中的死亡描写有小偷跳河自杀、沙崔儿子之死、老人之死、旺达之死、沙崔好友之死等。与上述四部小说相比，《血色子午线》是一个典型的死亡博物馆。小说中对死亡的描写，与《伊利亚特》相比有过之而无不及。少年加入上尉的军事阻挠队后不久，遭遇了科曼奇人的袭击。他的同伴大多被科曼奇人的弓箭射死，或被长矛刺死。格兰顿帮屠杀奇拉阿帕契人时，用大刀杀或棒击垂死之人、老人、妇女和儿童，摔死婴儿，用枪射杀那些壮年的男人。格兰顿帮用榴弹炮轰击尤马人，又用枪射穿他们的脑袋，还用战棒击碎他们的脑袋。尤马人也毫不示弱，他们最终杀死了格兰顿以及帮中的大部分人，还将他们扔进火堆中毁尸灭迹。小说最后，成长为男人的少年也被杀了。

在《天下骏马》中，布莱文斯的爷爷、大伯以及他妈妈的舅舅都被闪电或雷击中而亡，他表哥和堂哥也同样遭受雷击，虽大难不死却产生了对死亡的恐惧。格雷迪在被关入监狱期间曾用一把墨西哥制造的弹簧刀杀死了雇佣杀手。在《穿越》中，卡波尔卡城里曾有一位老人，其父母在教堂被一枚加农炮弹炸死，后来他的儿子和妻子在地震中罹难。最后，这老人也死了，他被埋在卡波尔卡的教堂墓地里。《平原上的城市》中的玛格达莱娜被杀后，格雷迪为复仇用刀杀死了妓院老板爱德华多，他自己也因此而殒命。

在麦卡锡的小说中，被枪杀的人最多。《天下骏马》中的布莱文斯被上尉枪杀。在《老无所依》中，黑帮火并现场的几具尸体是枪击造成的。齐格勒死副警长，随后，在短短数日内连杀 10 余人。摩斯、威尔斯在越南战争中幸存了下来，却被齐格所杀。就连摩斯之妻卡拉·琼也被齐格枪杀。战争或革命带来更大的悲剧和更多的死亡，《穿越》中盲男人曾参加墨西哥的内战，许多反政府军人被俘。凡是不宣誓效忠墨西哥政府的人都被带到一堵墙下枪毙，有本地人，也有美国人、英国人、德国人，还有不知来自什么国家的人。他们死在恐怖的步枪下，死在骇人的硝烟中。后来，一连士兵来到罗德奥镇，将那些被他们说成是叛乱分子同情者的人抓起来，当着他们亲人的面把他们射杀了。在《天下骏马》中，战争或革命所导致的死亡尤其触目惊心。在墨西哥革命期间，弗朗西斯科·马德罗虽一时成为墨西哥总统，但不久他与弟弟古斯塔沃都被枪杀了。在《平原上的城市》中，约翰逊老爹目睹了对着土墙枪毙人的情景：枪声一响，鲜血喷上土墙，溅在原有的黑色血迹上，人倒下了，后面土墙上的弹孔里沙土纷纷落下，枪口硝烟徐徐飘散，尸横遍街。

麦卡锡也描写了第二次世界大战的诸多死亡。《穿越》中帕勒姆的邻居桑德斯的侄子米勒在太平洋战争中战死了。到战争第三年春，牧场每家的窗户上都悬挂着金星，表明家里有人死于战场。可见美国军人在第二次世界大战中的死亡情况。考之于史，第二次世界大战期间，美军伤亡107万，其中死亡40万（包括战斗死亡29万和非战斗死亡11万）。《老无所依》中的贝尔在战争中幸免于难，但他损失了整整一个班的兄弟。他得到了授勋嘉奖，而他的兄弟们牺牲在战场上。

麦卡锡小说处处弥散着死亡的味道，死亡现象频现，他着力渲染重要的死亡场面，死亡母题成为他的艺术追求，"在艺术中没有任何一种死亡不具有意义，无论这种意义以隐喻的幽闭方式还是以直接的抒发方式来传达"[①]。许多哲学家热衷于表现死亡主题，如萨

[①] 颜翔林：《死亡美学》，上海：学林出版社，1998年，第149页。

特、阿尔贝·加缪（Albert Camus, 1913—1960）和西蒙娜·德·波伏娃（Simone de Beauvoir, 1908—1986）等，他们既是存在主义哲学家又是作家。萨特强调的自由选择，实是一种选择如何死亡的理论。英国诗人狄兰·托马斯（Dylan Thomas, 1914—1953）在诗中表述，天空不过是一块尸布，风景用自己的线条表明它只是一具巨大的尸体。在战争中抑或在和平年代里，死神永远与人相伴。为表现人面对死亡的极度恐怖与痛苦，存在主义作家喜欢选择那些处于"临界境遇"的人物做主角。人总生活于某种处境或境遇之中，有些可改变，而有些则不能，如罪责、苦痛、死亡及自然灾难等。"临界境遇"是任何人都无法逃避或克服的。就死亡而言，它本身并非临界境遇。当对他人之死或自己之死感到生存不安时，死亡才达到"临界境遇"。沙崔（《沙崔》）、帕勒姆（《穿越》）、格雷迪（《平原上的城市》）、摩斯（《老无所依》）和男人（《路》）等都生活在"临界境遇"之中。卡夫卡的《地洞》（The Burrow, 1933—1924）描写了一个不知名的小动物，它打造了一个地洞，保护自己的生命不受外来事物的侵袭或威胁。这地洞并未起到保护作用，反而使它整天胆战心惊，几乎得不到一刻安宁。麦卡锡书写了一个又一个充满死亡气息的世界，其中的死亡描写真实而生动，呈现出现实生活中残酷的场景。这正是科学的理性精神对他所产生的影响，因为科学追求的是客观而冷静的事实。在他所塑造的"向死而生"的艺术世界中，死亡与爱、美、自由、超越等紧紧相连。他在小说中构筑了一个个以死亡为核心元素的死亡意境，还将死亡作为推进其小说故事情节发展的原动力。

　　通过麦卡锡对死亡的描写，可见死亡与科学技术之间的关系。死亡原因、死亡方式和死亡场景等皆可表明死亡与科学技术发展之间的关系。死亡书写或死亡叙事贯串其小说，成为连接历史与现实、虚构与真实的主题。科技发展既影响人们的思维方式，也引起麦卡锡的深刻思考。如果说死亡是哲学家和美学家探究的亘古主题，那么，死亡也是文学家所表现的主题。在两次世界大战中，死亡成了最真实的事情，也是军人与贫民等必须面对的残酷现实。在库尔特·冯内古特（Kurt Vonnegut, 1922—2007）的笔下，科学家成了偏执狂或疯子式的人物，如《猫的摇篮》（*Cat's Cradle*, 1963）中的费利克斯·霍尼克尔博士参与原子弹的研制，并获得诺贝尔奖，但他面对原子弹所致的死亡无动于衷。当原子弹投向日本的广岛（Hiroshima）之时，他还在玩挑绷子的游戏。科学家对生命的漠视，说明人类必须对科学技术进行彻底的反思。麦卡锡在《穿越》最后描写了帕勒姆目见美国第一颗原子弹试验爆炸的情境，又在《路》中描写了核爆引发的末日后的荒原景观。这是他对科学技术所致的技术理性或工具理性的深刻忧虑，也寄寓了他对人类未来发展的希望。

　　阿尔弗雷德·怀特海强调人的不死性，提出"死而不朽"的思想。齐格是带来死亡的撒旦，凡他所到之处，都血流成河。此人神秘莫测，无人知其长相，因为"在这个星球上，甚至连跟他玩过交叉填字游戏的人都没有一个活下来，他们全都死了"[①]。此人三十五六岁，中等身材，肤色偏黑。他冷血无情，是一个相当厉害的人。他时常谈论生死，自有一套杀人的原则和逻辑，如抛硬币的杀人游戏，一旦决定要杀的人他决不放过，即使那是一个无罪或无关之人。他可以受伤，但他似乎是不死的。他最后出场时，他的胳膊上有根骨头刺穿了皮肤，露在外面，但他根本不当回事儿。随后，他就如人间蒸

[①] 科马克·麦卡锡:《老无所依》，曹元勇，译. 上海：上海译文出版社，2012年，第160页。

发般消失不见了。

　　齐格似乎是一个幽灵般的人物，是带来死亡的魔鬼。《血色子午线》中的霍尔顿法官则显得更为真实一些。霍尔顿法官身高近2.3米，体形硕大，无须无眉也无睫毛，秃头如婴儿，硕大的头颅似球，亦如一块秃石。麦卡锡将他描写成阿拉伯神话中一个笨重的镇尼（Djinn）。[①]霍尔顿法官来自何方，无人知晓。他是一个语言达人，精通多门外语。他是一个学者，知识渊博，拥有古今中外的各种知识，如历史、地质、天文等。他是一个考古学家，用锤子敲碎矿石标本，声称看到了关于地球起源的信息。他是一个舞蹈家，跳舞无人能比。他是一个音乐家，小提琴拉得顶呱呱。他是一个旅游家，去过世界的许多地方。他是一个火药制造者，能在短时间造出所需的火药。他是一个古典爱好者，用拉丁文给枪命名。他是一个画家，能速写、会素描，临摹那些远古的壁画。他是一个哲学家，谈论人的复杂性和世界运行的规律——枯荣生死。他是一个极端的暴力者，凡不顺从他的，都会被他灭掉。他说："任何存在之物，天地万物，只要不为我所知，其存在就未得到我的准许。"[②]他完全掌控自己的命运，也想做"世界的宗主"。他说："一个人若能面对世界之挂毯，从中抽出秩序之线，仅仅因为这一决定，他便能掌管世界，而且只有通过这样的方式，他才能实现对自身命运的掌控。"[③]他是一个生物学

[①] 阿拉伯神话中的精灵，是低于天使和恶魔的超自然灵物。镇尼能变成人或动物，可附于非生物体上。他们有肉体，可被杀死，却不受肉体的限制。镇尼是阿拉伯民间故事中的主角，最著名的是《一千零一夜》中的阿拉丁故事。
[②] 科马克·麦卡锡:《血色子午线》,冯伟,译. 郑贤清,校. 重庆:重庆出版社,2013年,第220页。
[③] 科马克·麦卡锡:《血色子午线》,冯伟,译. 郑贤清,校. 重庆:重庆出版社,2013年,第221页。

家,会制作动植物的标本。他是一个律师,知晓法学要点,能列举民事与军事案件,还援引法学家和哲学家的观点。他是一个军事家,知晓战争的本质,认为战争经久不息,从未断绝,"所有其他行当包含在战争这一行当中"①。他是一个道德家,常用道德训诫少年,甚至在杀死男人前,也不忘站在道德的制高点上。他对男人说:"你以前自告奋勇,从事一项事业。你将自己的供词摆在历史审判面前,你脱离了自己宣誓加入的团体,并毒害其每一个计划。"②他讨论陨石的本质及其力量和归属,认为除了地球,宇宙的其他地方没有人类。他谈论死亡,也引用莎士比亚和《圣经》。他嗜战喜杀戮,对他而言,"如果死亡不是力量,还能是什么?"③因此,对他而言,只有懂得战争的人,才是真正的舞者。"唯独此人完全献身给了战争之血,唯独他曾经去过地狱,完完全全地见识了其中的恐怖,最后得知,战争之声乃他的心声,唯独此人才能跳舞。"④霍尔顿法官杀死男人后,裸身跳舞。鞠躬,滑行,甩起头,然后大笑。他扔出帽子,他单足旋转,一圈两圈,边舞动边演奏。他双脚灵巧,他说他从不睡觉,他说他永生不死。他在光中舞动,在阴影中舞动。

在无意识中,人都相信自己会长生不死,总竭力将死亡从生活中排除掉,或暂缓考虑死亡,或扮演死亡的旁观者,或仅强调死亡的偶然性,如事故、疾病等。罗素指出:"人类事业的创造的原理是希

---

① 科马克·麦卡锡:《血色子午线》,冯伟,译.郑贤清,校.重庆:重庆出版社,2013年,第277页。

② 科马克·麦卡锡:《血色子午线》,冯伟,译.郑贤清,校.重庆:重庆出版社,2013年,第341页。

③ 科马克·麦卡锡:《血色子午线》,冯伟,译.郑贤清,校.重庆:重庆出版社,2013年,第367页。

④ 科马克·麦卡锡:《血色子午线》,冯伟,译.郑贤清,校.重庆:重庆出版社,2013年,第369页。

第五章 麦卡锡小说死亡书写的科学人文主义 203

望,不是恐惧。"①摆脱死亡的恐惧是罗素死亡哲学的中心问题。人可利用科学技术延长生命,却不能长生不死。生命的有死性决定了死亡是一切的终了。对人类或宇宙而言,"唯一可能的生命是向着坟墓前进的"②。哲学家马克斯·舍勒(Max Scheler,1874—1928)曾探究现代人不信永生的根源,以期提出解决现代社会问题的方案。现代人沉沦于利益,误解死亡的本质,将死亡知识化,不再相信永生,而转向对科学与理性的盲信,以致于远离自身。如此,现代社会问题丛集,人的境况堪忧。要解决此难题,就必须重新燃起对死亡的敬畏、对永生的信仰、对尘世的热爱,并构建一个充满积极意义的生活世界。"一个回避死亡问题的人,永远不会真正成熟;一个不能面对死亡问题的民族,也永远不能深刻,自然就无法真正解决生存的问题。"③

第二节 麦卡锡小说中死的本能及超越性

科学技术的发展并不能解决生死问题,在许多情况下,或许带来更多死亡。比如,人类战争从冷兵器时代进入热兵器时代,死亡率就呈几何倍数增长,尤其是 20 世纪的两次世界大战和越南战争的死亡率。西方哲学家弗洛伊德、怀特海和罗素等从科学立场去思考死亡。作为科学人文主义作家,麦卡锡也受到他们的影响。他赞扬生的本能,更关注死的本能。麦卡锡在小说中对各种暴力与死亡的描写,

---

① 伯特兰·罗素:《社会改造原理》,张师竹,译.上海:上海人民出版社,1987 年,第 97 页。
② 伯特兰·罗素:《宗教与科学》,徐奕春、林国夫,译,北京:商务印书馆,1982 年,第 115 页。
③ 郑晓江:《穿透死亡》,南昌:江西教育出版社,2000 年,第 4 页。

就是对死的本能的文学书写。麦卡锡通过书写死亡而直面死亡,并以此来揭示人性,探索人生的价值与生命的意义。

一

生存与死亡是人类永恒的主题,也是文学的基本主题,几乎所有创作都涉及死亡以及与死亡相关的战争和暴力,"谁能讲述那无言的死亡的故事?谁能揭开那遮掩着未来的帷幕?谁能描绘那挤满了尸体的地底迷宫似的墓穴里的黑影的画图?又是谁在把我们对于明日的希冀和对眼前事物的爱与惧结成一体?"[①]麦卡锡直面惨淡的死亡,正视淋漓的鲜血,他在小说中将死亡进行到底,从而翻开死亡书写的新篇章。"关于死亡的一切思考,都反映出我们对生命意义的思考。"[②]科学技术与人类文明的发展,消除了人们对诸多未知事物的恐惧。但科学与理性不能解决生与死的问题。在这方面,诸多大家如叔本华、尼采、亨利·柏格森(Henri Bergson, 1859—1941)、雅斯贝尔斯、海德格尔和萨特等早已宣判了理性的原罪。然而,弗洛伊德、怀特海和罗素等则坚持从自然科学视角来审视人生与死亡问题,从更深入的层次对死亡进行探讨。

科技发展不能解决生死问题,反而带来更多死亡。在石器时代,人类已学会制造石刀、石斧与弓箭,而此后冶金技术的发明则使人类进入了冷兵器时代(Cold Weapon Era)。在冷兵器时代,人类使用的武器是弓、弩、刀、戈、矛、戟等,这些武器的杀伤力很是有限。

[①] 雪莱:《雪莱诗选》,江枫,译.北京:外语教学与研究出版社,2012年,第7页。
[②] 艾温·辛格:《我们的迷惘》,郜元宝,译.桂林:广西师范大学出版社,2001年,第92页。

火药的发明并广泛用于战争则开启了一个新的时代——热兵器时代（Hot Weapon Era），从突火枪、火绳枪、燧发枪到手枪、步枪、机枪、大炮、火箭和原子弹等，随着科技的发展与应用，热兵器的杀伤力越来越大。热兵器对人类的文明、社会的进步以及军事技术的发展等都产生了深远的影响。《外围黑暗》中的歹徒凶狠异常，但他们杀人的武器是镰刀之类的农具或随身携带的刀子。该小说的故事时间比《上帝之子》略早，在20世纪初期。但两部小说故事发生的地点都在田纳西州的东部。比较而言，《上帝之子》中的杀人武器已不再是传统的冷兵器，而是主人公手中的来复枪。这种枪最初在北美西部13个殖民地使用，可见，来复枪在美国的使用有着悠久的历史。小说中的7具女尸也是主人公来复枪的"战果"。

《血色子午线》与"边境三部曲"是麦卡锡所书写的美墨边境的动人史诗，其中有暴力导致的死亡，也有田园般的诗意与安魂曲般的宁静，有论者就认为此乃地狱与天堂的交响曲。这些作品已成为美国当代文学的经典之作，可媲美但丁、爱伦·坡、麦尔维尔、福克纳、斯坦贝克等大家的作品。最血腥暴力的《血色子午线》描写了冷兵器导致的死亡，但描写更多的是手枪、来复枪、卡宾枪、猎枪、山地榴弹炮，以及印第安人的燧发枪、火枪等导致的死亡。其中，山地榴弹炮的威力比一般枪械要大得多。这种火炮曾在美墨战争中广泛使用，从佛罗里达到西海岸与印第安人的冲突中也时常见其身影。格兰顿帮在被尤马人攻击时就发射这种榴弹炮，杀伤力极强，许多尤马人或死或伤。科学技术的发展，尤其当应用于武器的革新时，其杀伤力便以几何倍数增长。

相比较而言，"边境三部曲"中暴力导致的死亡似少了许多。通览"边境三部曲"后，我们发现这三部作品或是麦卡锡描写死亡最少的小说。无论科学技术如何发展，冷兵器之于日常生活或战争而言，都是必不可少的。第一次世界大战时，美国远征军装备的战壕格斗刀，是 M1917 战壕刀，这是一款白刃战短兵器。后来，美国又设计出新的堑壕刀——M1918。M1918 刀身平直、两边开刃，铜制手柄并带指扣尖刺，其战斗功能多样。这种堑壕刀从第一次世界大战用到第二次世界大战，除普通士兵外，第二次世界大战时主要是空降部队和海军陆战队配用，是短兵相接的利器。刀具类的刺刀也源于战争，它见证了人类的悲剧，又代表人类的智慧与技术的发展。在战争中成长起来的刺刀具有多种功能，如 M9 刺刀，具备刺、切、砍、锯、剪等功能。美国最具代表性的是 M1 刺刀，正是 M1 刺刀使美国进入了短刺刀时代。第二次世界大战期间，美国士兵就用这种 M1 刺刀，如电影《拯救大兵瑞恩》(*Saving Private Ryan*, 1998) 和《兄弟连》(*Band of Brothers*, 2001) 中可见其身影。在越南战争中，美军配备的是另一种冷兵器——十八剁。这是一种根据印第安人的大砍刀刀型设计、结合丛林刀要求而改造之刀具，简洁而实用。《赤裸特工》(2002) 等影片中可见此刀威猛而霸气的雄姿。麦卡锡的小说中也有用刀致人死亡的，如《天下骏马》中格雷迪在监狱中用一把墨西哥刀刺死被雇杀手，又如在《平原上的城市》中，妓院老板的打手用刀杀死玛格达莱娜，而小说最后，格雷迪又用猎刀杀死妓院老板。这类冷兵器致人死亡的案例非常稀少，而用热兵器杀人则成了麦卡锡小说中的常态。自热兵器时代以来，战争中的伤亡多由枪械所致，如墨西哥革命中马德罗兄弟被左轮手枪和来复枪杀死，以及刘易斯老人的父兄和布莱文斯等都被枪所杀。

《天下骏马》开头格雷迪外祖父的葬礼与结尾仆人阿布艾拉的葬礼，颇似村上春树 (1949—) 的《挪威的森林》(1987)。《挪威的森林》以木月之死开始，以直子之死结束，其间贯串的是一连串笼罩在死亡阴影下的个体生存与死亡的困境。《穿越》也有对墨西哥革命

第五章　麦卡锡小说死亡书写的科学人文主义　　207

的描写，那些凡不宣誓效忠墨西哥政府的人都被枪毙。帕勒姆的父母和弟弟也都是被枪打死的。虽然"什么都没有变，但一切都不同了。……它里面所包含的邪恶仍如以往，无增无减"①。这邪恶伴随军工科技的发展而变得愈发恐怖。

　　《老无所依》中齐格最初杀人所用的是气压枪，这是屠宰场用来宰牛的一种工具。在绝大多数情况下，用来杀人的仍是枪械，如手枪、步枪、霰弹枪、冲锋枪、机关枪。《路》所描写的则是最先进的武器——原子弹——所造成的灾难场景。小说中的时间永久地停留在"一点十七分，先是一长束细长的光，紧接着是一阵轻微震动"②。核爆后，世界就进入了漫长而寒冷的冬天。如果说冷兵器时代兵器杀伤的是个体，那么，热兵器时代的兵器针对的则是群体，原子弹是对一座城市、一个地区甚至一个国家的毁灭性打击。因此，从冷兵器到原子弹的发展过程，体现的是科学技术被用于武器的改进，最终将人类推向被毁灭的边缘。

　　然而，麦卡锡对人类的未来仍心存乐观。在《穿越》的最后，比尔目见美国第一颗原子弹试验爆炸后，麦卡锡如此描写道：

>　　他独自伫立在那不可解释的黑暗之中，那儿除了风的吹拂之外没有别的声音。过了一会儿他坐到了路上。他摘下帽子把它放在面前的沥青路面上，他弯下了头，把脸埋在两只手中哭泣着。他在那里坐了不知有多久。但时间又一次地推出了一个灰色的黎明，又一次地托出了一轮神造的、完美的太阳。太阳升起来了，它又一次地照耀着大地，照耀着一切，不计善恶，不论

---

① 科马克·麦卡锡:《穿越》,尚玉明,译.重庆:重庆出版社,2011年,第303页。
② 科马克·麦卡锡:《路》,杨博,译.重庆:重庆出版社,2012年,第40页。

功过，不分厚薄，一视同仁。①

黎明再次到来，太阳一如既往地升起，且这太阳是"神造的、完美的"。尽管有原子弹的爆炸，但升起的太阳再一次照耀大地，令大地充满阳光，也充满希望。

同样，《路》中的世界虽黑暗而荒芜，但除人类外，还有狗等其他动物的存在，枯树叶和灰烬中还有羊肚菌的出现，溪流中有斑点鲑在游动。"当斑点鲑出现在山间小溪里时，你能看到它们在琥珀色的水流中用白色的鳍悠然地游动。"将它们置于手上，则能"闻到一股苔藓的味道……它们背上有一些迂回的图案，那里记录了世界即将变成的样子。……在它们生活的幽深的峡谷里，一切东西都比人类更古老，包括它们神秘的呢喃"②。即便人类被自己创造的科学技术所毁灭，但有自然的存在就有自然生物的存在，人类就有获救的希望。

二

弗洛伊德从精神分析学出发，提出生的本能与死的本能学说。③其本能论源自埃瓦尔德·赫林（Ewald Hering 1834—1918）的生物学过程理论（biological process theory）与叔本华的"死亡是生命的目

---

① 科马克·麦卡锡：《穿越》，尚玉明，译. 重庆：重庆出版社，2011年，第457页。
② 科马克·麦卡锡：《路》，杨博，译. 重庆：重庆出版社，2012年，第236页。
③ 西格蒙德·弗洛伊德：《弗洛伊德后期著作选》，林尘、张唤民、陈伟奇，译. 上海：上海译文出版社，1986年，第41—42页。

的"的哲学观。①本能是有机体生命中固有的、能恢复到最原初状态的冲动。最原初状态即无生命的状态,因此,生命都内蕴着一种走向死亡的本能,即死的本能。死的本能与生俱来,旨在破坏与摧毁,是一种回到前生命状态的冲动。一般而言,死的本能有内外两种表现:向外表现为对抗、攻击、杀戮等,国家之间与民族之间的战争乃其衍生物;向内则表现为自责或自毁,如自虐、自残及自杀等。麦卡锡在小说中对各种暴力与死亡的描写,就是对死的本能的文学书写。

《看果园的人》中的奥恩比用枪将政府置于其果园内的金属槽罐打出一个 X 图案,《外围黑暗》中的歹徒用刀杀人、将人吊死以及杀婴,《上帝之子》中的巴拉德用来复枪杀人并奸尸,《沙崔》中哈罗盖特用药毒蝙蝠及其挖地道盗银行的行为,《天下骏马》中墨西哥上尉枪杀布莱文斯以及格雷迪和罗林斯在监狱中面临的死亡,《穿越》中墨西哥人对帕勒姆兄弟的追杀以及印第安人杀害帕勒姆的父母的行为,《平原上的城市》中警察对玛格达莱娜的轮奸和妓院打手杀害玛格达莱娜等……这些都是死的本能在麦卡锡小说中的具体体现。然而,死的本能体现最充分的是《血色子午线》《老无所依》《路》。

在《血色子午线》的第一章中,14 岁离家出走的少年极具暴力倾向。每晚他像童话中的野兽一样溜出,跟水手打架、动拳头、抢瓶子、使刀子。因上厕所让路的小问题,少年与手拎瓶子的托德文展开对决,托德文将瓶子砸向少年的脑袋,瓶子当即被打碎。少年则拔出博伊刀(Bowie),欲一决高下。博伊刀是 19 世纪 30 年代美国边境英雄吉姆·博伊(Jim Bowie)发明的刀具。该刀极具搏斗性与攻击性,是极佳的野战工具。次日,少年与托德文又将希尼暴打一顿,放火烧了旅店。在第二章中,少年在酒吧手持酒瓶与酒保对打,将酒瓶

---

① 车文博:《弗洛伊德文集 6——自我与本我》,长春:长春出版社,2004 年,第 36—37 页。

砸向酒保脑袋，又将第二个酒瓶挥向酒保的颅骨。少年加入军事阻挠队和格兰顿帮后，参与了几乎所有的杀戮。在此过程中，几乎所有人的邪恶本能都被激发了出来。这种死的本能是毁灭性的，格兰顿帮所到之处都成了邪恶之地和死亡之地。

少年大字不识，他唯一拥有的似乎只有邪恶的本能。然而，事实并非如此。邪恶本能具有原始本能的性质，这是每个个体都潜藏的本能。《老无所依》中的齐格则是另一个死的本能的代表。他一出场就勒死副警长，随后用气压枪杀死了10余人。在追杀摩斯的路上，他大开杀戒。凡挡其去路者，都成了他杀戮的对象，包括追杀他的威尔斯和摩斯无辜的妻子。在许多情况下，教育与文明也不能消除人类向恶的倾向。有些人虽受过高等教育或学识渊博，但"邪恶势力仍然有力地在他们身上显露出来"[1]。最具代表性的莫过于霍尔顿法官了。他似乎无所不知、无所不能、无处不在。他会使用各种枪械，会探路也会追踪。他能成功制造火药，可同时用双手写字，还能双手同时开枪。霍尔顿法官是一个百科全书似的人物，却是一个极度邪恶之人，其死的本能远超不识字的少年和格兰顿帮的头领约翰·约珥·格兰顿。霍尔顿法官是格兰顿帮的灵魂人物，也是最残忍、最血腥、最暴力的人。尤马渡口战役失败后，他亡命途中将同伴打死，夺取他手中的来复枪。最后，他还杀害了长大后的少年。

死的本能在战争中表现得最为明显，其中的杀戮导致的死亡，更是与社会发展和科技发展有极大的关联。萨特曾区分自然死亡与非自然死亡，但他重在研究非自然死亡。他提出这样一个观点，即死亡并非我们本己的可能性，而是一个偶然的事实。弗洛伊德则持不

---

[1] 弗洛伊德：《论创造力与无意识》，孙恺祥，译. 北京：中国展望出版社，1986年，第213页。

同观点，认为战争是引起人类本能回应的势力之一。[1]在战争中，非自然死亡是许多人面临的现实问题。死亡是战争中最真实之事，这种死亡并非日常生活中的个体之死，而是群体之死，是成千上万人之死。科技不能阻止政治动荡和战争爆发，摧毁文明的力量也远比创造力要强大得多。战争成了文学作品中与死亡联系最紧密的话题。伍尔夫的《到灯塔去》(To the Lighthouse, 1927) 曾写到一枚炸弹的爆炸，二三十人被炸得血肉横飞。美墨战争中，美国军队虽有比墨西哥军队更先进的武器，但美军仍有 13 000 多人的伤亡，墨西哥军的伤亡则更多。墨西哥革命期间，总统更换了 10 余人，不同派别造成的伤亡远多于美墨战争。单腿老人刘易斯的父亲和两个兄弟都战死沙场。姑婆阿方莎说，世界就像一场木偶戏，木偶的牵线在另一些木偶的手中，而另一些木偶的牵线又被另一些人掌控着，没有尽头。"正是这些牵线，促使一些伟大人物死于暴力和疯狂，甚至毁掉一个民族。"[2]《穿越》中的盲男人参加反政府军队，政府军与反政府军随时都在占领与被占领之间展开拉锯战。1913 年，反政府军占领了多兰戈城，不久又被打败，许多人成了俘虏。后来，政府军又枪杀了许多所谓的反政府军同情者。在战争中，死的本能得到凸显，人们将平时被压抑的情感发挥到极致，展开了一场场血腥的残杀。刘易斯老人说："战争毁了这个国家，但只有用战争才能制服战争，正像术士用蛇肉医疗蛇伤的道理一样。"[3]

---

[1] 西格蒙德·弗洛伊德:《论创造力与无意识》,孙恺祥,译. 北京:中国展望出版社,1986 年,第218 页。
[2] 科马克·麦卡锡:《天下骏马》,尚玉明、魏铁汉,译. 重庆:重庆出版社,2013 年,第294 页。
[3] 科马克·麦卡锡:《天下骏马》,尚玉明、魏铁汉,译. 重庆:重庆出版社,2013 年,第141 页。

萨特曾认为,战争等所致的非自然死亡说明,死亡只是一个偶然的事实,弗洛伊德则认为,死亡是生命的必然归宿,死亡是自然的、无法避免。二人通过研究第一次世界大战和第二次世界大战的死亡来产生各自的死亡哲学。弗洛伊德说:

> 战争剥去了后来发展起来的文明的外衣,揭示出我们每个人的本性。战争迫使我们再次成了不相信自己之死的英雄,给外族人贴上了"敌人"字样的标签,盼他们早死,或者杀死他们。战争还劝告我们,要从心爱的死尸中站起来。但是战争还无法消灭,只要民族生存的条件不同,民族间相互排斥剧烈,就将有也必定会有战争。[1]

很多科学家与人文学者探求现代科技的本质,关注其灾难性影响。品钦的《万有引力之虹》是对现代技术本质的追问以及对人类生存状况的忧思。该小说揭示出这样一个事实:"人类建立在现代技术之上的梦想及其所负载的'承诺和预言'不过是幻觉"[2]。技术力量巨大无比,足可改变人类的命运;工具理性的力量更大,甚至可毁灭人类。麦卡锡在小说中对美墨战争、美国内战、第一次世界大战、第二次世界大战和越南战争等都有所描写。

"战争……受技术需要的指使……受人类和技术之间的阴谋支

---

[1] 西格蒙德·弗洛伊德:《论创造力与无意识》,孙恺祥,译. 北京:中国展望出版社,1986年,第232—233页。
[2] 王建平:《〈万有引力之虹〉的技术伦理观》,《国外文学》,2012年第3期,第125—126页。

第五章　麦卡锡小说死亡书写的科学人文主义　　　　　　　　　　　213

配……"①科技与战争的结合使科技从生产力走向其对立面。核武器的使用给日本带来了巨大的灾难。如前所述，麦卡锡在小说中曾两次描写核武器：第一次是在《穿越》结尾处，第二次是在《路》中。在《穿越》末尾，麦卡锡先描写了一条黄狗，狗很老，后腿瘸得厉害，头歪向一边，走路很是古怪，像患有关节炎的畸形动物。狗浑身湿透了，伤痕累累，一副惨状。帕勒姆数次将狗赶出去，这条狗"边跑边吠，吠出它心底的绝望"②，直到消失在黑夜之中。最后，麦卡锡描写了帕勒姆在荒漠中午所见的"白光"，此后，一片云遮日而过，在天光下道路渐暗，这光还不断地收敛。帕勒姆看着那暗淡下去的天光和北天一线浓黑的云堆。中午正在变成一个奇异的黄昏，甚至是一个奇异的夜晚。③如果说原子弹第一次爆炸的试验只是一场表演秀的话，那么，小说《路》中核爆后的世界则是一个末日后的荒漠。核爆应是死的本能的最极致的表现，此时，幸免于难的人很少，很多东西被毁灭。在《路》中，父子俩自北向南的求生之旅中，见到的人很少，他们最想见的是人，最怕见的也是人。父子俩共 10 余次见到其他人。他们曾见到一个像被熏烧过的人；他们曾三次遇见食人族；他们曾遇见一个小男孩；他们曾遇见两名南去的男子；他们曾进入食人窟；他们曾遇见 90 岁的老人伊里，还邀请他一起共进晚餐；他们曾在海滩上遭遇小偷；他们曾遭遇一个男人的袭击。最后，在父亲去世后，小男孩遇见了一对夫妻和他们的一儿一女，男孩便随他们再次踏上了人生之路。《路》中核爆所造成的死亡非任何一场

---

① 托马斯·品钦:《万有引力之虹》,张文宇、黄向荣,译.南京:译林出版社,2009 年,第 554 页。
② 科马克·麦卡锡:《穿越》,尚玉明,译. 重庆:重庆出版社,2011 年,第 456 页。
③ 科马克·麦卡锡:《穿越》,尚玉明,译. 重庆:重庆出版社,2011 年,第 457 页。

战争可比拟,第二次世界大战中的死亡人数约 7000 万,而核爆死亡的人数是 7000 万的几十倍,且大多发生在核爆的瞬间或之后不久的时间内,而第二次世界大战则持续了数年。若以美国为例,小说中的这种核爆所致的死亡或在 3 亿左右;若是一个人口更多的国家,死亡则可达 5 亿、10 亿,甚至更多。从麦卡锡的小说便可看出,人类科学技术的发展在一般情况下有益于人类文明的进步,但当科学成为至高无上的上帝或人们崇拜科学理性而贬低价值理性时,科学技术就真成了毁灭人类的利器。科学技术与人类文明的发展,消除了人们对许多未知事物的恐惧。然而,科学技术带来的副作用也越发凸显,有时甚至会将人类导向死亡和毁灭的境地。日本自然主义文学巨匠正宗白鸟(1879—1962)曾写道:"人生的存续是是非善恶存续的前提。几颗氢弹就把人类全部毁灭的话,连谈论的余地都没有了。人类能继续生存,政治、道德、文化甚至爱情才能有价值。在氢弹面前,这一切变成了镜中之月。"[①]氢弹是原子弹之后最尖端的科技结晶,也是极为恐怖的致命武器。

自杀"是指任何由死者自己完成并知道会产生这种结果的某种积极和消极的行动直接或间接地引起的死亡"[②]。自杀本是一种社会现象,而法国哲学家加缪则在《西西弗的神话》(The Myth of Sisyphus,1942)中开宗明义地指出"真正严肃的哲学问题只有一个:自杀"。[③]麦卡锡在小说中描写自杀的例子很少。《上帝之子》中,巴拉德在十岁左右时,他妈妈跟人跑了,他父亲在自家谷仓里上吊身亡。《路》中,夫妻二人在末日核爆中幸存了下来,虽然这一切

[①] 正宗白鸟:《正宗白鸟全集》,冈山:福武书店,1984 年,第 486 页。
[②] 埃米尔·迪尔凯姆:《自杀论》,冯韵文,译. 北京:商务印书馆,2010 年,第 11 页。
[③] 阿尔贝·加缪:《西西弗的神话》,杜小真,译. 桂林:广西师范大学出版社,2002 年,第 3 页。

第五章 麦卡锡小说死亡书写的科学人文主义

不是他们自愿的。后来，妻子生下儿子。然而，在末日后的世界里，生存比死亡更艰难。妻子担心被抓、被强奸、被吃掉，于是，她希望自己永远消失，最终选择了自杀。《日落号列车》中，白人教授则是自杀未遂，因为他被一个黑人所救。随后，自杀未遂的白人教授与黑人展开了关乎生与死、真实与虚无、信仰与无神论、宗教与欺罔、存在与消亡等的辩论。故事无情节，也无叙事铺垫，只是大段的哲学思辨。人自出生以来，便一路向死而行。对于人生，人们愿用美好的方式认知或表达，因此，自杀乃成人类社会普遍反对的行为与禁忌。自杀是解决不了人生所面对的诸多问题的。

自19世纪末以来，工业文明日益发展，人类的精神却日渐衰萎。人性扭曲，各种欲望占据人心，尤其是两次世界大战解构了传统的宗教信仰与人们的价值观。"上帝死了"，人类便为所欲为；价值丧失，生命变得毫无意义。若生命的意义与目的丧失了，那么生命就是一种痛苦与空虚。在空虚中，唯有死亡还有意义。死亡横陈于每个人的面前，时刻与生命相伴。人世间的一切都是暂时的，唯有死亡是恒久的。第二次世界大战后的科技飞速发展，物质与精神的对立日益加剧，物质财富并不能解决精神的困惑与危机。随着人类生存环境的恶化，人文关怀再次成为作家关注的中心。还是艾温·辛格（Irving Singer）所言甚是，"关于死亡的一切思考，都反映出我们对生命意义的思考"[1]。麦卡锡对死的本能的描写凸显了他的人文主义情怀，他似乎要透过死亡与黑暗来观察人生的价值，反思生命的意义。

---

[1] 艾温·辛格：《我们的迷惘》，郜元宝，译.桂林：广西师范大学出版社,2001年,第92页。

三

死亡是所有生命无法逃避的归宿。柏拉图说,哲学是死亡的练习;雅斯贝尔斯说,从事哲学即学习死亡;叔本华说,若无死亡,何来哲学?!古今中外的哲学家思考这个斯芬克斯之谜,而文学作品也试图通过艺术的形式来探讨死亡之谜以及死亡之于生命的意义。尼采曾高喊"上帝死了";随着科学技术的发展,雅克·德里达 (Jacques Derrida, 1930—2004) 则响应说"人也死了"。人被物化,孤独、绝望、荒谬乃成人的精神写照,对死亡的思考成为永恒人性的渴望。如果说文学真正的诞生地是死亡[1],那么,文学中的死亡书写与死亡叙事就是文学作品的内涵。"艺术家从出生至死,心中都刻着苦难和死亡的印象。"[2]麦卡锡通过对死亡的书写来揭示人性,以死来揭示生,来探索人生的价值和生命的意义。

在日常生活中,或许在某种情况下,死亡是一个偶然的事件。然而,随着科学技术的发展,尤其是将科学技术用于战争时,死亡成了人们必须时刻面对的现实。在战争中,现代化武器成为历史上最残酷的杀人机器。诺曼·梅勒 (Norman Mailer, 1923—2007) 的《裸者与死者》(*The Naked and the Dead*, 1948) 描写了士兵面对死亡时惊慌失措的悲惨场景;约瑟夫·海勒 (Joseph Heller, 1923—1999) 的《第二十二条军规》(*Catch-22*) 回响着"活下去就是一切"的声音,死亡是一个随时都徘徊在身边的幽灵;海明威的《永别了,武器》(*A Farewell to Arms*, 1929) 弥漫着死亡和对死亡的恐

---

[1] 殷国明:《艺术家与死》,广州:花城出版社,1990年,第8页。
[2] 伊波利特·丹纳:《艺术哲学》,傅雷,译. 北京:人民文学出版社,1963年,第36页。

惧；麦卡锡的《老无所依》中，贝尔警长的卡罗琳婶婶之子哈洛德曾参加第一次世界大战，且战死沙场。考之于史，美国在第一次世界大战中共阵亡 11 万余人。"他们都是年轻人啊。他们有一半人死后尸体在了什么地方，咱们甚至都不知道啊。"[1]哈洛德就是其中之一。《老无所依》对第二次世界大战的描写也仅限于贝尔参战，他们遭遇了德军 150 毫米野战炮的袭击，贝尔所在的班的战友在瞬间就为国捐躯了。这种野战炮射程远、威力大，是德军第二次世界大战中重要的大口径重型支援火炮。同样，曾参加越南战争的卢埃林·摩斯回来后曾拜访几个未回来的兄弟的家人，但那些人都希望他也是个死人。"漫古换今移，时消物化，痛哉莫大生死。"（〔宋〕吴潜《哨遍·括兰亭记》）许多参加越南战争的士兵战死沙场而不能回归故里，摩斯回家后的遭遇说明当时这些士兵的亲属心情十分悲。

生死之事可谓大矣。这是每个个体和每个社会都必须面对的大问题。《老无所依》中摩斯之死，表现了越南战争老兵回国后所遭遇的尴尬困境，折射出美国人对越南战争的态度。小说最后，贝尔谈及其过世的父亲。他曾两次梦见父亲。第一次，贝尔梦见父亲给他一些钱，结果他把钱弄丢了；第二次，父子俩回到过去的一天夜里，贝尔骑在马背上，穿行于群山之中。他们正在穿越一个隘口，父亲骑马超过了他，继续前行。

> 当他骑着马从我身边经过时，我看见他手里拿着一只放着火把的牛角……透过火光我可以看得见牛角的轮廓。那火光犹如月亮的颜色。在梦里，我知道他一直在我的前面，他准备在那

---

[1] 科马克·麦卡锡：《老无所依》，曹元勇，译. 上海：上海译文出版社，2012 年，第 286—287 页。

漆黑的、寒冷的某个地方生起一堆火,我知道,不管我什么时候到达,他都会在那儿。随后,我就醒了。①

死亡不仅是小说的主要内容,也推动小说的叙事,显现小说的审美格调。然而,在终极的层面来看,死亡也是一种救赎策略。死亡是一个与人类的核心体验相关的根本概念。古希腊哲人曾说,哲学是为死亡做准备的。若无对死亡之思考,便无哲学。同理,若无对死亡之思考,也无文学。摩斯之妻卡拉·琼坦然面对死亡,不逃避也不苟活。面对杀手齐格,她非常冷静。她说那些钱她一分也没拿,齐格没理由伤害她。齐格则说:"咱们都是在受死人摆布。眼前这件事呢,就是由你丈夫决定的。"②他曾向摩斯发誓要杀其妻,摩斯已死,但齐格说自己没死,他的誓言也没死。任何事情都改变不了他的誓言。当琼说齐格可以改变它时,齐格却说:"即便是一个没有信仰的人,他也会发现让自己模仿上帝是很有用的。实际上,是非常有用。"③摩斯本来有机会不让琼受到伤害,但他没有做出那种选择,因此,齐格要杀了琼。琼的内心也曾感到恐惧。她也曾请求齐格不要杀她,最后她说话时还抽噎了。作为一个正常的人,她也有生的本能。正如海德格尔所言,"人一生下来便注定了必死的命运。这就决定了对死亡的畏惧绝不是一种'懦弱'或个人之任意的、偶然的情

---

① 科马克·麦卡锡:《老无所依》,曹元勇,译. 上海:上海译文出版社,2012 年,第 328 页。
② 科马克·麦卡锡:《老无所依》,曹元勇,译. 上海:上海译文出版社,2012 年,第 267 页。
③ 科马克·麦卡锡:《老无所依》,曹元勇,译. 上海:上海译文出版社,2012 年,第 268 页。

绪，而是生命之此在最为基本的情绪。"①T. S. 艾略特曾说，生活就是死亡。而小说中的齐格深谙此道，他对琼说："你不应该因为觉得我是个坏蛋，就更为惧怕死亡。"②随后，齐格往上一抛硬币，他要卡拉猜正面还是反面。齐格所做的似乎是硬币决定了一切，但操纵者是他。他说："可它的确提供了另外一种可能啊。"③死是一种状态，也是一个情结符号，其意义因不同的人或文化而有别。④肉体难以超越死亡，而以虚构为本质的文学艺术可超越死亡，且是最佳的形式，也只有在文学艺术中，生命才能获得审美化的永生。死的意义不在于死，而在于它能震动终有一死的人的心智，使人的认识水平、思维水平有所提升。叔本华、海德格尔都强调死在生中，提倡直面死亡，将死亡提升为哲学之根本。他们还倡导死亡的人化或生命化（humanization of death）和向死的自由（freedom to die）。齐格决不放过琼，他说：

> 在这件事上，我没有决定权。在你的生活中，每一刻都是一次转折，每一次都是一种选择。在某个点上你做出了某种选择。所有的事情就跟着这个选择而发生。这种说法是非常严谨的。情况是什么样的早就确定好了。任何一点都无法被抹去。所以，我决不相信你能根据自己的意愿来控制这枚硬币显示的结果。怎么可能呢？一个人在世上的人生轨迹很少会改变，更不会突

---

① 陆扬：《死亡美学》，北京：北京大学出版社，2007 年，第 137 页。
② 科马克·麦卡锡：《老无所依》，曹元勇，译. 上海：上海译文出版社，2012 年，第 269 页。
③ 科马克·麦卡锡：《老无所依》，曹元勇，译. 上海：上海译文出版社，2012 年，第 271 页。
④ 斯特·贝克尔：《拒斥死亡》，林和生，译. 北京：华夏出版社，2000 年，第 24—25 页。

然改变。你人生的道路是什么样子,从一开始就已经是清清楚楚的了。①

齐格继续对琼说:"一旦我进入了你的生活,你的生活也就算结束了。有开始,有过程,也有结尾。现在就是结尾。"②随后,他向琼开了枪。

艾米丽·狄金森认为,死亡将连接着永生,死亡并不可怕,死亡无非是走向永生的必经之路,是另一段生命之始。威廉·萨默塞特·毛姆(William Somerset Maugham, 1874—1965)也说:"能正确认识到死亡对我们来说什么都不是,生命有终也就变得是一种享受。"③在《路》中,父子俩在核爆后相依为命,出生于核爆后的儿子若无父亲的照顾,其生存都成问题。虽然父亲最终死去,但儿子在跟随父亲的奥德赛之旅中学会了生存的技能,懂得了辨别好人与坏人,更何况,他在父亲去世后跟随的是一户好人家,再次踏上求生之路。这暗示了麦卡锡对人类获得救赎的乐观希望。

死亡可超越生命的边界而趋向对生命意义的探寻。海德格尔曾说向死而生,死亡虽不可避免,但人类可被置于死地而后生以实现自我完善与自我救赎。向死而生,即直面死亡的极限处境,并从人世中解放出来,在死亡的虚无面前敞开生存的可能性。因此,人只有预先步入死的境界,以敬畏之心面对、感受和体验死亡,才是真正地向

---

① 科马克·麦卡锡:《老无所依》,曹元勇,译. 上海:上海译文出版社,2012 年,第 272 页。
② 科马克·麦卡锡:《老无所依》,曹元勇,译. 上海:上海译文出版社,2012 年,第 273 页。
③ 萨默塞特·毛姆:《作家笔记》,陈德志、陈星,译. 南京:南京大学出版社,2011 年,第 391 页。

第五章　麦卡锡小说死亡书写的科学人文主义　　221

死而生。从美学观点言之,"死亡……在于人类怎样以他们的自由精神来超越对死亡的恐惧和困顿"①。《外围黑暗》中的哥哥库拉仍迷失在荒野之中,妹妹瑞茜则继续踏上寻找孩子之路。《上帝之子》中的巴拉德以其死而终归"家园"。《老无所依》中的齐格杀人如麻,最后消失得无影无踪。

《血色子午线》曾描写霍尔顿法官在尤马渡勇救白痴的场景。白痴因身体失衡而没入河中。此时,午夜巡视的法官全裸走进水中,将溺水的白痴抓上岸,握着他的脚踝把他拎起,拍打他的背,让他把水吐出。"这一幕也许是出生,也许是洗礼,也许是某种尚未被列入任何教规的仪式。他把他头发上的水拧干,把这裸身抽泣的白痴放入臂中,抱着他进入营地,放回同伴之中。"②显然,这是一种反讽。《圣经》中的施洗约翰 (John the Baptist),宣讲悔改的洗礼,且在约旦河 (Jordan River) 为众人施洗,也为耶稣施洗。他生活简朴,不为名利,心志淡泊;他常常禁食,过着虔敬、圣洁的生活。他在旷野工作,传悔改的洗礼;他训诫人,使人明白其错误,还指引人过正当而圣洁的生活。他因公开抨击犹太王希律·安提帕 (Herod Antipas, 前21—公元39) 而被砍下头颅。

《看果园的人》描写工业文明与科学技术发展以及社会变迁给南方的传统文化带来的巨大冲击。约翰·韦斯利的父亲被希尔德所杀,并葬于奥恩比的果园内。后来希尔德和韦斯利形成无血缘的精神父子关系。奥恩比被关入精神病院,在希尔德被抓后,韦斯利远走他乡。当他再回家乡时,母亲已死,房屋被夷为平地。"他们都走

---

① 陆扬:《死亡美学》,北京:北京大学出版社,2006年,第4页。
② 科马克·麦卡锡:《血色子午线》,冯伟,译. 郑贤清,校. 重庆:重庆出版社,2013年,第288页。

了。或逃跑，或死亡，或流放，都消失了，都毁灭了。……在如今居住于此地的陌生人的口中，他们的名字成了神话，成了传说，成了尘土。"①小说结尾，韦斯利到墓地看望母亲最后一眼，用手轻轻拍了拍墓碑，然后就挥手告别了家乡，踏上西去之路。

《沙崔》是关于追寻生命意义的小说，死亡也是小说最重要的主题之一。沙崔出生于富裕的资产阶级家庭，但他叛逆了这个阶层。他住在田纳西河边的破渔船上，靠打鱼为生。他结识了三教九流，曾经贫困潦倒、酗酒、斗殴和被监禁。他的身边出现过各种各样的死亡，如与他亲如父子的黑人乔恩斯惨死在警察的枪下，又如他儿子之死、合伙人里斯妻女之死等，他自己也多次经历死亡的考验。沙崔的反叛精神源于其家庭，也是他走向精神探索之路的出发点；他在田纳西河畔的生活体验是他探索生命意义的主要历程。沙崔意识到死亡与生俱来。②后来，沙崔用了数周时间徒步登上大烟山的山顶，那时，他感觉到"一切从他身边坠落，他简直说不出他的生命从哪里终结，也道不明世界从哪里开始，他根本不在意这些"③。后来，当他发现自己住在医院时，他已"含融一体，顿然超出生死"（〔元〕刘志渊《大江东去·初功混沌》）。他只想象自己"进入一个没有时间没有空间的寒冷维度，这里的一切都在运动"④。他的经历，尤其是他的大烟山徒步旅行，使他最终摆脱了对死亡的恐惧，顿悟了死亡的本质和人生的意义，他超越了死亡。小说最后，他决定离开诺克斯维尔，踏上西去的道路，开启其新生之旅。

---

① McCarthy, Cormac. *The Orchard Keeper*. New York: Random House, 1993, p. 246.
② McCarthy, Cormac. *Suttree*. London: Picador, 1989, p. 153.
③ McCarthy, Cormac. *Suttree*. London: Picador, 1989, p. 286.
④ McCarthy, Cormac. *Suttree*. London: Picador, 1989, p. 452.

《穿越》中的帕勒姆经历了诸多死亡,首先是他护送狼返乡,却以狼之死的悲剧而结束。其后,他又经历父母被杀、弟弟之死、牧场邻居之战死以及他听见的墨西哥革命期间的许多死亡等,然而,在小说最后,他目见了第一颗原子弹的试验爆炸。他不解这黑暗为何在正午时分来临,更不知那是怎么回事。麦卡锡最后写道:"他在那里坐了不知有多久。但时间又一次地推出了一个灰色的黎明,又一次地托出了一轮神造的、完美的太阳。太阳升起来了,它又一次地照耀着大地,照耀着一切,不计善恶,不论功过,不分厚薄,一视同仁。"①无论发生什么事情,即便是原子弹爆炸引发的对自然万物的巨大的冲击,太阳依然如故。在麦卡锡的眼中,这太阳是神造的,故是完美的。现代科学技术的发展虽对地球上的自然环境和地球生命产生巨大的影响,但太阳仍在,太阳一如既往地照耀大地,善也罢,恶也罢。

在《平原上的城市》中,2002年秋,78岁的帕勒姆在流浪中遇见了一位流浪者。那人讲述了他的梦:一旅行者见一块血迹斑斑的大石,原来在这石上许多人被杀来祭天,"几千年的风吹雨淋也没能把它们(血迹)洗刷干净"②。旅行者在石上睡了一觉,在梦中看见8人组成的一队人马,他们抬着一顶轿子或棺材架。旅行者喝下他们给他的液体后,就忘记了生活中的痛苦,此时,

> 他明白了一个人的一生不过是短暂的一瞬,而时间的长河则无穷无尽。因而,对每一个人来说,无论他此刻是多大年纪,无论他有过多长的经历,他永远都是处在人生旅程的中途。他

---

① 科马克·麦卡锡:《穿越》,尚玉明,译. 重庆:重庆出版社,2011年,第457页。
② 科马克·麦卡锡:《平原上的城市》,李笃,译. 重庆:重庆出版社,2011年,第337页。

觉得他在沉默的人生中看出了主宰着一切的宿命,他明白他自己也不过是这个宿命的一部分……他还领悟到:正是因为他放弃了过去的成见,他才有了这种新的认识。①

旅行者前一晚躺在石头上睡觉时,丝毫未想到死,而他醒来后,除了死再无其他事可想了。流浪汉最后对帕勒姆说:

> 每一个人的死,都是对其他人的死的替代和推延。每个人都是要死的,所以没人不害怕。唯有对那代替我们先死的人的爱,可以稍微减缓我们对死的畏惧。我们不用等什么人来把这个人的故事写出来,因为他以前就在我们这里生活过,他也就是我们大家,他代表我们大家戴枷甘心受罪,直到轮到我们来代替他。②

评论家埃德温·阿诺德指出,这部小说的尾声如同麦卡锡其他小说的尾声一样"空灵、玄奥而难以捉摸"。这就是麦卡锡的"空白美学"(blank aesthetics),需要读者自己去理解和诠释。最后,帕勒姆又回到新墨西哥州,他在一个泉边见到了几尾悠然游动的小鱼,影布石上,来回游弋。帕勒姆身旁的树桩上搁着一个好心人放下的洋铁皮杯子,于是,他怀着虔诚的心情,双手捧着杯而饮。③就在这样的秋天,一家好心人收留了帕勒姆。这个结尾与小说《路》的结尾颇为相似,只是这里是一位老人被收留,而《路》中被好心人收留的

---

① 科马克·麦卡锡:《平原上的城市》,李笃,译. 重庆:重庆出版社,2011年,第352页。
② 科马克·麦卡锡:《平原上的城市》,李笃,译. 重庆:重庆出版社,2011年,第360页。
③ 科马克·麦卡锡:《平原上的城市》,李笃,译. 重庆:重庆出版社,2011年,第362页。

则是一个小男孩。

　　宋朝无名氏《白石滩碑刻》云:"日为弓兮月为箭,射四时兮生改变。千年万年松柏风,悲尽死亡人不见。"生是偶然,死是必然。人不应回避而要正视死亡。"你想长生,就得准备去死。"[①]罗素提倡将不朽之物投入生存,若欲使生活成为人的生活,就必须为某种远大的、非个人的目标服务。善于促进生活者,就是内心有精神生活之人;善于把不朽之物投入生存之人,就是能"从死亡中走出来"的人。[②]麦卡锡就是这样一个智者。

---

① 弗洛伊德:《论创造力与无意识》,孙恺祥,译.北京:中国展望出版社,1986年,第233页。
② 段德智:《死亡哲学》,北京:商务印书馆,2017年,第350页。

第六章　麦卡锡小说战争书写的科学人文主义

战争是人类社会发展特有的一种历史现象，据西方学者统计，在整个人类文明史中只有292年没有发生过战争。[①]统计或不太准确，但这至少说明战争是人类文明进程中常见的存在。有史以来，世界上到底发生了多少次战争，难有精确的数字。据统计，在人类的历史长河中，仅大的战争就发生了14000多次，平均每年近3次。就中国而言，自古以来发生的大小战争就超过3万次。[②]战争破坏了人类文明，故人们深恶痛绝这个寄生于社会文明中的毒瘤。但是，从人类战争的历史观之，科学技术与战争有着极为密切的关系。正如英国科学家J. D. 贝尔纳（J. D. Bernal, 1901—1971）在其科学学著作《科学的社会功能》（*The Social Function of Science*, 1939）中所言，从历史上看，"科学和战争一直是极其密切地联系着的，实际上，除了19世纪的某一段期间内，我们可以公正地说，大部分重要的技术和科学的进展是海陆军的需要所直接促成的"[③]。

美国的战争文学伴随战争而生而兴，尤其从第二次世界大战至越南战争期间，美国战争文学的发展尤为繁荣。麦卡锡的小说并非

[①] 李巨廉:《战争与和平》,上海:学林出版社,1999年,第35页。
[②] 胡德坤、罗志刚:《第二次世界大战与战后世界性社会进步》,武汉:湖北人民出版社,1993年,第1页。
[③] J. D. 贝尔纳:《科学的社会功能》,陈体芳,译. 北京:商务印书馆,1982年,第241页。

战争文学,但西部小说、西部边疆小说和后启示录小说都涉及对战争或战争场景的描写。麦卡锡从一个旁观者和思想者的视角出发,将重大的历史事件或战争隐匿于其小说的日常叙事之中,作为时代背景或故事发展脉络,使故事贴近现实生活。其小说涉及美国独立战争、美国内战、美墨战争、墨西哥革命、第一次世界大战、第二次世界大战、越南战争及"9·11"恐怖袭击事件等。他在小说中通过不同人物的回忆或讲述,反映了人物对战争的观念与态度,从人物的命运、社会的变迁等不同侧面再现那些大事件,挖掘历史事件背后隐藏的人性与现代文明存在的问题,反思科学技术与战争之间的密切关系,提醒人们时刻牢记这些战争和重大历史事件的残酷本质及其对美国乃至世界所产生的深刻影响。因此,麦卡锡之于战争的书写富有历史价值和社会意义,也有比较强的艺术感染力。

第一节 战争与文学以及麦卡锡小说的战争书写

一

在世界文学史上,自古就出现了战争文学。恩格斯认为,"荷马的史诗以及全部神话——这就是希腊人由野蛮时代带入文明时代的主要遗产"[1]。《荷马史诗》就是描写战争的一部伟大作品。《伊利亚特》(*Iliad*)重点描写特洛伊战争(Trojan War)第 10 年中 51 天内所发生的战事。战争双方相持不下,希腊联军统帅阿伽门农

---

[1] 马克思、恩格斯:《马克思恩格斯选集(第 4 卷)》,北京:人民出版社,1995 年,第 23 页。

(Agamemnon)与将领阿喀琉斯(Achilles)因一女俘而发生纷争，阿喀琉斯愤而退出战场。希腊危急之时，阿喀琉斯好友帕特洛克罗斯(Patroklos)代其出战，却被特洛伊统帅赫克托尔(Hector)所杀。于是，阿喀琉斯重返战场，最终杀死了赫克托尔。史诗在赫克托尔的葬礼中庄严结束。对于战争的胜利或失败，荷马并不做善恶区分或价值判断，而是称颂敌对双方所表现出的坚强意志与超人毅力。在西方文学史上，战争题材的经典作品大多歌颂荣誉、勇气与责任，这些高贵的品质成为作家讴歌的对象。在中国，从文学源头的《诗经》开始，就有战争题材的诗歌，如《小雅》中的《采薇》《出车》《六月》《采芑》，《大雅》中的《江汉》《常武》等反映周天子的对外战争，《秦风》中的《小戎》《无衣》等描写诸侯的对外战争。唐代的边塞诗以及后来的章回体小说《水浒传》《三国演义》等都是关于战争的文学作品。

19世纪以来，文学之于战争的描写似与往日有所不同。此类作品多了些民族立场，大部分作家站在国家或民族的立场上描写一场又一场的战争，如托尔斯泰(Lev Tolstoy, 1828—1910)的《战争与和平》(*War and Peace*, 1863—1869)就站在俄罗斯民族的立场上描写那场俄法之间的战争。他赞扬俄罗斯民族，肯定俄国人的爱国精神，却并未贬损法兰西民族，也未视所有法国人为敌。莫泊桑(Guy de Maupassant, 1850—1893)的《羊脂球》(*Boule de Suif*, 1880)、都德(Alphonse Daudet, 1840—1897)的《最后一课》(*The Last Lesson*, 1837)和《柏林之围》(*Le Siege de Berlin*, 1873)等也描写战争，关注战争中的小人物，从不同视角展示人性之善、人性之恶以及善恶之间的相互转化。

20世纪初，西方许多国家都卷入了第一次世界大战。这场战争对世界经济、政治格局都产生了深远的影响。第一次世界大战也成为 20 世纪二三十年代西方文学的重要主题之一。雷马克（Erich M. Remarque, 1898—1970）的《西线无战事》（*All Quiet on the Western Front*, 1929）就是其中之一。随着科学技术的发展，尤其是从冷兵器发展到热兵器，战争中的死亡率似乎越来越高。即便在冷兵器时代，从"一将功成万骨枯"（〔唐〕曹松《己亥岁二首·其一》）的战争中也可见出死亡之惨烈，因此文学中才有"醉卧沙场君莫笑，古来征战几人回"（〔唐〕王翰《凉州词二首·其一》）的悲壮与感叹。

美国的历史并不长，其参战或对外军事行动却多达 200 多次，其中对美国产生巨大影响的战争有 10 余次，包括美国独立战争、美墨战争、美国内战、美西战争、第一次世界大战、第二次世界大战、朝鲜战争、越南战争以及海湾战争等。另外，还有 21 世纪初的阿富汗战争和伊拉克战争。在美国文学史上，文学之于战争的描写始于美国独立战争之后。此后，战争文学蓬勃发展。第二次世界大战后，战争文学进入繁盛时期，以至于在越南战争后，美国出现了一个新型的战争文学——越战文学。

美国文学与战争颇有渊源。每次战争过后，美国文学似乎都要出现一次创作高潮。美国小说之父库珀的小说《间谍》（*The Spy*, 1821）是美国最早的战争小说。该小说以美国独立战争为背景，歌颂爱国志士哈维·伯奇的英勇事迹。这是美国文学史上第一部民族题材的小说，也是第一部蜚声世界的美国小说。斯蒂芬·克莱恩（Stephen Crane, 1871—1900）的《红色英勇勋章》（*The Red Badge of Courage*, 1895）从士兵亨利·弗莱明的角度描写战争，逼真地再现了美国内战的场面，突出战斗环境中的个人感受，淋漓尽致地描写了士兵的恐惧与悲伤、懦弱和勇敢。玛格丽特·米切尔（Margaret Mitchell, 1900—1949）的《飘》（*Gone with the Wind*, 1936）也以美国内战为背景，再现了林肯时期美国南方的社会生活。

战争小说在美国小说史上占有重要的地位。经历过第一次世界大战的作家写出了一代人的迷惘及其理想的幻灭,而历经第二次世界大战的作家则更加注重描写人性与社会。海明威的小说《太阳照样升起》《永别了,武器》《丧钟为谁而鸣》都以第一次世界大战为背景。《太阳照样升起》描写战争在生理、心理及伦理等方面对"迷惘的一代"(The Lost Generation)造成的严重影响。第一次世界大战使美国崛起而成为第一强国,工业化、城市化和商业化助长了消费主义观念,也带来了人们精神的空虚、动荡和混乱。《永别了,武器》描写弗瑞德里克·亨利的爱情悲剧,揭示战争的残酷性与无理性,反映战争中人与人之间的相互残杀以及战争对人的精神与情感的毁灭。《丧钟为谁而鸣》的故事时间只有3天(1937年5月底一个周六下午到周二上午),以美国青年罗伯特·乔丹参加西班牙反法西斯战争为题材,探讨生与死、爱情与职责、个人幸福与人类命运等问题。战争一旦爆发,丧钟就会敲响。冯内古特的《第五号屠场》(Slaughter-house Five, 1969)源于其亲身经历。1943年,冯内古特参加第二次世界大战,1944年12月被俘,被关押于德国德累斯顿一家屠宰场的地窖中。1945年2月13—14日,盟军轰炸德累斯顿,13.5万人死于此次轰炸。冯内古特侥幸逃过一劫。25年后,他以这场空袭为素材,结合其对战争与死亡以及人类生存困境的理解,创作了该小说。"战场上最为触目惊心的书写,自然是对人的生命的毁坏,以及伴随着的对人类文明的怀疑。"[1]梅勒根据他在第二次世界大战中的体验而创作的《裸者与死者》,以虚构的一个南太平洋小岛安诺波佩岛为背景,描写美国侦察兵为找到日军而进行的长途跋涉,客

---

[1] 武跃速、蒋承勇:《20世纪西方战争文学中的"毁坏"意识》,《浙江社会科学》,2011年第8期,第112—118页。

观展现了战争的残酷性,也描写了美国军队内部权欲派与自由派之间的对抗。该小说揭示了权力与人性的冲突、战争的荒诞性以及战争时期人际关系的异化。战争或是人类最大的悲剧,这种人造灾难有时比自然灾难更为可怕。

在第二次世界大战后的荒诞派战争文学中,战争的意义被赋予了荒谬、虚妄与迷惘的色彩,涌现出一批黑色幽默作家。海勒的《第二十二条军规》以第二次世界大战为背景,描写驻扎于地中海一个名叫皮亚诺扎岛上的美国空军飞行大队,展示美军内部的专制与腐败,揭示了一个非理性的、无秩序的、梦魇般的荒诞世界。品钦的《万有引力之虹》以 1944 年德军 V-2 火箭袭击伦敦时,英美情报机关企图获得火箭秘密为背景,探讨现代科技对人类生存的威胁。当时德军正在制造一种威力巨大的火箭,盟军官员与科学家竭力找到火箭基地。几乎所有小说人物都卷入了这场侦查与反侦查的斗争,却依然无果。火箭是科学技术进步的象征,也是人类毁灭的象征。彩虹本是自然美与和平的象征,而小说中的彩虹则指火箭在天空中运行的轨迹,让彩虹成为死亡与毁灭的象征,揭示出人类生存在战争与科技发展的矛盾之中。品钦将热力学第二定律引发的哲学猜想"热寂说"(heat death of the universe),即熵增原理(principle of entropy increase)引入小说,借此隐喻科学技术造就的现代世界终将走向灭亡。在现代战争文学中,人的灵魂破碎,生命被摧毁,诸多生命面对难以承受之重。作家在不断追问:人类文明与理性为何让位于冰冷的武器?因此,20 世纪的战争文学大多表现出反战的姿态,因为战争毁灭了人和人性,没有了神性,也没有了人文性。"所有的毁坏,只剩下审美意义上的荒诞和黑色幽默,成为一个时代的荒芜见证。"[①]

[①] 武跃速、蒋承勇:《20 世纪西方战争文学中的"毁坏"意识》,《浙江社会科学》,2011 年第 8 期,第 112—118 页。

越南战争为美国文学催生出了一批优秀的作品。这些作品反映越南战争对美国历史、社会、政治、文化、民族心理和文学创作等产生的深刻影响。罗伯特·斯通（Robert Stone, 1937— ）的《闪灵战士》（*Dog Soldiers*, 1974）讲述了越南战争、贩毒、围绕毒品的斗争与死亡等三大事件，揭露战争的残酷性、非人性、荒诞性和美国政治的腐败性。蒂姆·奥布莱恩（Tim O'Brien, 1946— ）的作品主要描写他在越南战争中的经历以及越南战争对美国士兵的影响。其小说《追寻卡西亚托》（*Going after Cacciato*, 1978）讲述了1968年美国士兵在越南作战的故事。其另一部小说《他们携带的东西》（*The Things They Carried*, 1990）描写了越南战争给美军带来的身体与心理上的双重负担，以及越南战争经历给他们战后生活带来的创伤。迈克尔·黑尔（Michael Herr, 1940—2016）的《快件》（*Dispatches*, 1977）描写了美军士兵在越南战场上的痛苦经历，也生动展现了作者作为战地记者在战场上的遭遇。菲力普·卡普托（Philip Caputo, 1941— ）的《越南战火》（*A Rumor of War*）用最真实的文字记述了直面死亡与深渊的经历。拉里·海涅曼（Larry Heinemann）的《帕科的故事》（*Paco's Story*, 1979）虽写战争的惨无人道，但其重点在于描写参加越南战争的幸存者的不幸。詹姆斯·韦伯（James Webb）的《荣誉感》（*A Sense of Honor*, 1981）是一部特殊的越南战争小说，讲述了在越南战争期间远离战场的海军学院中，三个不同海军将士之间的故事，表现了美国士兵勇敢、忠诚、为国家荣誉而战的精神。梅勒的《我们为什么在越南？》（*Why Are We in Vietnam?*）描写了得克萨斯州的早熟少年D.J.和自己的好友特克斯，在奔赴越南战争前夕，进入阿拉斯加北极圈的丛林狩猎。处处险象环生，惊险刺激。他们生饮狼血、击毙灰熊、猎杀糜鹿，场景惨烈而惊心，令读者如临其境。该小说虽未直接描写越南战争，却被视为政治寓言，可比肩海明威的巨著《永别了，武器》，还被认为是世界文学史上发人深省的越南战争启示录。另外，越南战争小说还有斯蒂芬·莱特（Steven Wright）的《绿中沉思》(*Meditations in Green*)、杰克·福勒（Jack Fuller）的《碎片》(*Fragments*)、朗诺·J.格拉塞（Ronald J. Glasser）的《三百六十五天》(*365 Days*)、朗·柯维克（Ron Kovic）的《生于七月四日》(*Born on the Fourth of July*)、格罗莉亚·爱默生（Gloria Emerson）的《胜者与负者》(*Winners and Losers*)、约翰·狄尔·维契奥（John Del Vecchio）的《第十三谷》(*The 13th Valley*)等。如今，许多有关越南战争的作品已成为美国文学的经典之作。

二

麦卡锡不仅关注科学与战争，而且还"探讨科学与战争的关系，以及人类社会生活与科技文明的相互影响"[①]。若按战争时间顺序而论，《沙崔》涉及美国内战；《血色子午线》涉及美墨战争；"边境三部曲"既有对墨西哥革命的描写，也有对第二次世界大战的回忆与叙述；《老无所依》涉及第二次世界大战和越南战争；《路》则描写核爆后的荒野世界，可视作对第二次世界大战及21世纪初的恐怖袭击的延伸描写。

随着美国工业革命的发展，对外扩张成为美国发展的主要动力。在"天定命运论"（Manifest Destiny）、种族主义和"美国例外主义"（American exceptionalism）的驱动下，美国不断向西扩张。这

[①] 李顺春：《21世纪英语小说的人文主义研究》，长春：吉林大学出版社，2020年，第114页。

就不可避免地与邻国墨西哥发生冲突。美墨战争是美国大陆扩张史与西进运动史上具有关键意义的一场战争。这是一场关于领土控制权的战争。它既使美国经济快速发展，又加剧了美国北部工业资本主义和南部奴隶制之间的矛盾，成为美国内战的前驱。《血色子午线》主要描写了美墨战争后格兰顿帮在美墨边境对印第安人的猎杀，其中涉及对美墨战争的描写以及战争对墨西哥产生的灾难性影响。

美国内战，又称"南北战争"，是美国工业革命后的第一次大规模战争。工业革命加速了城市化的进程，也加深了美国南北方在经济以及其他各方面的矛盾，从而引发了美国的内战。《沙崔》的故事主要发生在20世纪中期田纳西州的诺克斯维尔市。主人公沙崔的一个名叫罗伯特·朱尼尔的舅舅曾参加美国内战，后来战死沙场。从劳动营出来后，沙崔便去老地方史密斯小酒馆喝酒，与朋友谈到了诺克斯维尔城市的地下洞穴。这些洞穴是内战时用来储藏物资的，其中可能存有内战的遗留物。沙崔的朋友哈罗盖特有"城市老鼠"之称，计划利用这些洞穴挖地道直通银行，大干一票。然而，不幸的是，他不仅没能成功，反而差点儿葬身洞中。最后，沙崔将他救出。此时，沙崔才发现原来这个城市的地下洞穴全是战争时期挖的防空洞。

作为美洲大陆印第安人古老文明中心之一，墨西哥曾有闻名于世的玛雅文明（Maya civilization）、托尔特克文明（Toltecs civilization）和阿滋特克文明（Aztec civilization），这些古文明均为墨西哥古印第安人所创造。然而，自1821年独立以来，墨西哥的经济落后、政治独裁，引发了墨西哥革命。1910年，弗兰西斯科·马德罗（Francisco I. Madero, 1873—1913）推翻了总统波费里奥·迪亚斯（Porfirio Diaz, 1830—1915）。1913年，维多利亚诺·维尔塔（Victoriano Huerta,

1850—1916)在美国的支持下,出任墨西哥总统。数日后马德罗被暗杀。此时,墨西哥内战不断。北方反对派结成联盟,革命派维努斯蒂亚诺·卡兰萨(Venustiano Carranza, 1859—1920)提出"瓜达卢佩计划"(Plan de Guadalupe),要求维尔塔辞职。1914年春夏,起义军围攻墨西哥城,维尔塔出走,卡兰萨宣布自己为总统。此人大权独揽,清除异己。1920年,卡兰萨被杀。随后,阿道弗·德拉韦尔塔(Adolfo de la Huerta, 1881—1995)任临时总统,直到11月阿尔瓦罗·奥布雷贡(Alvaro Obregón, 1880—1928)当选总统为止。许多历史学家认为,墨西哥革命在1920年即告结束。然而,联邦军与叛军之间时有冲突发生,墨西哥军事政变频频,直至1934年拉萨罗·卡德纳斯(Lázaro Cárdenas, 1895—1970)就任总统后才平静下来。"边境三部曲"就涉及墨西哥革命和第二次世界大战。在《天下骏马》中,格雷迪的父母是在第二次世界大战前10年结婚的,布莱文斯的父亲在第二次世界大战中上了战场就再未回来。小说对墨西哥革命的描写主要是通过小说人物的回忆展开的:一是姑婆阿方莎亲口告诉格雷迪有关她与马德罗一家交往的往事;二是通过刘易斯老人的回忆呈现出当时战争的场景。刘易斯给格雷迪和罗林斯讲述了墨西哥那个地方和住在那里的人们的故事。刘易斯曾在托雷昂、圣佩德罗和萨卡特卡斯打过仗。他的父亲、他的两个哥哥和他自己都曾是骑兵。父兄均在墨西哥革命期间战死,因此老人感叹:"战争毁了这个国家,但只有用战争才能制服战争。"[1]他也曾在墨西哥沙漠上打仗,他骑的好几匹马都在战争中死去。《穿越》也描写了墨西哥革命,帕勒姆第一次穿越美墨边界到墨西哥时遇见的老妇人就发出

---

[1] 科马克·麦卡锡:《天下骏马》,尚玉明、魏铁汉,译. 重庆:重庆出版社,2013年,第141页。

如此感叹,革命把这个国家的好男人都杀光了,只留下一些白痴。①在第二次穿越中,帕勒姆来到一户人家,住着一个主妇及其瞎眼丈夫。其丈夫曾参加反政府军,1913年在战斗中被俘,在多兰戈城失去双眼。主妇的两个哥哥和父亲也都被杀了。该小说也描写了第二次世界大战的情况,帕勒姆第三次从墨西哥返乡后,到征兵站申请入伍,但由于心律不齐,他最终没能入伍。而他邻居牧场的侄子米勒战死于太平洋的战场上。《平原上的城市》的时间跨度从第二次世界大战后到2002年,背景仍是美墨边境。牛仔特洛伊曾参加第二次世界大战,在加利福尼亚的圣迭戈退役后,来到马克的牧场干活。特洛伊的大哥埃尔顿也参军了,很想到国外去打仗,可整个战争期间都在彭德尔顿基地——美国海军陆战队在美国西海岸主要的基地。特洛伊的二哥约翰尼在太平洋战区打仗。他手下整个一个连的士兵都被打死了,可他连皮都未蹭破一点儿。马克牧场的管家奥伦在墨西哥革命和第二次世界大战中都打过仗。阿彻谈到墨西哥闹革命的那段经历时,说那场战争未给他们带来任何好处,几乎每个家庭都有亲人死去,儿子或父亲,或儿子和父亲。1917年,约翰逊老爹打枪战。1910年至1920年墨西哥革命与动乱期间,约翰逊老爹恰好在墨西哥,见到了各种血腥的场面。

《老无所依》涉及三场战争,即第一次世界大战、第二次世界大战和越南战争。哈洛德生于1899年,比贝尔警长的叔叔埃利斯大几岁。第一次世界大战时,17岁的哈洛德上了战场,不知死在什么地方的一条水沟里。哈洛德之死对其母卡罗琳而言是一场灾难,卡罗琳没有得到奖章,因为哈洛德不是她的亲生儿子,她甚至从未领到过哈洛德的战争抚恤金。贝尔警长曾参加第二次世界大战。他21岁

---

① 科马克·麦卡锡:《穿越》,尚玉明,译. 重庆:重庆出版社,2011年,第97页。

参军，后来成了战斗英雄，并被授予铜星勋章。小说中还有两个越南战争老兵，可他们的结局都很惨。摩斯曾是越南战争中的一名狙击手，威尔斯在越南战争中曾是特种部队的陆军中校。二人均被齐格所杀。

与麦卡锡其他小说相比，《路》并未具体涉及现实生活中的任何一场战争，描写的是人类文明毁灭之后的荒芜世界。故事从核爆10年后的核冬天开始。小说对核爆炸后的场景的描写确实令人震惊和恐惧：尘雾笼罩全球，除了空气，到处都是废墟、残骸和黑暗。原子弹可谓战争中的终极武器，在核爆中人类世界和人类文明几乎毁灭殆尽。这场核爆或可被视为对第二次世界大战的虚拟续写，因为美国在日本的广岛和长崎投下了两颗原子弹。麦卡锡在《路》中描写了核爆所产生的可怕影响，其末日书写或许还可被看作对21世纪初发生在美国纽约那个举世震惊的恐袭事件的隐射与忧思。

比较而言，"田纳西三部曲"并未涉及或描写战争或与战争相关之事。麦卡锡对战争的描写主要集中于其西部小说、边疆小说及其后启示录小说之中。在这些小说中，科学技术在战争中的应用伴随着美国的西进运动以及美国工业革命的发展而不断升级，从最初的冷兵器到燧发枪再到来复枪、迫击炮等，到其后启示录小说中以核武器为代表的科学技术发展达到顶峰。从《穿越》中帕勒姆目睹那场让他心灵震撼的核爆试验，到《路》中的核爆炸后的荒凉的核冬天，充分说明了人类社会与人类文明终究逃不过出于利益而毫无节制地发展科学技术所导致的毁灭厄运。麦卡锡在小说中一直关注科技发展与人类发展这对相生相克的事物的关系，揭示出科学技术是一柄双刃剑，是一把高悬于人类头顶的达摩克利斯之剑（Sword of Damocles）。人类善用之，科学技术就为人类服务；反之，《路》中的末日荒原景观终将成为人类现实世界的梦魇。

三

科学技术的发展与战争息息相关。从冷兵器时代到火器时代、从机械化时代到信息时代，科学技术成为军事武器不断升级换代的原创力。谁拥有最先进的武器，谁就能在战争中取得绝对的优势，因此，可以说作为战争利器的枪械技术体现了科学技术的最新与最高成就。麦卡锡在小说中对枪械的细致描写展示了美国的枪械发展史。

枪械发展之源是火药，从中国人发明火药到枪械诞生则历经了六七个世纪。第一支枪发明于南宋开庆年间，名为突火枪，旋即发展出火铳枪。13世纪，成吉思汗（1162—1227）的蒙古铁骑携火器西征，火药及火器随之传入欧洲。此后，欧洲先后出现火绳枪、燧发枪、火帽枪等，逮至1840年第一次鸦片战争时，源于中国火铳枪的洋枪洋炮打开了中国的国门。1835年，普鲁士人发明击针式后装枪和定装式枪弹，使枪械的射击距离、杀伤力得到质的飞跃。1866年，装备这种枪的普鲁士军队在普奥战争（Austro-Prussian War）中完胜奥地利军队。19世纪末20世纪初，又出现机枪，如加特林机枪等。第一次世界大战后期到第二次世界大战时期，出现了坦克、飞机，最后出现了原子弹。第二次世界大战后，苏联开发了AK-47，美国则研发了M14自动步枪及M60机枪。越南战争期间，冲锋枪及自动步枪已成为主要武器，如20世纪60年代装备美军的7.62×51毫米M14自动步枪。

16世纪末，西班牙人和葡萄牙人靠火绳枪征服了美洲。可以说，火绳枪开启了美国被征服的历史。美国人持枪权的历史与这个国家的历史一样悠久。直到现在，持枪权仍是宪法赋予美国人的权力。美国最高法院 2010 年公布了一项裁决：今后，美国公民将拥有更加自由的持枪权。从历史角度观之，拥有枪械是美国西部神话和西部文化符号的一部分。实际上，枪支也成了美国征服西部、掠夺财富、施行暴力和发动战争的利器。

在麦卡锡的作品中，主人公大多都拥有手枪或步枪。《看果园的人》中的奥恩比用来复枪射击政府放置在其果园中的一个金属罐而被捕，最后被送入了疯人院。在《外围黑暗》中，父亲留给霍姆兄妹的唯一东西就是一把枪。《上帝之子》中的巴拉德一出场，手里就攥着一杆来复枪。此后，他"手里总是攥着那杆来福（复）枪，仿佛那东西令他无法抗拒"[1]。这枪成了他的伙伴，成了他打猎和杀人的工具。他用来复枪射穿了购买他房产的格里尔，而格里尔则用霰弹枪打掉了他的一只手臂。在《天下骏马》中，南下墨西哥时，格雷迪带的是左轮手枪，罗林斯带了一只 25-20 型小卡宾枪，布莱文斯则带着 32-20 型柯尔特手枪。《穿越》中的帕勒姆和《平原上的城市》中的格雷迪都各有各的手枪。在《路》中那个末日后的世界上，男人一直携带一支手枪，既可自卫也可杀人，甚至还教儿子为了不被食人族抓住，如何开枪自杀。相比于上述小说，《血色子午线》和《老无所依》可谓武器的展示库，各种枪械应有尽有。《血色子午线》中有不同型号的来复枪，如大口径短管双筒来复枪、短筒来复枪，不同型号的手枪，如五发柯尔特小口径左轮手枪、六发柯尔特左轮手枪和龙骑兵手枪，印第安人的燧发枪，墨西哥骑兵配备的火枪，还有卡宾枪、双筒猎枪和野牛猎枪。在《老无所依》中，手枪有左轮手枪、点四五式自动手枪、九毫米口径格洛克手枪、三八〇格洛克手枪、点四

---

[1] 科马克·麦卡锡:《上帝之子》,杨逸,译. 郑州:河南文艺出版社,2020 年,第 41 页。

四至四〇柯尔特手枪、九毫米帕拉贝鲁姆手枪、Tec-9"冲锋枪"①和 H&K 自动手枪，步枪有点二七〇口径的步枪、九七型温彻斯特步枪和杠杆式步枪②，冲锋枪有手提冲锋枪、点四五冲锋枪、AK-47冲锋枪③、短枪管的乌兹冲锋枪和短枪管的 H&K 冲锋枪④，机枪则有袖珍机枪、小口径机枪和点三〇机枪，还有点一二口径、有推拉枪栓的温彻斯特猎枪和霰弹枪。

燧发枪是1547年法国人发明的。16世纪80年代，欧洲许多国家的军队都装备这种撞击式燧发枪，直到1848年，足足装备了200余年。燧发枪纵横战场的200余年间，许多政治、军事事件与它紧密相连，特别是美国独立战争的历史，差点儿因之而改写。在美国独立战争期间，英美双方使用的都是燧发枪。1777年10月的一天，英美军队在相距91.4米至274.2米的阵地对峙，英殖民军的一名神枪手少校接到命令——干掉北美十三州总司令乔治·华盛顿（George Washington, 1732—1799）。一日，美军阵地上出现了一个衣着随便的军官，身旁仅站着一个副官模样的人。当少校端着燧发枪骂阵时，这个漫不经心的美国人一直盯着英军阵地，毫无逃离之意。因此，少校认为此人并非大官，不值得取其性命，故未开枪。而这人就是大名鼎鼎的华盛顿。若少校开枪，华盛顿之命休矣，或许美国历史真的就被改写了。

---

① Tec-9"冲锋枪"因为不能抵肩发射，扣一次扳机只能打出一发子弹，所以被法律定义为手枪。
② 温彻斯特杠杆步枪是一种温彻斯特步枪，能连发，在美国号称"赢得西部疆域的枪"。
③ AK-47 冲锋枪，是苏联枪械设计师哈伊尔·季莫费耶维奇·卡拉什尼科夫于1947年设计的冲锋枪。
④ H&K 冲锋枪是德国军械长黑克勒和科赫设计、制造的枪械。

第六章 麦卡锡小说战争书写的科学人文主义

手枪已有近千年的历史。手枪虽小，其作用却很大，因此，手枪成为麦卡锡作品中许多主人公的标配。《天下骏马》中的格雷迪南下墨西哥时带的是祖父留下的左轮手枪，偶遇的布莱文斯随身带的是32‐20型柯尔特手枪。《老无所依》中杀人狂魔齐格勒死副警长，带走了他的左轮手枪。贝尔警长则喜欢老式的自动手枪，如点四四至四〇的柯尔特手枪。摩斯购买的是 Tec‐9"冲锋枪"。《路》中的父亲在末日后的世界上仍随身携带一把左轮手枪。《血色子午线》中的格兰顿帮全副武装，除人手一支来复枪外，许多人还有五发的柯尔特小口径左轮手枪。最早的手枪是火门手枪，史载第一支火门手枪是意大利人于14世纪中叶发明的，当时被称为"希欧皮"。19世纪末20世纪初，各式各样的手枪便闪亮登场了。或许，左轮手枪并非美国人塞缪尔·柯尔特（Samuel Colt, 1814—1862）最早发明，但他于1835年发明的左轮手枪是世界上第一种真正成功并得到广泛应用的左轮手枪。美国西部著名的六连发左轮手枪就是以其名字命名的。据说他乘船时观看舵手操作舵轮而获得灵感。他因此被称为"左轮手枪之父"。1846年至1848年的美墨战争给左轮手枪带来了巨大的商机和市场。1847年，柯尔特在康涅狄格州首府哈特福德（Hartford）建立了机械化工厂，批量生产左轮手枪，他设计制造的0.44M1847式转轮手枪被美国联邦政府大量购买。柯尔特的公司很快成为令世人瞩目的大公司，至今在世界上仍有巨大的影响力。与其他所有枪械不同的是，左轮手枪的枪管和枪膛是分离的，转轮是弹膛又是弹仓，其上有5—8个弹巢，最常见的是6个，故曰六连发手枪。在《平原上的城市》中，约翰逊老爹1929年最后一次去墨西哥华雷斯城。他在酒馆目睹一人被柯尔特手枪所杀。小说中，20世纪初，美国田纳西州、肯塔基州、南卡罗来纳州和密苏里州的山民都买得起这种柯尔特六连发手枪，挎在皮带上到处张狂，见人动不动就开枪，整个西部，他们到什么地方，什么地方就出乱子。①

左轮手枪也有缺点，如容弹量少、射击准确性不高、重装子弹的时间长等。于是，随着技术的革新，半自动手枪和自动手枪就出现了，如《老无所依》中摩斯使用的 H&K 半自动手枪。在《天下骏马》中，来抓格雷迪和罗林斯的警察，手持柯尔特军用自动手枪和来复枪，还有那个杀害布莱文斯的墨西哥上尉，左腰处别着一把处于全击发状态的 45 型自动手枪。在《穿越》中，在护送狼回家的途中，帕勒姆遭遇的两个骑马的人，他们带着的是美国政府出产的 0.45 英寸口径自动手枪。这种自动手枪最大的优点是可靠性强，特别是对瞎火弹的处理既可靠又简捷。1983 年，奥地利研制的格洛克手枪，也属自动手枪。该手枪能使用各种不同口径的子弹，据说格洛克 22 是美国境内最受欢迎的警察配枪，有超 60％的警力已在使用这款手枪。有 40 多个国家列装格洛克手枪，德国边防警察第 9 反恐大队（Grenzschutz-Gruppe 9，GSG9）、美国联邦调查局（Federal Bureau of Investigation，FBI）、特种警察（Special Weapons and Tactics，SWAT）等都是格洛克手枪的忠实用户。

来复枪（rifle）也是麦卡锡小说主人公的标配器械。来复枪原产于德国莱茵兰（Rhineland），越洋过海来到北美。来复枪在美国经过改造后，重量较轻而枪管较长，在美国独立战争中曾被大量使用。"rifle"一词即步枪，原意是膛线，故步枪是一种枪管内刻有膛线的、单人使用的长管肩射武器。步枪包括普通步枪、卡宾枪（骑枪）、突击步枪、狙击步枪和反坦克枪等，还有自动与非自动之分。《上帝之子》中的巴拉德用来杀人和打猎的就是他攒钱购买的来复枪。在《天下骏马》中，到牧场抓人的警察也配备了来复枪。在《穿

---

① 科马克·麦卡锡：《平原上的城市》，李笃，译. 重庆：重庆出版社，2011 年，第 232 页。

越》中，帕勒姆兄弟在池塘边遭遇的印第安人握着一杆老式的 0.32 英寸口径单发来复枪。博伊德也是被来复枪打伤的。在《平原上的城市》中，约翰逊老爹在 1917 年打枪战时使用的也是来复枪。《天下骏马》中的罗林斯南下墨西哥时携带的是一支 25-20 型小卡宾枪（carbine）。卡宾枪的结构与普通步枪相同，只是枪身稍短，便于骑乘射击。在《老无所依》中，摩斯打猎用的是一支点二七〇口径的步枪，枪托由槭木和胡桃木压合而成。贝尔警长有九七型温彻斯特步枪。温彻斯特步枪（Winchester rifle），是 19 世纪 80 年代由美国枪械工厂主奥利弗·温彻斯特（Oliver Winchester, 1810—1880）发明的系列步枪。在旧西部时期，温彻斯特步枪经常出现在牛仔、枪手、执法人员和不法分子的手中，与那些旧型号单动式转轮手枪并存，也成为美国西部片的经典枪械。温彻斯特杠杆步枪由传奇人物约翰·摩西·勃朗宁（John Moses Browning, 1855—1926）设计，是美国历史上第一支使用无烟发射药枪弹、为狩猎而专门设计的杠杆步枪。温彻斯特步枪还有很多变型枪，包括卡宾枪、狩猎步枪、骑兵用卡宾枪，可发射不同口径和型号的枪弹。在很长时间内，该枪作为"美国精神"的形象标志，留在美国的步枪射手和猎人的心中。

冲锋枪、霰弹枪等枪械也是麦卡锡小说中的必备武器。在《老无所依》中，摩斯在黑帮火并现场发现并带走的是一支短枪管的 H&K 冲锋枪。这是一款德国枪械。单手射击时，可将此枪当手枪用；将枪套作为枪托，可当冲锋枪用，可 3 发控制点射。将该枪运动部件的数量减少，其寿命可达 30000 发。小说中，齐格来到摩斯最早要的那个房间，先杀一人，又对卫生间里的人开枪射击，那人手里抓着的是一支 AK-47 冲锋枪。在后来的枪战中，齐格捡起一支短枪管的乌兹冲锋枪扫射。乌兹冲锋枪曾在 1956 年的第二次中东战争中使用，效果颇佳。乌兹冲锋枪成为军官、车组成员及炮兵部队的自卫武器，也是前线精英部队的武器。

机关枪（machine gun），简称"机枪"，是一种全自动、可快速连续发射子弹的枪械，以扫射为主攻方式。世界上第一挺机枪由比利时工程师于1851年设计。而现代机枪的鼻祖是1862年由美国人理查德·乔丹·加特林（Richard Jordan Gatling, 1818—1903）发明的加特林多管式机枪，首次用于美国内战。此后，在西进运动中，加特林机枪成为仅次于大口径榴弹炮的"杀人机器"。1883年，美国人海尔曼·S.马克沁（Hiram S. Maxim, 1840—1916）研发出了世界上第一种不借助外力、靠子弹的发射药做动力完成自动动作的机枪——马克沁机枪（Maxim machine gun）。而麦卡锡小说提及的袖珍机枪、小口径机枪和点三〇机枪都属于轻机枪。

大炮是一种历史悠久的重型攻击武器。中国的火药和火器西传后，14世纪上半叶，欧洲开始制造出发射石弹的火炮。随着科学技术的发展，火炮的威力也越来越大。但就地面压制火炮而言，有加农炮、榴弹炮、加农榴弹炮和迫击炮等。《穿越》有对加农炮的描写，1913年，盲男人所加入的叛军曾在多兰戈城作战，夺取了政府军一尊法国造的古代加农炮，他被指派操纵这门大炮。加农炮常用于前敌部队的攻坚战。《老无所依》中的贝尔警长曾上过第二次世界大战的战场，他所在的班就被敌军的大炮重创，仅他一人幸免于难。

在麦卡锡小说中，《路》所描写的核冬天是军事技术发展到巅峰的结果。《路》描写了一个核爆炸后的末日浩劫世界，麦卡锡以犀利的笔锋和缓慢、残酷、微观、绝望而又血腥的叙述[1]，展现了一个前途渺茫的末日后的世界与人类的彷徨、无助，符合当今西方社会文

---

[1] Lincoln, Kenneth. *Cormac McCarthy: American Canticles*. New York: Palgrave Macmillan, 2009, p. 168.

化对末日情结的追问。第二次世界大战后，人们还未从原子弹轰炸日本广岛和长崎带来的阴霾中走出，美苏旋即进入了冷战，两国之间的军备竞赛加剧，都成功研制出氢弹（hydrogen bomb）。这宣告一个大规模杀伤性武器的时代已然来临。人们更加关注科技发展的负面效应，反核的呼声日盛。20 世纪 50 年代后，描写核战灾难的末日启示小说大量涌现，如内维尔·舒特（Nevil Shute, 1899—1960）的《在海滩上》（*On the Beach*, 1957）、帕特·弗兰克（Pat Frank, 1908—1964）的《唉，巴比伦》（*Alas, Babylon*, 1959）、乔治·斯图尔特（George Stewart, 1895—1980）的《地球尚在》（*Earth Abides*, 1949）、理查德·麦瑟森（Richard Matheson, 1926—2013）的《我是传奇》（*I Am Legend*, 1954）、拉里·尼文（Larry Niven, 1938— ）与杰瑞·波奈尔（Jerry Pournelle, 1933— ）的《撒旦之锤》（*Lucifer's Hammer*, 1977）、史蒂芬·金（Stephen King, 1947— ）的《末日逼近》（*The Stand*, 1978）、威廉·布林克利（William Brinkley, 1917—1993）的《末世之舟》（*The Last Ship*, 1988）等。琴·赫格兰（Jean Hegland, 1956— ）的《森林深处》（*Into the Forest*, 1996）讲述一对孤儿姐妹在末日世界里走进森林艰难求生的故事。该小说可与乔治·奥威尔（George Orwell, 1903—1950）的《1984》（1949）媲美。如同小说《路》一样，这些后启示录小说所描写的末日或末日后的场景，都是科学技术的过度发展导致的，核战争既毁灭人类文明，也毁灭人类赖以生存的地球家园。

第二节　美墨战争、墨西哥革命以及越南战争

美墨战争创造了美国军事史上的许多第一，如第一次异国大规模作战、第一次两栖作战、第一次进行职业性的战争等，显示出美国

在军事力量与科学技术方面的领先水平,以及军事与科技的高度结合。在墨西哥革命期间,美国动用了当时最先进的军用枪械进行武装干涉。该革命开启美国摩托化作战的先河,拉开美国军用飞机史的序幕。麦卡锡在其小说中虽未直接描写美国的这些科学成就,但他是一个冷静的科学人文主义者,他密切关注科学技术的发展对人类命运所产生的影响。越南战争之于美国人的确具有非常特殊的意义,虽然麦卡锡并未直接描写越南战争的战斗场面以及小说人物在越南战争中的经历,但他通过描写他们在越南战争后的不幸经历,侧面揭示出越南战争对那些退伍士兵以及美国民众的创伤性影响。麦卡锡在小说中入木三分地对各种不同形式的血腥暴力事件进行描写,其目的是揭示美国社会发展历史进程中出现的偏颇,以警醒世人直面失衡的人文理想和精神信仰等严峻的社会问题。

一

在麦卡锡的小说中,直接描写美墨战争的篇幅并不太多,其西部小说、西部边疆小说以及后启示录小说中的《老无所依》的背景都设在美国西部或美墨边境,这些地方与墨西哥有千丝万缕的联系。麦卡锡对美墨战争的描写主要集中在《血色子午线》中。该小说共23章,外加1个后记,取材于真实的历史事件,主要描写美墨战争结束后以约翰·约珥·格兰顿(John Joel Glanton, 1819—1850)为首的格兰顿帮对土著阿帕契人的屠杀,再现了美国白人征服西部的血腥而暴力的历史。美墨战争既是该小说的时间背景,又是小说叙事中绕不开的历史线索。

自独立以来,美国的发展似乎都与土地的扩张紧密相关。天定命运论似乎就生长在这些来自英国的盎格鲁-撒克逊人的血液之中。

作为美利坚民族的代表，本杰明·富兰克林（Benjamin Franklin, 1706—1790）就是美利坚帝国的设计者。他提出了一个美利坚帝国的构想，包括加拿大、佛罗里达、西印度群岛和爱尔兰。1787年，被称为"美国独立巨人"的约翰·亚当斯（John Adams, 1735—1826）宣称，美国命中注定要扩张到整个北美。他认为北美大陆必是美国的财产，如同密西西比河必流入大洋一样，整个北美大陆应该由一个国家的居民定居，他们拥有共同的语言、宗教、社会习俗和政治制度。19世纪20年代的门罗主义（Monroe Doctrine）则提出"美洲是美洲人的美洲"，目的是不许欧洲国家在美洲实行殖民统治。1845年，约翰·L.奥沙利文（John L. O'Sullivan, 1813—1895）提出天定命运论，即美国人占据北美大陆是上帝赋予他们在整个大陆发展的权利。不仅如此，美国还要将所谓"自由"的区域从整个北美大陆扩展到全世界。这一年是美墨战争的前一年。要实现美利坚的天定命运，除诉诸武力外别无他途。约翰·温斯洛普（John Winthrop）的"山巅之城"、彼得·巴尔克利（Peter Bulkeley）的"福音之约"和乔纳森·爱德华兹（Jonathan Edwards）的"最后的荣耀可能就从美洲开始"，都是天定命运的具体体现。19世纪中期，美国的科学技术迅猛发展，科学主义深入人心，科技与文明成为支撑天定命运思想的强有力的话语资源。1872年，约翰·加斯特（John Gast）的油画《美国的进步》（American Progress, 1872）最能表现天定命运思想中的科技话语了。金发碧眼的高大天使一路向西穿过美国大陆，手中拉着不断延伸的电报线，背后则是轰鸣的火车、远方的汽船和驱牛劳作的白人农民。她带领开发西部的先遣队、启蒙精神与科学技术向西部挺进。然而，在天使传播文明和引领拓荒者西进的过程中，印第安人与野牛群则在她面前不断向后退却，被挤压到画面阴暗的角落。这种观念造就了美国人的性格和所谓"美国精神"。美国第28任总统伍德罗·威尔逊（Woodrow Wilson, 1856—1924）曾如此描绘美国人的性格："总是向新的边疆前进，寻找新的土地、新的权力和完全自由的处女地，这种倾向犹如命运般支配着美国人的事业，并形塑了这个国家的政策。"①

在《血色子午线》中，少年参加上尉的军事阻挠队后，上尉问他对条约有何看法。②上尉所说的条约，指1848年2月美墨签订的《瓜达卢佩—伊达尔戈和平条约》（The Treaty of Guadalupe Hidalgo）。1846年5月至1848年2月的美墨战争就在天定命运思想的驱动下进行的。美墨战争发生在19世纪美国大陆扩张进入高潮的时期，是美国以武力进行领土扩张的开始。这次战争使美国基本上获得了它今日在北美大陆的版图。美国对墨西哥的战争是美国大陆扩张史和西进运动史上一次具有关键意义的战争，既推动了美国经济大国的形成，又加剧了北部工业资本和南部奴隶制的矛盾。列宁曾说："战争是政治通过另一种手段（暴力手段）的继续……"③美国通过这种手段，获得了内华达、犹他的全部地区，以及加利福尼亚、科罗拉多、亚利桑那、新墨西哥和怀俄明的部分地区，总面积达230万平方公里，占当时墨西哥领土的一半多。美国支付给墨西哥1500万美元，放弃墨西哥所欠的325万美元的债务。④

在美墨战争中，按理说墨西哥军队在本土作战，熟悉地形，占有

---

① Link, Arthur S. et al. *The Papers of Woodrow Wilson. Vol.* 12, *1900—1902.* Princeton: Princeton University Press, 1972, p. 125.
② 科马克·麦卡锡:《血色子午线》，冯伟，译．郑贤清，校．重庆:重庆出版社，2013年，第37页。
③ 列宁:《列宁选集（第2卷）》，北京:人民出版社，1995年，第515页。
④ 托马斯·G. 帕特森、J. 加里·克利福德、肯尼思·J. 哈根:《美国外交政策》，李庆余，译．北京:中国社会科学出版社，1989年，第143页。

第六章　麦卡锡小说战争书写的科学人文主义　　249

数量优势,机动性也很强,取胜的可能性应更大。然而,墨西哥为何会惨遭滑铁卢呢?其失败的主要原因在于科学技术不如美国先进。美国当时工业化取得了重大进展,经济发达,军队装备精良,拥有先进的前装式来复枪和大炮,海军控制着制海权。而墨西哥则是落后的农业国,军队装备差,几乎没有海军。恩格斯在《反杜林论》(Anti-Dühring)中曾指出:"军队的全部组织和作战方式以及与之有关的胜负,取决于物质的即经济的条件:取决于人和武器这两种材料,也就是取决于居民的质与量和取决于技术。"[1]在这场战争中,墨西哥在军队训练水平和武器方面均不如美国,因此,墨西哥的失败早已是命中注定的。从历史视角观之,美国在美墨战争中创造了许多军事史上的第一,这些第一皆源于美国当时制度的完善以及先进的科学技术。美军第一次在异国进行大规模的战争,依靠较高的战术素养与精良的装备第一次成功进行了两栖作战。美军司令温菲尔德·斯科特(Winfield Scott,1786—1866)策划并实施了对墨西哥东海岸的最大港口维拉克鲁斯(Veracruz)的两栖登陆。两栖登陆极为成功,美军8000人无一伤亡,陆军与海军协同作战,完成预定作战目标,被称为"19世纪最成功的两栖登陆作战"。美军第一次大批量地将蒸汽动力舰船用于战争,如在两栖登陆中的美军72艘军舰都以蒸汽为动力,大大提高了军舰的速度与灵活性。另外,美军第一次在敌国建立军政府以实行统治;美墨战争也是美国第一次职业性的战争。正如诸多美国史学家所言,此次战争是"美国内战的课堂"或"美国内战的前奏"。[2]军事与科技完美结合在这场西部扩张的战争

---

[1] 马克思、恩格斯:《马克思恩格斯全集(第20卷)》,北京:人民出版社,1971年,第186页。
[2] 陈海宏:《美国军事史纲》,北京:长征出版社,1991年,第130页。

中发挥了不可替代的独特作用。

在《血色子午线》中，麦卡锡具体描写了在墨西哥境内打响的第一次战役——蒙特雷（Monterrey）战役。这是美墨战争中一场意义重大的战役，发生在 1846 年 9 月 21—24 日，美军将领扎卡里·泰勒（Zachary Taylor, 1784—1850）率军向南推进到墨西哥的蒙特雷。同时，陆军准将约翰·埃利斯·伍尔（John Ellis Wool, 1784—1869）从得克萨斯的圣安东尼奥（San Antonio）出发，杀向墨西哥北部的奇瓦瓦（Chihuahua）。在小说中，上尉说蒙特雷战役的意义重大，其间有三万人志愿加入美军。上尉是其中之一。他的许多朋友在战斗中死去。因此，在美墨战争后，上尉就组织了军事阻挠队，到墨西哥进行屠杀，他说："我们一定会血债血偿。还给那些野蛮人。"[①]这就演绎出了小说中头皮猎人这样骇人听闻的故事。

美墨战争使美国基本完成其大陆扩张的目的，横跨两大洋，傲视美洲，奠定了与欧洲列强分庭抗礼、角逐全球的基础。美国当时在军事、铁路、电报和印刷术等方面的科技发展与运用使其扩张具备了现实的可能性。1838 年，塞缪尔·莫尔斯（Samuel Morse, 1791—1872）首次成功公开演示了他发明的电报，引起全美的轰动效应。电报意味着在全美大陆范围内各地的联系更加便捷。美国铁路建设始于 1825 年，随后通过引进、改进，最终制造出了适应美国地理环境的高效能的高压蒸汽机。19 世纪 40 年代，美国的铁路长达 5356 千米，并从大西洋沿岸延伸到中西部的新兴城市。铁路时代真正来临虽是内战之后的事，但那时修建横贯大陆的铁路线已在酝酿之中。

科学、技术与军事的完美结合促进了美国对远西部的扩张。为

[①] 科马克·麦卡锡：《血色子午线》，冯伟，译. 郑贤清，校. 重庆：重庆出版社，2013 年，第 38 页。

了解西部的地质、水文、植被及地形,太平洋的洋流、海潮,以及印第安人的部族情况,美国组建了由军人、海员、科学家及技术人员等构成的探测队,挺进大西部,进行陆地与海洋勘测与探险。1804年,刘易斯与克拉克远征(Lewis and Clark Expedition, 1804—1806)首开先河,对美国西部进行探险与考察。这是美国国内首次横越大陆西抵太平洋沿岸的往返考察活动。这次探险活动是由总统托马斯·杰斐逊发起的。他重视实用科学,倡导科学与技术紧密结合,促使科学技术在国家、社会与个人进步中发挥重大作用。他认为政府有责任促进科技的普及与发展。他致力于将科技与军事相结合,使军事成为推动科技发展与运用的有力工具。这次历时两年的考察的最大意义在于,它创下科技与军事相结合、使科技服务于军事目的、以军事目的推动科技发展的先例。一系列由政府组织的勘测活动随之展开。1819 年到 1820 年,斯蒂芬·朗少校(Major Stephen Long)率领探险队对普拉特河和红河河源进行探察。这支探险队包括植物学家、矿物学家、语言学家、化学家、农学家、工匠和士兵等,携带望远镜、加农炮、精密科学设备、种子与火药等。19 世纪 40 年代,美国陆军已拥有一支相当成熟的工兵部队。他们有精良的技术设备,有强烈的扩张欲望。他们提供了北美半个大陆的地图资料,广泛服务于政府对西部的移民、军事与外交活动,其作用举足轻重、无可替代。这也是美国在美墨战争中获胜的最为重要的法宝之一。在小说《平原上的城市》中,被派往西南部七个州进行探测的探险队就是美国历史上科学探险的写照。

美墨战争的结果使美国获得西南部肥沃的土地和丰富的资源,推动了西进运动,有利于经济大国的布局,加快了美国工业化的进程。这些土地蕴藏着丰富的石油、铜矿、锡矿、硫黄、钾盐和天然气等,遑论加利福尼亚太平洋沿岸的许多优良港湾了。美国第 11 任总统詹姆斯·诺克斯·波尔克（James Knox Polk, 1795—1849）认为，这场战争已产生并显示出了伟大的结果，对美国未来的进步具有不可估量的意义。西部广袤的土地为美国的农业提供了草地、平原，为工业提供了充足的原材料以及广阔的消费市场。美墨战争结束后，太平洋沿岸的港口迅速发展，为美国打开了通向东方的贸易渠道，缩短了美国对远东贸易的航程。随着1848年加利福尼亚金矿的发现，大批移民涌入，城市迅速发展。移民带动了西部工业、服务业和交通业的飞速发展。加利福尼亚金矿的发现使美国的繁荣达到顶点，加利福尼亚丰富的矿藏推动了世界资本，促进了美国西海岸和亚洲东海岸的贸易，形成了新的销售市场。①

美国19世纪40年代的大陆扩张因素很多，如经济、外交、国际环境、国内政党政治、总统作用等。若无科技发展所提供的现实可能性，美国大规模扩张也只是纸上谈兵而已。美墨战争之后，墨西哥失去半壁河山。而美国成长为一个巨人，历史再次显示出科学技术在人类历史进程中的巨大作用和生猛威力。

《血色子午线》中，上尉鼓励少年要在墨西哥疆土上扬名于世，因为他认为美国人如不采取行动，墨西哥这个国家将会成为欧洲国家的殖民地，在某一天挂上欧洲国家的旗帜。对那些不奉行门罗主义的人或国家，上尉认为应该对他们都诉诸武力。②欧洲国家不能殖民美洲，或涉足美、墨等美洲国家的主权事务。上尉说："我们将是

---

① 马克思、恩格斯：《马克思恩格斯全集（第7卷）》，北京：人民出版社，1959年，第507—509页。
② 科马克·麦卡锡：《血色子午线》，冯伟，译. 郑贤清，校. 重庆：重庆出版社，2013年，第40页。

解放受困黑暗土地的力量。"[①]美国西部的快速崛起是建立在对大自然掠夺和对邻国的征服之上的，是美国人不择手段地追逐物质与权欲的本性极度膨胀的结果。

不同于很多美国人对西部这场腥风血雨的狂喜，麦卡锡进行了冷静的思考。他以科学人文主义者的视角，通过其作品对现代科学技术的发展提出了质疑；他看到了工业文明进程中浸染着暴力与掠夺所带来的鲜血，更看到了人的灵魂在嗜血的屠杀中跌入了万劫不复的地狱般的深渊。正如小说开头时一位老人所言，这就是神秘之所在，人总是搞不清脑子里的想法，是因为他只能用脑子认识脑子，他可以认识自己的心，可他偏不这么做。[②]美国的西进运动引发了惨绝人寰的美墨战争，这是《血色子午线》中暴力发生的直接原因，但这不是小说创作的主要内容。对人类社会的任何发展与变革，政治家关注的是结局，史学家关心的是过程，只有文学家才关注人类的命运。所以，人物的命运才是小说创作的主要内容。麦卡锡通过复杂的人物命运关系，揭示了美国西进运动以及美墨战争中暴力发生的更深刻也更隐蔽的内在原因。

二

美墨战争后，1910年—1920年，墨西哥国内展开了不同利益集团的夺权之争，此即墨西哥革命。在麦卡锡的小说中，关于墨西哥革

[①] 科马克·麦卡锡:《血色子午线》，冯伟，译. 郑贤清，校. 重庆:重庆出版社,2013年,第39页。
[②] 科马克·麦卡锡:《血色子午线》，冯伟，译. 郑贤清，校. 重庆:重庆出版社,2013年,第20页。

命的作品主要是"边境三部曲"。这三部小说创作于20世纪最后10年，故事发生的时间主要集中在第二次世界大战期间及前后，背景都设在美墨边境。小说中的许多人物都与墨西哥革命有关，或者说都受到墨西哥革命的影响。墨西哥革命引发了美国对墨西哥的武装干涉。其间，美国动用了当时最先进的军用枪械；美国陆军首次在军事上使用卡车，这不仅成为美国陆军后勤补给机动化的开始，也开启了摩托化作战的先河；美国飞机首次在他国执行侦察任务，这就拉开了美国军用飞机史的序幕。

在墨西哥革命期间，军事政变频繁，总统更迭不断。正如《天下骏马》中的阿方莎所言：

> 那些不懂得历史的人注定会重蹈历史的覆辙。但我认为，即使懂得历史也不能挽救我们。实际上历史总是不断重演，人类社会充斥着贪得无厌、愚蠢无知和嗜血残杀，这是人类的痼疾，就连全能的无所不知的上帝对此也无回天之力。①

这就是墨西哥革命的真实写照。"贪得无厌、愚蠢无知和嗜血残杀"的场面随时随地都在上演，在《平原上的城市》中，约翰逊老爹在墨西哥革命时期恰好在墨西哥。他曾目见人们端着来复枪开火，用架在轮子上的小炮射击，数不清的骑兵打着各色旗帜向死亡直冲而去。

在《天下骏马》中，阿方莎在欧洲留学期间，结识了马德罗兄弟——哥哥弗朗西斯科和弟弟古斯塔沃。弗朗西斯科为贫苦儿童办学

---

① 科马克·麦卡锡：《天下骏马》，尚玉明、魏铁汉，译. 重庆：重庆出版社，2013年，第304页。

堂，向人施舍药品，救济饥民。进入政界前，他就拥有了许多支持者。马德罗兄弟决定成就一番事业。"他们一定要再投身到人类共同的事业中努力求得生存。如果不这样做，社会就不能前进，他们自己也会在痛苦中日渐憔悴。"①弗朗西斯科推翻了墨西哥的独裁统治，当上了总统，但不久就惨遭不测。维多利亚诺·维尔塔推翻弗朗西斯科而担任墨西哥总统，他实行独裁，引发军事叛乱和美国的干涉。老人刘易斯说，墨西哥人都蔑视维尔塔及其罪恶行径——比鄙视其他任何恶人恶行更甚。刘易斯老人认为，是战争毁了墨西哥这个国家。②他所说的战争包括美墨战争和墨西哥革命。

革命是血腥的。在有现代枪械的革命中，科学技术似乎也成了帮凶。《穿越》就曾描写了墨西哥革命的血腥与野蛮。这是一个主妇及其瞎眼丈夫的故事。1913年，这位主妇的丈夫参加反政府军队，在多兰戈城夺取了政府军的加农炮，他被指派操纵这门大炮。但他和战友们最终成了俘虏。许多不宣誓效忠政府的都被机枪一排排枪杀。政府军中有个德国上尉，名叫沃茨。他要主妇的丈夫宣誓，但后者朝前者的脸啐了一口。上尉便把主妇的丈夫的眼睛弄瞎了。当时的墨西哥"本身是在永恒的黑暗中运转，黑暗是它的真正本质，真正的状态"③。这名瞎眼的俘虏就是帕勒姆第二次穿越美墨边境进入墨西哥后遇见的老人。帕勒姆问老人，坏人是不是仅仅是战争的产物。老人回答说，由于战争本身就是他们这种人制造的，因此事情不能完全归咎于战争。他说，没有人能说清这种人的来源，也没有人能说

---

① 科马克·麦卡锡：《天下骏马》，尚玉明、魏铁汉，译. 重庆：重庆出版社，2013年，第299页。
② 科马克·麦卡锡：《天下骏马》，尚玉明、魏铁汉，译. 重庆：重庆出版社，2013年，第141页。
③ 科马克·麦卡锡：《穿越》，尚玉明，译. 重庆：重庆出版社，2011年，第309页。

清他们会在哪里出现，只能说他们是存在着的。他又说，坏人自己就要永远地藏匿起来，怎么能找得到呢？①

三

越南战争，1961年至1975年，是美国对越南发动的侵略战争。这也成为美国历史上在海外用兵时间最长的一场战争，以美国失败而告终。麦卡锡对越南战争的描写，主要集中于《老无所依》。在《老无所依》中，麦卡锡并未描写越南战争的场面以及人物在越南战争中的经历，而是通过讲述人物在越南战争后的经历，从侧面揭示出越南战争对那些退伍士兵以及美国民众的创伤性影响。这与丹尼斯·约翰逊（Denis Johnson, 1949— ）的《烟树》（*Tree of Smoke*, 2007）颇有几分相似之处。《烟树》也未直接描写越南战争的惨烈场面，而是围绕上校及其心理战中心进行叙事。《老无所依》中的摩斯和威尔斯都曾参加越南战争，前者是一名狙击手，后者是特种部队的陆军中校。在越南战争中，美军大量使用各种炸弹、炮弹、化学武器和直升机等精良装备。而北越军队最先进的武器就是地雷和长枪。美国在北越的投弹量是第二次世界大战期间投于欧洲、亚洲和非洲总量的三倍。美军扔下炸弹、喷洒化学制剂，将山头夷为平地，使村庄荡然无存，使北越大地成为一片死寂的荒原。

最初，人们对越南战争持乐观的态度。但随着战争的深入，人们开始怀疑，并问起了诺曼·梅勒曾问过的问题："我们为什么在越南？"在这场战争中，美国使用了除核武器外的所有先进武器，但最终还是失败了。越南战争结束后，战争的噩梦还继续笼罩着美国老

---

① 科马克·麦卡锡：《穿越》，尚玉明，译．重庆：重庆出版社，2011年，第317页。

兵及其亲人的生活。拉里·海涅曼的《肉搏战》(Close Quarters, 1974)、古斯塔夫·哈斯福德 (Gustav Hasford, 1947—) 的《短刑犯》(The Short-Timers, 1979)、奥布莱恩的《追寻卡西亚托》和《他们携带的东西》等都生动地再现了越南战争的噩梦。凯瑟琳·马歇尔 (Catherine Marshall) 曾比较第二次世界大战与越南战争的叙述文学,她认为越南战争文学不能给人任何美感,仿佛是很多东西混在一起,是一个噩梦的几何学。[1]在《老无所依》中,摩斯从越南战场归来后,曾拜访几个未回来的战友的家人。他不知该对他们说什么,而那些人看着他,也都希望他也是个死人。越战老兵带着战争的噩梦与创伤回国,却没有得到第二次世界大战结束后老兵们凯旋所得到的鲜花与荣誉。相反,他们感受到的是国人的冷漠和敌视,他们被视为滥杀无辜的恶魔,甚至许多民众认为他们是给美国带来耻辱的罪人。美国人的自尊和自信因越南战争的失败而遭受空前的打击,大家都希望早日忘却这段痛苦的往事。其他人或许能忘,但越战老兵又如何能忘呢?他们一边在黑夜里舔舐着自己内心的伤口,一边抵御来自同胞更多的伤害。摩斯回国后住在美墨边境的一个小镇,生活潦倒,以打猎为生,因误入黑帮火并的现场,最终被杀。小说虽没有正面描写越南战争的战斗场面,却被视为反映越南战争的力作。小说通过一场走私海洛因引发的追杀,揭示了越南战争给美国人的生活、心理和精神带来的巨大冲击。这也说明美墨边境与越南战场一样,充斥肮脏、丑恶。美墨边境毒品泛滥成灾、野蛮和暴力横行。

有论者认为,越战老兵表现出的严重的战后综合征 (post-war

---

[1] Bates, Milton J. *The Wars We Took to Vietnam: Cultural Conflict and Storytelling*. Berkeley: University of California Press, 1996, p. 245.

syndrome)与人们对越南战争的态度密切相关。科尼利厄斯·A.克罗宁(Cornelius A. Cronin)认为,如果第一次世界大战、第二次世界大战关注的是集体的邪恶,那么,越南战争关注的则是个人的邪恶。[①]在越南战争时期,美国的反文化运动(counterculture movement)如火如荼,人们特别关注个人主义。美国士兵反思自己在战争中的角色与作用。为了走出战争的阴霾,许多越战老兵选择到宁静的小镇居住。理查德·柯里(Richard Currey)的《致命之光》(Fatal Light, 1988)里的主人公退伍后到其爷爷所在的小镇暂住;鲍比·安·梅森(Bobbie Ann Mason, 1940—)的《在乡下》(In Country, 1985)的故事发生在肯塔基的一个小镇;拉里·海涅曼《帕科的故事》中的帕科则去了西部一个宁静的小镇。然而,这些看似宁静、传统的小镇同样让老兵有一种被遗弃之感,难以修复他们受伤的心灵。在误解和孤独中,很多老兵开始酗酒、吸毒。小镇并非世外桃源,喧嚣的都市亦非越战老兵的安居之处。斯蒂芬·赖特的《绿色沉思》的故事发生在繁华的城市,主人公格里芬惊恐地发现,城市只是一片荒原,越南战争的噩梦和荒原已尾随他到美国。有些老兵宁愿进入森林,如奥布莱恩的《林中湖》(In the Lake of the Woods, 1994)和卡普托的《越南战火》里的主人公到森林里居住,渴望在森林中使自己的内心趋于平静。

摩斯的父亲说:"且不说他们在越南都干了些什么事情,他们真的

[①] Cronin, Cornelius A. "Historical Background to Larry Heinemann's *Close Quarters*", Ronald Baughman, ed. *DLB*: *Documentary*, *Series*, *Vol. 9*: *American Writers of the Vietnam War*. Detroit: Gale Research Inc., 1991, pp. 88–96.

是只想尽快从越南战争中脱身,我们不是没有碰到过这种情况。"[1]
越南战争给美国人造成的心理创伤是难以估量的。许多民众表现出反感,甚至玩世不恭,于是,出现了反文化运动。"嬉皮士"(Hippies)和"易皮士"(Yippies)运动在很大程度上就是越南战争带给美国的副产品。最严重的是,大批越战士兵复员回国后,被反战者骂成"杀害儿童的刽子手",而参加过以前几次战争的老军人则指责他们是战败者。迷惘、内疚和自责缠绕着他们,再加上杀人如麻的生活经历,使他们中不少人丧失人性,不可避免地走上了犯罪的道路。摩斯从越南战场回来后就曾扇过一两个嬉皮士的耳光,因为他们向他吐口水,侮辱他,还说他是婴儿杀手,这极大地刺激了曾在越南战争中为国九死一生的摩斯,导致他心理不断扭曲。摩斯之父认为,越南战争士兵所遇到的问题,"全都是因为他们背后没有这个国家的支撑啊。……他们实际拥有的这个国家早已支离破碎了。现在仍然是这样"[2]。当然,这并非嬉皮士的错,更非那些被送往越南战争的士兵的错,毕竟他们都只有十八九岁的年纪。人们把越南战争后老兵的心理不适称为创伤后应激障碍 (Post-traumatic Stress Disorder, PTSD)。由于美国国内的反战运动和回国后受到的敌视与冷遇,越战老兵感到他们受到了政府与国人的欺骗。同时,死去战友的身影也时常出现在他们的梦里。他们因为活着回来而感到尴尬和内疚。《帕科的故事》和《在乡下》都描写同一部队的其他士兵皆命丧沙场,仅有一人死里逃生,回国后却遭受难以言喻的痛苦。另外,参加

---

[1] 科马克·麦卡锡:《老无所依》,曹元勇,译.上海:上海译文出版社,2012年,第311页。
[2] 科马克·麦卡锡:《老无所依》,曹元勇,译.上海:上海译文出版社,2012年,第312页。

越南战争的士兵年龄普遍偏小,也是战后综合征频发的一个原因。据统计,第二次世界大战的士兵平均年龄是 27 岁,而越南战争士兵不到 20 岁。①

正如摩斯被杀后,其父亲所言:"人们会告诉你,是越南战争把这个国家打垮了。但是我从来不相信这种说法。这个国家早就处于很糟糕的状态了。越南战争只不过是在原来的基础上又加了把火而已。"②摩斯之父对美国的状况表示忧虑,甚至不敢想象下一次战争来临时,情况会如何。在《老无所依》中,一名参加越战的美国士兵虽在越南战争中幸免于难,却在自己的祖国被同胞所杀。其结局是悲惨的,这也是一个值得深思的问题。

《血色子午线》表面上描写的是美国西部的惨绝人寰,丝毫没有对越南战争的描写,但有学者认为该小说是对美国参加越南战争的回应。在《血色子午线》中,格兰顿帮对土著阿帕契人的屠杀,再现了美国白人征服西部的暴力史。"小说奇特的意象并置和场景描写,微妙地蕴含批判越南战争时期美国时政的潜文本。"③

麦卡锡生于 1933 年,见证了第二次世界大战的残酷、冷战的恐怖以及 20 世纪六七十年代的风云变化,包括女权主义运动(Feminist Movement)、黑人民权运动(African-American Civil Rights Movement)、越南战争、约翰·肯尼迪总统(John F. Kennedy, 1917—1963)遇刺及民权领袖马丁·路德·金(Martin

---

① Myers, Thomas. *Walking Point: American Narratives of Vietnam*. New York & Oxford: Oxford University Press, 1988, p. 30.
② 科马克·麦卡锡:《老无所依》,曹元勇,译. 上海:上海译文出版社,2012 年,第 312 页。
③ 张健然:《科马克·麦卡锡〈血色子午线〉中越南战争政治意蕴论析》,《当代外国文学》,2013 年第 3 期,第 81—91 页。

Luther King, Jr, 1929—1968) 和马尔科姆·艾克斯 (Malcolm X, 1925—1965) 的遇害等。《血色子午线》以隐讳的方式从多方面针砭越南战争时期美国的政治与社会问题，从而具有浓厚的意识形态色彩。张健然指出，《血色子午线》中暴力的西部是越南战场的隐喻。[①]小说主人公无名无姓，被称作"孩子"。14岁时，"孩子"离开田纳西州，来到得克萨斯州，加入了一支入侵墨西哥的军队，但在途中险遭科曼奇人杀死。后来他又加入了格兰顿帮。格兰顿帮受雇于墨西哥政府，也得到美国加州政府的默许，帮助墨西哥人消灭在边境城镇游荡的阿帕契人。"孩子"同格兰顿帮其他成员在美墨边境杀人，割人头皮，血腥程度并不亚于越南战争。麦卡锡以美墨战争之后格兰顿帮屠杀土著的历史事实为原型，呈现了美国西进运动的疯狂、暴力与血腥，旨在影射美国发动越南战争的非道德行为。约翰·H. 高 (John H. Gow) 认为，"脱离越南的语境和美国对这场战争的文化反应来理解《血色子午线》是行不通的"[②]。格兰顿帮对土著的屠杀几乎回放了美军在越南战场上的屠杀。

自美国建国起，扩张、战争就成了美国人的生活方式。当地理上的边疆消失之时，他们就到战场上去证明自己，去延续他们所谓"英雄传奇"和"英雄神话"。约翰·赫尔曼 (John Hellmann) 的《美国神话与越南遗产》(*American Myth and the Legacy of Vietnam*, 1986)、密尔顿·J. 贝茨 (Milton J. Bates) 的《我们带到越南的战争》(*The Wars We Took to Vietnam: Cultural Conflict and*

[①] 张健然：《科马克·麦卡锡〈血色子午线〉中越南战争政治意蕴论析》，《当代外国文学》，2013年第3期，第81—91页。

[②] Gow, John Harley. "Fact in Fiction?: Looking at the 1850 Texas Scalphunting Frontier with Cormac McCarthy's *Blood Meridian* as a Guide", Victoria: University of Victoria, 2005, p. 32.

Storytelling,1996)、菲利浦·H.迈令（Philip H. Melling）的《美国文学里的越南》(*Vietnam in American Literature*,1990)等，都指出很多美国人将越南视为美国边疆的延伸。这在对越南战争持肯定态度的小说里尤其如此。这些小说的作者认为，越南战争只不过是主人公到新的边疆、新的荒原里去开拓和发展，是他们的冒险精神与开拓精神的证明。发动越南战争也是肯尼迪总统"新边疆"（New Frontier）计划的延展。这显然是大错特错。

越南战争期间，美国士兵向越南森林投放了大量的汽油弹和燃烧剂，逼迫藏于森林中的游击队员现身，使越南境内的植被受到严重的损毁。越南战争给大自然造成了深重的灾难，美国共投下700多万吨炸弹，炸弹留下了两千多万个弹坑。经过轰炸，越南大多数地方看起来像月球的表面，许多年以后都寸草不生。[①]

然而，在这场美国历史上持续时间最长的战争中，美国士兵在丛林中也备受折磨。他们罹患痢疾、瘟疫，身心俱疲。此时，美国国内的反战情绪日益高涨，时事宣讲会和静坐示威此起彼伏，民权运动发展成一场场暴动。国内外局势的合力将美国政府推向内忧外患之境。《血色子午线》中格兰顿帮在险象环生的墨西哥遭受伏击和枪杀的情节，呼应了美军在越南战争中受挫的经历。如果说美国参加第二次世界大战是正义之举，那么，美国发动越南战争则师出无名。约翰·海尔曼（John Hellmann）认为越南战争是帝国主义的、种族主义的、官僚主义的。[②]1968年，理查德·尼克松（Richard Nixon,1913—1994）以"结束越南战争"为竞选口号，当选为美国第37任

---

① McClellan, Jim R. *Historical Moments: Changing Interpretations of America's Past*. Vol. 2. Dushkin: McGraw-Hill Companies, 2000, p. 446.

② Hellmann, John. *American Myth and the Legacy of Vietnam*. Columbia: Columbia University Press, 1986, p. 77.

总统,但他仍在越南战争这件事上维护美国,说美国的"所作所为,都对得起上帝、历史及我们的良知"[①]。1971年的美国民意测验表明,65%的美国人认为美国发动越南战争在道义上是错误的。很多知识分子开始反思越南战争,并将其反思公之于众。麦卡锡是一位有社会责任感和道德良知的作家,以《血色子午线》反思越南战争。在《血色子午线》中霍尔顿法官杀人如麻,是典型的帝国主义者,更是一个不折不扣的美国西部传统的代表。霍尔顿法官是格兰顿帮的头目,身强体壮、精通多国语言、知识渊博、能说会道。他与约瑟夫·康拉德(Joseph Conrad, 1857—1924)《黑暗的心》(*Heart of Darkness*, 1902)中的库尔兹(Kurtz)、麦尔维尔《白鲸》中的亚哈伯(Ahab)有相通之处:狡猾阴险、野心勃勃、不择手段。霍尔顿法官说:"道德律法是人类剥夺强者权利、支持弱者的发明。"[②]少年不忍心而数次放过霍尔顿法官,但霍尔顿法官最后恩将仇报将少年杀害。霍尔顿法官说:"任何形式的创造,凡是不存在于我的知识体系,我就不承认它们的存在。"[③]此乃麦卡锡对美国发动越南战争的一种讽刺。

文学评论家文斯·布鲁顿(Vince Brewton)认为,《血色子午线》真正的主题是越南,它是美国参与东南亚争端和这段历史激起

[①] 理查德·尼克松:《尼克松总统连任就职演说》,岳西宽、张卫星编译:《美国历届总统就职演说》,北京:中央编译出版社,1995年,第277—282页。
[②] 科马克·麦卡锡:《血色子午线》,冯伟,译. 郑贤清,校. 重庆:重庆出版社,2013年,第260页。
[③] 科马克·麦卡锡:《血色子午线》,冯伟,译. 郑贤清,校. 重庆:重庆出版社,2013年,第198页。

美国心灵反应的寓言。①随着美国在全球力量的增长,美国欲占据那些对其利益至关重要的遥远地区,要干涉和争夺如菲律宾、加勒比地区、越南和朝鲜等地。②每一个时代都试图建构自己的历史观,每一个时代都会以当下的状况为参照来重写过去的历史。③《血色子午线》重构了美国西部的历史事件,重新书写了美国西进运动的暴力与血腥。在越南战争后美国的社会与政治现状的基础上,麦卡锡在小说中描写暴力与杀戮场面,激起美国人对越南战争的集体记忆,使他们不断回忆起战争的创痛,并从中发掘出现世意义与价值。越南战争的失败使美国人认识到越南战争是帝国扩张行动的恶果。在接受理查德·B. 伍德沃德(Richard B. Woodward)的采访时,麦卡锡在谈及《血色子午线》的创作动机时说,他向来关注美国西南部,世上无人不知美国的牛仔、印第安人与西部神话。弗雷德里克·詹姆逊(Fredric Jameson, 1934—)曾说,文学必定渗透着政治无意识,文学可视为对群体命运的象征性思考。④麦卡锡运用西部小说的暴力母题,回应美国发动越南战争的经历,凸显了人类文明的悖论:任何一部文明史,都同时是野蛮的历史。⑤如果说越南战争是西进运

---

① Brewton, Vince. "The Changing Landscape of Violence in Cormac McCarthy's Early Novels and *the Border Trilogy*", Harold Bloom, ed. *Cormac McCarthy*. New York: Infobase Publishing, 2009, pp. 63 - 84.
② Said, Edward W. *Culture and Imperialism*. New York: Alfred A. Knopf, Inc., 1993, p. 8.
③ Turner, Frederick Jackson. "The Significance of History", Edwards Everett, ed. *The Early Writings of Frederick Jack Turner*. Madison: University of Wisconsin Press, 1938, pp. 41 - 68.
④ Jameson, Fredric. *The Political Unconscious*. Ithaca, New York: Cornell University Press, 1981, p. 70.
⑤ Benjamin, Walter. *Illuminations*. New York: Schocken Books, 2007, p. 256.

动的现代变体，那么，《血色子午线》中暴力的西部则隐喻越南战场上的疯狂与混乱，而死于西部的白人则是那些战死沙场的美国士兵的缩影。《血色子午线》中的情节，包括格兰顿帮的殖民行为、其成员偏执的暴力倾向等，皆反映了西进运动鼓吹征服和扩张精神的毒害性和顽固性。格兰顿帮的头目说自己"永远不会死"[1]。

当人们沉浸于科学飞速发展的巨大惊喜和对科技创新带来的巨大红利的狂热追逐中时，麦卡锡以写小说的方式对科学的发展与战争的关系投以冷峻的目光，揭示它对人类的致命伤害。这是所有传统人文主义作家身上不曾有过的新的元素，即科学人文主义思想。科学使人容易自我膨胀并丧失理性，战争使人变得更加暴力和贪婪，这是人类发展史上的两颗定时炸弹。广袤荒芜的大自然用粗粝的岩石、干枯的树干和污浊的河流冷冷地注视着人类一路抛下的白骨和洒下的鲜血，麦卡锡的小说传达出了大自然的这种冷眼旁观。

第三节　第二次世界大战及核战

一

"边境三部曲"创作于20世纪最后10年间，要么将战争作为背景，要么直接描写战争。正如《平原上的城市》中约翰逊老爹听收音机新闻时所说："什么新闻也没有，都是打仗，要么就是打仗的谣言。"[2]《天下骏马》描写了第二次世界大战后美墨边境的牛仔的故

---

[1] 科马克·麦卡锡:《血色子午线》,冯伟,译. 郑贤清,校. 重庆:重庆出版社,2013年,第335页。
[2] 科马克·麦卡锡:《平原上的城市》,李笃,译. 重庆:重庆出版社,2011年。第74页。

事，第二次世界大战不仅提供了小说的时代背景，而且也使小说具有了一定历史的深度。《穿越》也并未直接描写第二次世界大战的战争场面，却描写了帕勒姆报名参军而未能如愿、士兵战死沙场以及第二次世界大战对西部牧场的影响等。《平原上的城市》从第二次世界大战后一直写到 2002 年，其中也涉及第二次世界大战的一些情况。后启示录小说《老无所依》描写了 20 世纪 80 年代美墨边境的黑帮火并、毒品交易以及血腥的屠杀。贝尔警长就是第二次世界大战的亲历者，麦卡锡对贝尔的战争经历进行了详细的描写。另一部后启示录小说《路》既无具体时间，也无具体地点，描写了父子俩在核冬天自北向南的求生之旅。该小说看似并未描写第二次世界大战，但内容与第二次世界大战期间美国在日本广岛与长崎投下的原子弹有极大的关联。原子弹是第二次世界大战后期美国科学技术发展到顶点的具体体现。

自乔治·华盛顿以来，美国基本上都奉行孤立主义政策（isolationist policy），故在第二次世界大战初期，美国并未直接参战，而是向参战国出口军火等物资。1941 年 12 月 7 日晨，日本舰队偷袭美军在夏威夷珍珠港的基地，以及在瓦胡岛的飞机场。这是美国参战最直接的原因。美国的参战，加速了日本及其他轴心国的失败，也确立了美国在战后世界霸主的地位。就科学技术而言，20 世纪中后期出现了以原子能、电子、空间利用及生物技术为代表的第三次技术革命。我们先看看麦卡锡对第二次世界大战的描写，再分析战争与科技的关系。

在《穿越》中，帕勒姆第二次从墨西哥回美国时，边防军人就告诉他："这个国家要打仗了。"[1] "打仗"指美国参加第二次世界大

---

[1] 科马克·麦卡锡：《穿越》，尚玉明，译. 重庆：重庆出版社，2011 年，第 361 页。

战。于是，帕勒姆就到征兵办去报名参军。他视力好，心脏却有杂音，这意味着他不能参军。帕勒姆无奈，又连续到其他征兵办报名，都因心律不齐而拒绝他。参军对像帕勒姆这样的西部牛仔而言，或许是最佳的选择，因为他已没有了家，也没什么地方可去。他说："我就想参军。如果我反正要死，干什么不用我呢？我又不怕死。"①随后，帕勒姆漂泊于新墨西哥州和得克萨斯州，以打零工为生。战争第三年春天，牧场每家住宅的窗户上都悬挂着金星。金星是颁发给阵亡美军官兵家属的一种荣誉标志，这说明牧场每家都有人在第二次世界大战中牺牲，可见战争的残酷与惨烈了。后来，帕勒姆回到牧场时，获悉桑德斯的侄子米勒在太平洋西部的夸贾林环礁（Kwajalein Atoll / Kwajalong）战死了。夸贾林环礁是美国海军基地、空军基地和反导弹基地。1944 年，美军从日本人手中取得夸贾林环礁。附近的环礁在 1940 年至 1950 年也都成了美国能源部试爆核弹及进行辐射尘控制试验的场地。在《平原上的城市》中，特洛伊曾参加第二次世界大战，并在圣迭戈（San Diego）退役。圣迭戈是加利福尼亚的一个太平洋沿岸城市。美军在此设有多处军事基地，以海军、海军陆战队和海岸警卫队为主。美国的三艘航母，即卡尔·文森号（CVN-70）、西奥多·罗斯福号（CVN-71）和罗纳德·里根号（CVN-76），都以圣迭戈为母港。这里有全美仅有的两个海军陆战队新兵训练中心之一。已退役的中途岛号航母（USS Midway）就停泊于此。圣迭戈也被称为"海军航空兵的诞生地"。特洛伊的哥哥埃尔顿在第二次世界大战期间一直驻扎在彭德尔顿基地（Pendleton Base）。彭德尔顿基地成立于 1942 年，位于美国加利福尼亚州洛杉矶和圣迭戈中间的海岸，是加州众多军事基地之一。彭德尔顿基地

---

① 科马克·麦卡锡：《穿越》，尚玉明，译．重庆：重庆出版社，2011 年，第 369 页。

是全世界最好的两栖作战训练营，是许多陆战队单位的集合地。每年都有数万现役军人或后备役军人在此受训，他们能有各种模拟实战机会，因为这里有从9毫米口径的手枪到155毫米口径大炮的实弹射击场、登陆用的海滩、空降区、轰炸区、城市战和巷战模拟区，以及战术训练场等。

在麦卡锡的戏剧剧本《日落号列车》中，白人教授谈到自第二次世界大战时纳粹建达豪集中营（Dachau Concentration Camp）以来，西方文明就烟消云散了。[1]

如果说第二次世界大战在"边境三部曲"和《日落号列车》中更多是作为背景或环境，那么《老无所依》则不仅直接描写贝尔在第二次世界大战中的惨烈经历，而且还将它作为故事的一条主线。贝尔21岁参军，6个月后，他就被派往法国的战场。后来，他成了战斗英雄，并因此获得战斗勋章。然而整个故事的经过曲折得多。贝尔所在的班在前沿阵地监听敌方的无线电信号。他们躲在一座石头房子里，已待了两天，外面下着大雨，除了雨声外，其他什么也听不见，没有野战炮的声音，也没有别的任何可疑声音。此时，一发炮弹飞奔而来，将石头房子炸飞了。贝尔苏醒过来时，发现自己躺在地里，那石头房子不见了。贝尔向远处望去，发现德国步兵正从约两百米外的树林走出，向他逼近。此时，他看见了身旁的华莱士点三〇枪管，毫不犹豫地端起枪。他最终压制住了德国士兵，也听到自己的兄弟在呻吟。然而，天黑后，贝尔丢下那班兄弟独自逃走了。他跟着北斗七星，朝正西方走去，不停地走，走到了一个美军阵地。他获救了，也因此被授予铜星奖章。贝尔并不想要那个奖章，但提议授给他奖

---

[1] McCarthy, Cormac. *The Sunset Limited: A Novel in Dramatic Form*. New York: Vintage Books, 2006, p. 27.

章的上校麦卡里斯特命令说:"你必须接受奖章;要是你……到处瞎讲……你就等着你的后背被打穿,下地狱去吧。"[1]贝尔得到了授勋嘉奖,而他的兄弟们丢了性命。那些活着回家的人中,有的人受益于《退役军人权益法案》,回到奥斯汀的学校重新读书,但其中大多数人与周围总是格格不入、无话可谈。人们将他们视为一群怪人,也反感他们的政治观念。贝尔虽捡回了一条命,但他觉得这条命"仍然不归我所有。它从来都没有属于过我"[2]。他为此而后悔,也深感内疚。他说:"我原以为经过了这么多年,这件事就可以被忘记了。"[3]然而,他忘不了,于是就尽量去弥补。他帮助亡者做他们已无法做到之事,去做那些微不足道却值得去做的事情,以愈合战争带给他的心灵创伤。

《路》与第二次世界大战的关系,且待后面再论述。现在,我们将第二次世界大战时美国与其他工业强国进行一个对比,就知道当时美国的工业及科学技术的发展状况了。苏联、英国、德国和日本等主要参战国皆为当时的工业强国,但与美国的工业实力相比,这些国家就毫无优势可言了。20世纪40年代初,美国钢铁及原油产量居世界第一,比上述四国的总产量还多。在钢铁和原油方面,美国的产量都占世界总产量的60%以上,石油产量曾一度占世界石油总产量的70%。

科学技术与军事实践往往是相互促进和相互影响的:火药的发

---

[1] 科马克·麦卡锡:《老无所依》,曹元勇,译.上海:上海译文出版社,2012年,第292页。
[2] 科马克·麦卡锡:《老无所依》,曹元勇,译.上海:上海译文出版社,2012年,第294页。
[3] 科马克·麦卡锡:《老无所依》,曹元勇,译.上海:上海译文出版社,2012年,第293—294页。

明和使用，使战争从冷兵器时代进入热兵器时代；内燃机的问世和其他机械兵器的制造，使战争演化为机械化战争；核技术的发明和核武器的使用，使战争进入热核武器时代；信息技术的出现，使战争走向新的形态——信息化战争。[1]如果对人类社会的战争和科学技术做一历史性考察，我们就会发现战争史就是一部科学技术不断应用于军事领域的历史。

客观言之，1939年，美国的军用飞机还落后于德国、英国和日本，但其民用航空领先于世界。第二次世界大战初期，美国的F4F野猫战斗机是太平洋战区的主要战斗机型号，但其速度不如日本三菱零式战斗机（A6M Zero）。美国随即研发了F6F悍妇战斗机，其速度超过零式，且机身更大，可携带更多的燃料与弹药。悍妇战斗机在与三菱零式战斗机作战中取得了巨大的胜利。美国加入太平洋战区后，需要飞机有远距离运载兵员和设备的能力，同时要求大型轰炸机能携带重型负荷穿越太平洋。于是，美国将大型民用飞机C-46 Commando改造成军用运输机，既可载货也可载人。DC-3代表20世纪30年代民用飞机的最高标准。别称"信天翁"的道格拉斯C-47空战列车（Skytrain）是流线式DC-3的改进型运输机。德怀特·D.艾森豪威尔将军（Dwight D. Eisenhower, 1890—1969）将C-47视为美国四大"制胜法宝"之一，另外三件是火箭筒、吉普车和原子弹。第二次世界大战是历史上所有战争中最地道的工业大战。美国当时的全新兵器，如四驱威利斯吉普车（一种轻型侦察车），被乔治·C.马歇尔将军（George C. Marshall, 1880—1959）视为美国对第二次世界大战的最大贡献。《老无所依》中的毒品交易现场就有四轮驱动的小货车和野马吉普车，《路》所呈现的则是原子弹爆炸后的

---

[1] 李巨廉:《战争与和平》,上海:学林出版社,1999年,第80页。

一个荒原世界。

1942年年初,罗斯福总统号召在年底前生产6万架飞机,1943年再生产12.5万架飞机,并在两年内生产12万辆坦克。到战争结束时,美国已生产30万架战机、12.4万艘舰船、10万辆坦克和装甲车,以及240万辆军用货车。B-17轰炸机（B-17 Bomber）在第二次世界大战中投掷的炸弹的数量超过任何其他美国飞机,后又增加了两种轰炸机,即B-24解放者（B-24 Liberator）与B-29超级空中堡垒（B-29 Superfortress）。B-17轰炸机,是20世纪30年代美国陆军航空队（United States Army Air Forces, USAAF）的一种螺旋桨发动机轰炸机。此乃世界上第一架全金属机身的4发轰炸机,体积大、速度快、航程远,载弹量为2吨。该机是第二次世界大战初期美军的主要战略轰炸机。1944年8月,美国陆军航空队已部署了33个B-17轰炸机大队在海外作战。到1945年4月,美国共生产了12731架各型B-17轰炸机。各型B-17轰炸机的投弹量占美军投弹总数的40%,高达64万吨。B-24轰炸机是第二次世界大战时美国研制的一种重型远程轰炸机。该机是第二次世界大战时美国生产最多的大型轰炸机,也是使用最多的轰炸机,多达1.9万架的产量确立了它在飞机发展史上的地位。B-24轰炸机是欧洲、非洲、亚洲海空战场的"空中霸王"。B-29轰炸机的命名延续自B-17轰炸机,是美国陆军航空队在第二次世界大战亚洲战场的主力轰炸机,也是当时空军中最大型的飞机。该机运用当时的先进技术,被誉为"超级空中堡垒"。1945年8月,运送原子弹投向日本广岛和长崎的就是B-29轰炸机。

为了适应战争需要,如研究弹道和火力表等,1945年年底,美国研制成功电子计算机,其运算速度为5000次/秒,比人工运算速度提高了1000多倍,为战后存储程序计算机的发展铺平了道路。霍华德·艾肯（Howard Aiken，1900—1973）的自动程序控制计算机（Automatic Sequence Controlled Calculator，ASCC，或称 Mark 1）是向公众发布的第一台计算机。这标志着计算机时代的开端。后来，Mark 1 还被用于建造原子弹的计算工作。为更高效地准备火炮发射表，美国设计出了电子数字积分计算机（Electronic Numerical Integrator and Computer，ENIAC）。其计算速度比类似 Mark 1 的机电式计算机快 1000 多倍。ENIAC 开启了高速电子计算的时代。美国国家科学院（National Academy of Sciences，NAS）院长弗兰克·普雷斯（Frank Press，1924—2020）说："那个简单的发明开始了一场信息革命，计算机和电讯的加入，改变了我们的联络方式，创立了一个新工业，构成了电子服务系统。"[1]

麦卡锡虽未在其小说中描写第二次世界大战前后美国科学技术的发展，但若将其小说置于美国乃至世界历史中进行一番考察，我们就可发现美国的科学技术在第二次世界大战期间有了长足的进步，为美国在第二次世界大战后成为世界霸主奠定了坚实的基础。

二

《老无所依》直接描写了埃德·贝尔参加第二次世界大战时战斗的场景；《穿越》《平原上的城市》《路》等，虽无对第二次世界大战的直接描写，但也引发了我们对第二次世界大战的本质及这场战争对美国和世界其他国家所产生的深刻影响的反思。第二次世界大战开辟了美国科学技术发展的新时代，催生了美国的第三次科技革

---

[1] 塔德·舒尔茨：《昨与今》，中国军事科学院军事研究部，译. 北京：东方出版社，1991 年，第 164 页。

命,也促进了美国从"小科学"时代进入了"大科学"时代。

第二次世界大战席卷了欧洲、亚洲、非洲和大洋洲,死亡人数约7000万,这确实是人类社会空前的浩劫。"大科学"一词源于美国科学家德里克·普莱斯(Derek Price)1963年出版的《小科学,大科学》(*Little Science, Big Science*)一书。第二次世界大战前,美国的四大产业是钢铁、木材、纺织和食品,汽车、化工等技术密集型产业处于边缘地位,科学研究重在应用,主要依靠私人赞助,规模很小,社会影响力也有限,故曰"小科学"。第二次世界大战改变了美国对科学、科学家、科学与国家关系的认知,这就为科技进入国家决策核心提供了机遇,从而将美国带入"大科学"时代。第二次世界大战既是一场军事的斗争,也是一场科学与技术的战争。战争期间,美国科学家在系统论、控制论、信息论、原子能以及计算机等方面都取得了重大突破。战后,以原子能、电子计算机和宇航技术为标志的第三次科技革命就兴于美国,随后引起一系列世界性的科技变革。

在《平原上的城市》中,麦卡锡描写了美国军队奉命探察美国西南部七个州,然后将那些最穷最偏僻的地方征用,以便建设军事设施。回溯历史,我们便可发现美国政府组织探险队对南部和西部进行考察由来已久。前文所论及的刘易斯—克拉克探险队对美国西部的探察、斯蒂芬·朗探险队对普拉特河与红河河源的探察等,其实就开启了美国"大科学"时代。这些勘察活动都由政府组织,动员不同领域的人员参加,他们分工合作,完成一项工程浩大的勘察任务。显然,美国的南部和西部仍是美国政府探察的重点。小说中,除了马克牧场外,整个图拉罗萨盆地(Tularosa Basin)都将被征用。这些现代科学技术的发展,导致南部与西部传统的农业或牧业日趋式微,甚至不复存在。这也说明以科学技术为代表的现代文明的影响范围之广泛,发展势头之猛烈。第二次世界大战也使美国的科技制度发生了革命性的变化。战后自动化技术与计算机技术的广泛应用,为美国经济发展提供了强有力的支撑。大科学体制增强了美国的科技研发能力与创新能力,产生了丰硕的成果。这些高科技成果不仅扭转了战局,而且也改变了美国社会对科学技术的认知。

第二次世界大战改变了人类历史和科学技术的进程,也改变了科学技术与国家之间的关系。原子弹、雷达和青霉素等显示出科学技术的巨大威力。1940年6月,罗斯福总统建立国防研究委员会(National Defense Research Committee, NDRC),开展与兵器相关的科学研究。1941年6月创立科学研究与发展局(Office of Scientific Research and Development, OSRD),进一步研发雷达、高射炮火力控制的先进方法与原子弹。NDRC和OSRD与美国约300家研究和工业实验室合作,承包了2000多个项目,最后生产了200多种新设备以及其他仪器装置。OSRD成立以来取得了巨大的成就,包括原子弹、雷达、计算机、青霉素和军用药物DDT[1]。曼哈顿工程、阿波罗登月工程(Apollo Project)和人类基因组工程(Human Genome Project, HGP)是美国大科学时代科技创新的典范。若无曼哈顿工程,就没有原子弹的横空出世。第二次世界大战期间美国研制的核武器是当时最先进的科学技术成就。麦卡锡在《穿越》和《路》两部小说中都有对核爆的描写,在《平原上的城市》中也曾使用核意象。在《穿越》结尾,帕勒姆"在荒漠中午的白光中醒来"[2],这"白光"就是美国首次在西部试验基地进行的核爆试验所产生的结果。《平原上的城市》中那座"有白色拱顶的雷达跟踪站"[3],则指向美

---

[1] DDT是美军事医疗科学研究部门研制的一种可用于战场的、即时生效的、能阻止和消灭带病毒的昆虫的新型药剂。其最大特点是不污染环境。
[2] 科马克·麦卡锡:《穿越》,尚玉明,译. 重庆:重庆出版社,2011年,第456页。
[3] 科马克·麦卡锡:《平原上的城市》,李笃,译. 重庆:重庆出版社,2011年,第361页。

国核武器的发展。最后,我们在《路》中看到了科技发展到极致所呈现的核爆后那恐怖的荒原世界。"《路》继《穿越》和《平原上的城市》之后,继续使用核意象表达麦卡锡对现代科技文明弊端的持续的批判和反思。"[①]然而,作为一个科学人文主义者,麦卡锡并不全盘否定科学,而是既批判和反思科学给人类带来的负面作用,又认为人类只有依靠科学技术的发展,才能生活得更好。

在第二次世界大战中,飞机的大量运用、无线电通信的普及、核武器的首次使用、武器物理效能的极限化、作战思想的转化以及作战思维的多维化等,都离不开先进的科学技术。科学技术对战争的影响,主要表现在武器的更新换代方面。随着科学技术日益现代化,战争也变得越来越现代化;现代化的战争又刺激着现代科学技术的革新与发展。麦卡锡在小说中对各种各样的武器进行了细致的描写,体现了不同时期科学技术发展的特点以及由此引发的各种社会问题与人类的生存问题。以《路》为例,核爆后,整个世界都进入了核冬天,自然、城市……世界上几乎一切东西都被摧毁,人类的文明也随之化为乌有,人性也沦落到了食人的兽性地步。同时,麦卡锡在小说中对核爆的描写,从一个侧面也揭示出美国科学技术在第二次世界大战期间的发展及它领先世界的地位。

三

科技在军事上的应用改变了武器的性能和结构,增加了武器的种类与威力。特别是核武器的出现使传统武器的性质与功能发生了质变。

[①] 单建国:《科马克·麦卡锡小说的伦理思想研究》,北京:人民出版社,2019年,第124页。

1945年夏,曼哈顿工程成功制造了第一批3颗原子弹——"瘦子"(Thin Man)、"胖子"(Fat Man)和"小男孩"(Little Boy)。1945年7月16日5时29分45秒,美国在阿拉莫戈多沙漠(Alamogordo Desert)进行了人类有史以来的首次核试验。这枚核弹钚装药重6.1千克,梯恩梯当量2.2万吨。核爆产生了上千万度的高温和数百亿个大气压,使安装铁塔熔为气体,并在地面形成一个巨大的弹坑。核爆半径400米内沙石被熔化成黄绿色的玻璃状物质,半径1600米内所有动物死亡。这颗原子弹的威力,比估计的大20倍。这是人类历史上第一颗试制成功的原子弹,被视作核子时代之始。在小说《穿越》的最后,帕勒姆在荒漠中午的"白光"中醒来,道路是淡灰色的,天光在沿着大地的边缘收敛着。在沥青路面上,一群群像地蟹一样一直在横越公路的塔兰图拉毒蜘蛛一下子僵立在它们的节肢造型中,不知到底发生了什么事情。①这就是世界上第一颗原子弹爆炸的现场,帕勒姆见证了爆炸后可怕的奇观:

> 他顺着道路看去,他看着那暗淡下去的天光,看着那北天一线浓黑的云堆。夜里雨已经停了,一道断续的彩虹不甚清晰地挂在大漠上。他又看看这条道路,它仍然如前地伸展着,却更显黑暗,而且还在不断地暗下去。道路的前头是东方,但那儿既无太阳,也无曙光。当他再眺望北方时,那天光收敛得更快了。此刻,他醒来的这个中午正在变成一个奇异的黄昏,甚至是一个奇异的夜晚。……他独自伫立在那不可解释的黑暗之中,那儿除了风的吹拂之外没有别的声音。②

---

① 科马克·麦卡锡:《穿越》,尚玉明,译.重庆:重庆出版社,2011年,第456页。
② 科马克·麦卡锡:《穿越》,尚玉明,译.重庆:重庆出版社,2011年,第457页。

第六章　麦卡锡小说战争书写的科学人文主义　　　277

　　"瘦子"引爆后,一团巨大的火球升上8000米高空,"比1000个太阳还亮",大地在颤抖,整个西部都听到了爆炸的巨响,人们惊呼"太阳怎么提前升起来了?"。帕勒姆看见的"中午的白光"就是原子弹爆炸的巨大火球。随后,大地渐渐变暗,越来越暗。原子弹爆炸后,出现在"那北天一线浓黑的云堆","那儿既无太阳,也无曙光",中午变成了"奇异的黄昏",甚至是一个"奇异的夜晚"。这种景象,恰如《路》所描写的"中午的天空幽冥如地狱之窖"[①]。帕勒姆并不知道所发生之事,于是,他"独自伫立在那不可解释的黑暗之中",随后,一种莫名的恐惧包围了他,他在绝望中"把脸埋在两只手中哭泣着"[②]。

　　另外两颗原子弹"小男孩"和"胖子",则在8月6日和9日分别投向了日本的广岛和长崎。至此,美国成了世界上唯一一个将核武器用于实战的国家。1945年8月6日8时15分17秒,被称为"超级空中堡垒"的B-29轰炸机将"小男孩"投向日本广岛市中心。不到一分钟,这颗原子弹在相生桥附近、距地608米的高度轰然炸响。这一幕极为恐怖:天空中出现一道强烈的白光,一个红紫相间的大火球腾空而起,在深灰色烟尘裹挟下不停地挤压、膨胀、翻腾而上,随后,整个广岛消失在恐怖的巨大蘑菇云里。原子弹爆炸形成巨大的冲击波和光辐射,使爆炸现场惨不忍睹:上万度的高温使花岗岩熔化,许多建筑和人蒸发了;幸存者被冲击波或"剥"得赤身裸体、口鼻流血,或四肢残缺、双目失明。身穿黑衣者烧伤最严重,因为黑色吸热。炭黑尸体、残垣断壁,使广岛成了一座巨大的焚场。一位当时仅12岁的幸存者,在58年后回忆原子弹爆炸的情景时说,他听到

[①]　科马克·麦卡锡:《路》,杨博,译.重庆:重庆出版社,2012年,第146页。
[②]　科马克·麦卡锡:《穿越》,尚玉明,译.重庆:重庆出版社,2011年,第457页。

轰炸机的声音，很多同学到院子里去看。此时，一道巨大的闪光出现了，接着是黑暗，只能分辨出一棵树，树枝似妖怪般舞动。天上的太阳如月亮一般。一切似乎在瞬间被毁灭了。同学的衣服成了碎片，脸变得漆黑。①当广岛的核尘埃尚在空气中徘徊之时，8月9日凌晨3时49分，B-29轰炸机载着"胖子"又向日本的上空飞去。此次首选的目标是小仓（Kokura-shi），但其上空乌云密布，因此，11时2分，"胖子"被投向了长崎市中心，在距地面500米处爆炸。一名机组人员回忆说，他们见到了刺眼的亮光，随后是翻滚卷动燃烧的蘑菇云。云的颜色变幻不定，蘑菇云顶端的色彩是最美丽却也是最可怕的。"胖子"的威力略小于"小男孩"，但也造成了3.5万人死亡、6万人受伤。②人类在经历以刀矛剑戟等为代表的冷兵器、以枪炮火箭等为代表的热兵器、以芥子气光气等为代表的化学武器，以及以细菌病毒等为代表的生物武器后，又遭受了核武器所带来的毁灭性灾难。

原子弹加速了第二次世界大战的结束，避免了更大的伤亡，却也使日本平民遭受了无妄之灾。目前，全世界所拥有的核武器可打200次第二次世界大战那样规模的战争，可杀死1000多亿人，可使地球毁灭数十次。现代科学技术也改变了战争的形态，如新式飞机与潜艇使战争从地面打到空中和水下。随着太空科技的发展，人类将进入海陆空及外层空间相结合的立体化的作战方式，电子战、信息战及二者与火力武器的结合将构成软硬一体化的战争形式，现代科学技术将在各方面影响军事活动和现代战争，也必将影响战争的

---

① 卢宇：《人类历史上的首次核灾难——原子弹轰炸广岛、长崎》，《军事史林》2007年第8期，第41—49页。

② 卢宇：《人类历史上的首次核灾难——原子弹轰炸广岛、长崎》，《军事史林》2007年第8期，第41—49页。

发生与发展。综观20世纪以来的历次重大战争,科学技术应用于军事,使战争的破坏性逐渐升级。这恰恰暴露了科学技术的应用与发展违反了科学人文主义思想。《路》中那末日后的荒原世界便是核武器直接造成的灾难——整个世界变成了一片废墟。小说伊始,麦卡锡就描绘了一个黑暗的世界:森林的幽暗、夜晚的漆黑、白日的灰暗,似青光眼模糊了世界。那是一个核爆后的世界,在那个世界,大地"荒凉、静寂、邪恶"[1],而且寒冷异常。大地被切割,各种残骸散布于大地之上。大地的尽头是阴郁的烟霾,就连天空也是幽冥的。在父子俩南行的求生之旅中,他们所见的是荒芜的村野、烧焦的树干、漆黑的溪流、翻滚的灰烬和烧毁的房屋。"从前的一切,如今都已黯然荒弃了。"[2]美丽的自然,不见了;曾经的动物,灭绝了。大地上再也没有绿色的植物和生机勃勃。绝大部分人消失了;人类的文明被毁灭了。自然界中的一切变成了废墟;城市建筑、高速公路、河堤大坝等,都已然荒弃或荡然无存。在这个世界上,几乎什么都没有了,唯有冷风刮起的无尽灰烬仍在空中飞舞。这种景象恰如原子弹在日本广岛和长崎爆炸后所造成的惨状,原子弹的杀伤力及辐射污染触目惊心,核武器真可谓一柄高悬的"达摩克利斯剑"。

军事需求为科技提供了发展的空间。原子弹的研制便是明证。"社会一旦有技术的需要,则这种需要,就会比十所大学更能把科学推向前进。"[3]计算机与互联网最初也是为军事目的率先在美国开发出来的,前者诞生于第二次世界大战,后者则是冷战的结果。现在的全球卫星定位系统,最早运用于海湾战争,而后才进入民生领域。爱

---

[1] 科马克·麦卡锡:《路》,杨博,译. 重庆:重庆出版社,2012年,第1页。
[2] 科马克·麦卡锡:《路》,杨博,译. 重庆:重庆出版社,2012年,第4页。
[3] 马克思、恩格斯:《马克思恩格斯选集(第4卷)》,北京:人民出版社,1995年,第505页。

因斯坦曾说:"科学是一种强有力的工具。怎样用它,究竟是给人带来幸福还是带来灾难,全取决于人自己,而不取决于工具。刀子在人类生活上是有用的,但它也能用来杀人。"[1]科学既可成为人们发动或参与战争的有力工具,也可成为人们维护和平的重要手段。从历史观之,诞生于16世纪欧洲文艺复兴的近代科学,其初心是为人类谋福利,这与人文主义的宗旨甚为契合。因此,现代科学的发展理应更多应用于反对和制止战争、争取和维护世界的和平。

法兰克福学派（Frankfurt School）指出,科学被滥用是技术理性膨胀导致价值理性萎缩的结果。价值理性涉及终极关怀,关注知识的效用及它是否与人类的进步、完善和自我解放的目标相一致,是否与自然界的整体相和谐。科学用于战争所带来的灾难性后果,使人类开始反思战争与和平,也反思科学的价值和人类的终极价值。《路》所描写的原子弹的毁灭性力量令人不寒而栗,核爆带来的不只是荒原,还是地狱。这揭示出了技术理性的破坏性和毁灭性。麦卡锡认为,人文思想在战争与和平的问题中具有不可替代的价值,只有将人文与科学结合,才能更有效地利用科学技术,也才能有益于人类的未来发展。麦卡锡在《路》中的后启示录书写,旨在提醒人们应将科技力量与道义责任、人类生存的意义紧密结合起来,客观而全面地审视科技理性的得失,将价值理性融入技术理性,使科学技术真正服务于全人类共同的利益与发展。

---

[1] 阿尔伯特·爱因斯坦:《爱因斯坦文集（第三卷）》,许良英等,编译.北京:商务印书馆,1979年,第56页。

结　语

　　科学与人文既是人类文明发生的基因，也是人类文明发展的双翼。自人类之始，科学的胚胎就伴随人文而来。科学与人文本不存在对立，其对立是科学主义使然。在从原始社会的技术萌芽到 21 世纪作为第一生产力的科学的发展历程中，科学给人类创造了前所未有的物质财富，却也使人类陷入了困境，甚至可能将人类和人类文明推向毁灭的边缘。这些皆源于科学文化与人文文化的对立与冲突。因此，为了化解二者之间的矛盾与冲突，20 世纪 30 年代由萨顿提出的"新人文主义"（科学人文主义）逐渐被科学家和人文学者所关注。科学与人文乃成科学界、哲学界研究的重要论题，亦成为文学界书写的重要主题。麦卡锡既是当代美国的一位重要作家，又是一个"科学怪杰"——热爱并崇尚科学的小说家。其小说创作皆因受科学知识、科学理论、科学方法、科学精神的影响而具有独特的科学人文主义思想。

　　麦卡锡将科学融入对小说人物日常生活的描写之中，虽不具体描写美国科学技术的发展，我们却可从中寻出美国科学技术发展的脉络。就好比清代曹雪芹（约 1715—约 1763）的《红楼梦》，似仅描写宁荣二府的日常生活琐事，实际上高度浓缩了当时社会的现实。麦卡锡见证了第二次世界大战以来美国重大的历史事件，如美国"大科学"时代引发的第三次科技革命所取得的巨大科技成就，又如与美国相关的历次战争以及2001年的恐袭事件。他非常了解现代科技巨大的威力与作用,既直接感受到科技所带来的乐观精神,又深知盲目崇拜科技所带来的巨大危害。

美国文学从一开始就塑造了亚当的英雄形象,编造出自然神话与英雄神话。①麦卡锡也创作出了他的美国神话,笔下的西部牛仔成为开疆辟土的英雄或传奇人物。他们都体现出托马斯·杰斐逊所倡导的边疆个人主义,其本质是宣扬个人力量无限,其思想是个人能征服自然、压制邪恶、创造文明并捍卫文明。此乃西部牛仔文学(Western cowboy literature)和西部牛仔电影(Western cowboy movies)向来大受追捧的原因,也是麦卡锡西部小说及西部边疆小说备受推崇的缘由。其实,麦卡锡的每一部作品中都有一个"亚当",如《老无所依》中的贝尔警长以及《日落号列车》中的黑人。然而,这些亚当在美国的科学技术发展与工业文明的进程中或以死亡告终,或迷失于荒野,或远走他乡,或浪迹天涯,或漂泊无依,比如《老无所依》中的贝尔警长面对西部暴力无能为力,最终选择辞职,《日落号列车》中的黑人最终也未能说服白人教授放弃自杀的想法。可见,麦卡锡的小说可谓"真正的美国神话"。②不过,这"美国神话"是一种反讽罢了。

美国之发展壮大并非因善于发现,而是因勇于探索。其繁荣兴旺并非由于尽善尽美的治事之道,而是由于灵活多变的精神。美国人民怀有一种探索和追求更新更好的事物的信念。他们所具有的探索精神引出了一种新的文明,其力量并非理想主义,而是一种乐于

---

① Lewis, R. W. B. *The American Adam: Innocence, Tragedy, and Tradition in the Ninteenth Century*. Chicago: Phoenix Books, 1955, pp. 85 - 101.
② Lawrence, D. H. *Studies in Classic American Literature*. Middlesex, England: Penguin Books Ltd., 1971, p. 60.

接受一般事理的平实态度。[①]作为一位炙手可热的美国当代作家,麦卡锡也秉持了美国人特有的探索精神。他将科学与人文融为一体,如他在《血色子午线》中对霍尔顿法官具有的百科全书式的知识的描写,横跨自然科学与人文学科的众多领域;又如他在《路》中对核冬天的描写,核冬天理论虽只是一个假说,但在卡尔·萨根(Carl Sagan)等科学家的研究中确实存在,且比核爆本身更为可怕。科学技术的发展虽给人类带来灾难甚至毁灭性的影响,但麦卡锡始终以一个科学人文主义者的立场来探寻科学与人文的融合之路。乔治·萨顿(George Sarton)曾说,如果我们想过一种美好且高尚的生活,虽然科学是革命性的,但我们决不可能与过去决裂。科学与人文是人类文明不可分割的一对翅膀,缺少任何一方,人类的文明就不可能发展。作为一个科学人文主义者,麦卡锡深知科学与人文的关系,既书写科学与技术,也书写历史和事实,既反映人类的生活现实,又以科学的态度和精神展望未来。因此,麦卡锡的小说既是人文的,又蕴含科学的素质,体现出作者的科学人文主义情怀。《穿越》中的帕勒姆见证了首次核爆试验的可怕场景,而在《平原上的城市》中,最后年老体衰的他被一户人家收留。同样,《路》中的男孩在父亲去世后也被一家四口收留,再次踏上求生之旅;小说最后还有苔藓在生长,还有斑点鲑在溪水中游弋和"呢喃"[②]。以核爆为代表的科学技术毁灭了人类以及人类的文明,却毁灭不了人类的精神和自然的灵魂。马克斯·韦伯曾批评现代理性给人类生活"祛魅"(disenchantment),理性化与知识化乃时代特征,而至关重要的是对世界的祛魅,其后

[①] 丹尼尔·布尔斯廷:《美国人建国的历程》,赵一凡,译. 北京:生活·读书·新知三联书店,1993 年,第 1 页。
[②] 科马克·麦卡锡:《路》,杨博,译. 重庆:重庆出版社,2012 年,第 236 页。

果是那些终极与最高尚的价值观念从公共生活之中消退。①在麦卡锡看来，只有科学与人文融合，才是人类真正的出路。

科学与技术是道与术的问题，因此，科技发展需要科学精神的指导，也需要经过人性的改正和平衡，否则，技术激进主义（technological radicalism）将葬送掉人类自身和人类文明。比如纳粹德国的科学家与工程师如此迷恋于技术，以致于在精神上完全排斥人文和人性，最终导致了人类历史上的大灾难。麦卡锡在小说中所描写的环境灾难、人性之恶、战争杀戮以及文明毁灭等，皆源于科学主义肆无忌惮地发展。科学与人文融合的关键在于人们要具有科学人文主义的意识，在于使科学人性化和使人文科学化，并将二者完美地结合在一起。麦卡锡将科学与人文融合的努力，给科学界、哲学界和文学界以启迪。

《芝加哥论坛报》（Chicago Tribune）曾向世人发出呼吁："请在您的书架上空出一席之地……如果您喜爱经典小说，喜爱探求和冒险的佳作，这里有一位美国当代文学的大师、巧匠，会给您带来一流艺术享受的喜悦。"②这位"美国当代文学的大师、巧匠"就是本著作所论述的麦卡锡。本人也在此发出吁请：如果您喜爱关于麦卡锡小说的论著，那么，请在您的书架上留出一册书的位置吧！

---

① Weber, Max. "Science as a Vocation", David Owen & Tracy B. Strong, eds. *The Vocation Lectures*. Trans. Rodney Livingstone. Indianapolis / Cambridge：Hackett Publishing Company, 2004, p. 30.
② 尚玉明：《前言》，科马克·麦卡锡：《天下骏马》，尚玉明，译. 重庆：重庆出版社，2013年，第1—9页。